U0953429

MISHIMA YUKIO

三島由纪夫

作品系列

殉教

译者 = 陈德文

MISHIMA YUKIO

三島由纪夫

上海译文出版社

目录

轻王子与明公主

第一部

雄朝津间稚子宿祢天皇[①]驾崩后，皇后命令仆从们于深夜时分点燃火把，赶往先皇陵墓，这时候发现一股奇妙的火焰在陵墓周围熄灭了。

前方隐约出现了皇陵的轮廓，远远望去，夜间的鸟群由星空飞舞下来，耸立于皇陵周围的森林，黑乎乎一片。消失于黑色蛇体般的森林一端的火焰，看过去宛若睡眠中的蛇不时吐露的信子。

侍臣们互相嚷嚷开了。

那火焰不是恶神们的火焰，就是抢劫奥津城[②]盗贼的火焰。奔突于山野之间的恶神们的呼吸是一团火，槲树林曾为此而燃烧，犹如反常时节月出中天。如果又是山贼，那伙人说不定是前来盗取先皇遗骸上陪葬的珠宝的。

气度高雅的皇后微笑着安抚侍臣们：

“不用害怕，至高无上的先皇的臣子们……为了朝拜圣魂，我等特选择夤夜之时，循着晦暗的林荫赶来这里。指引我等前来的不是别人，正是雄朝津间稚子宿祢天皇的圣魂。先皇在世之时，对于全体国民来说，即是此世的幸福和仁慈之源，一旦化神而去，对于全体国民来说，即是此世的悲叹和追怀之源。那个伟大的灵魂知道我等将去的夜间的原野、夜间的山峦，深知整个星辰密布的夜间苍穹。难道还怀疑先皇对于我等的护卫吗？不用害怕。

“快让手中明亮的火把为土下先皇的双眼带来愉悦，以便唤醒在世时的一份慰藉。”

侍臣随即命令仆从们将手中的火把燃得更加明亮，他们自己也拔剑出鞘，护卫着皇后继续前进。

皇陵犹如原野中央新出现的一座小山。队伍渐渐接近，新鲜的土色在周围浓郁的夜景中看起来越发鲜明。皇后离开行宫时，月亮已经西沉，繁星满天，横斜着金箔般的薄云。然而，地面上没有一丝风，没有一声虫鸣。秋收之后的大地沉迷于安息，犹如产妇安产后的苍白，无边无际，散发着宁静的微光，似乎自身在不住地鸣动。

不久，皇后一行到达皇陵前面。遍布的火把烛照天地，惊飞了夜鸟，不敢接近。

“禀告皇后陛下，”一位白髯飘飘的老侍臣膝行来到皇后跟前说道，“先皇圣魂如天鹅飞临我等面前之时，倘若潜藏于森林中的山贼一跃而出，惊动我主之圣魂，丰苇原中国[3]因盛怒难平，国无宁日，人民泯灭，山野枯萎，亦未可知。故宜先查清这股奇怪之火的主人，然后再行拜谒为好。”

“先辈深谋远虑，我将采纳您的讽谏。”皇后答道。

此时，几名士兵喧闹不止，皇后和侍臣不由将视线集中转向

---

① 即允恭天皇（？—453），日本第十九代天皇。
② 指墓地，亦作“奥都城”。
③ 日本神话中，高天原（神之居所）和黄泉之国中间的世界，即日本国土。

那里。

只见一个陌生的侍从被士兵们押解着，一面用谁也听不懂的语言向皇后叫喊着什么。

士兵长跪奏道：

“抓到一个从森林里出来向皇后靠近的人。”

“我来问他有何事禀奏。”

“啊，那怎么可以？”老侍臣连连摇头。

那个被士兵们押解的陌生的侍从，终于从激情中醒悟过来，他开始用人人听得懂的语言喊道：

“明公主她……我是在明公主身边……伺候她的侍从……”

皇后因惊愕满头钗钿不住颤动。

“明公主她……”皇后喃喃自语的声音，消失在口角边荡漾着的恼怒和悲哀的微笑中。满心的烦恼，定是不足以掩盖作为女神后裔的女人的矜持。相反，她的前额如新宫殿的白木一般庄严神圣，她的嘴唇如黎明的曙光漾溢着微笑。——火把熊熊燃烧，毕剥有声，火舌飘向周围的黑暗。

眼尖的侍臣发现，一位白衣人背靠森林而立。

那姿影至今谁都没有见过。人们的目光一齐朝向那个被捕的仆从。白色的人影只当是梦幻。

“举起火把！”

“举起火把！”

皇后没有朝那边遥望，只是带着一副祈祷的神情注视着先皇的陵墓。

看到举着火把的人群渐渐走近，白衣人依然纹丝不动。那是一副婀娜而富有威仪的姿影，身后背负着神明，似乎预知接近她的人将颠仆于地。

仿佛是一座祭坛，火把在她四周围成一个半圆，照亮了森林的暗绿，惊飞了熟睡的鸽子，扑剌剌响起离巢的羽音，一时占领了周围的黑暗。

美人的面容映着晃动的火影，宛若一幅画在罗纱上面的肖像，屹立于秋风之中，随风俯仰。丰苇原中国没有胜过她的美貌的女子。高高梳起的浓密的黑发，仿佛黑夜凝聚着丹魂，研磨出最精妙的部分奉献在公主的头上。那是荡漾于神殿深处，亦即神佛身边的夜的化身。头发下面有着无与伦比的新月般的前额，静谧的嫩草般的眉毛。而且，映着火把还能窥见煌煌然无比明亮的眼眸。尤其是那蕴蓄着一副精灵的美艳的身姿，那是同火把的光与影无缘的雪白的衣裳，被身子内部的光辉映照出的黎明的曙色。那艳丽的身体透过衣饰而光耀夺目。

皇后的妹妹、先皇的心上人，明公主极简要地命令道：

"带我到皇后姐姐身边……"

侍臣们如梦初醒，深深行礼，陪侍公主来到皇后面前。

——很早以前，天皇倾心于明公主。世上对于公主的美艳有口皆碑。因为当年同母亲共居于近江的坂田，所以人们相传她是这片淡海[1]的女神。然而，天皇很少向皇后打听她的这位妹妹，却每每问起她的故乡湖泊的景色。皇后谈到湖上的美景：夕阳照射着对岸的

① 指琵琶湖。

山峦，沿湖一带的投网映着落日的余晖，每当这个时候，一处一隅，碧影沉沉，林木掩映，暮色苍茫，湖水浩荡，浅绿的水草，此刻也一片黯然。每逢皓月当空，雁影一列，打湖水上空掠过，迤逦而去……所有这些，均为天皇所谙熟于心，未曾见过的面影同亲眼所目睹的情景毫无二致。

天皇的使者探访坂田的时候，明公主曾经于一瞬之间看到远方一种花开花落进而枯萎之物。公主优柔寡断的心里骤然袭来不祥的暗影。她只能以身相许，立即成了藤原宫中之人。天皇频繁宠幸，皇后不堪其苦。鉴于公主一心巴望远离姐姐，以便赢得心性安然，遂于河内茅渟构筑新宫，天皇又于日根野游猎之际频频临幸。

皇太子轻王子只好带着一副迷惑不解的面色，时时看着母后的苦楚。要想爱，就必须先尝受一下爱的痛苦，这究竟是怎么回事呢？一位未曾见过的美人，能将母后所无法奉献的欢乐奉献给父皇，同时又能把父皇所不能赠送的苦恼赠送给母后，这又是怎么回事呢？王子曾经是个除了狩猎就没有别的欢乐的少年。朝雾迷蒙的原野，鹿群从沉睡中惊醒，仓皇奔逃，看到朝露瀼瀼的蜘蛛网缭乱、虚空，王子的心中一阵懊悔，一种莫名的焦躁之情充满心间。猎物总是从王子手中逃逸而去，哪怕捕到手之后也是一样。——当血迹斑斑的猎物瘫倒在猎手面前不能动弹的时候，便用“死”对抗猎手，并用“死”作为盾牌，永远都能从猎手手中逃之夭夭。

一天晚上狩猎之时，轻王子犯禁潜入藤原宫，初次看见父皇的心上人，因一时疏忽，身边未带随从，往来于明月下长满胡枝子花的小路。这时，他依稀看到那位女子，雪白的颈项，颤巍巍支撑着一头浓密的黑发，插着朱红的梳子，双眉含着淡淡的忧愁。不要说打招呼，就连公开露一下面，王子也做不到。为了使月光照不到弓箭，王子将弓箭和鹿一起抱在怀中，躲在大松树的树干后面。不一会儿，那个漂亮的人儿走进黑暗的寝宫。——对于明公主来说，这便是罪愆的开始。不可再现身于公开的庭院，因为明日就要移入茅渟，对于旧居的依恋打破了这一训诫。这对于王子来说，也同样是罪愆的开始。

翌日傍晚，有人告诉说公主已经离开藤原宫。王子忘记了狩猎，为从墙缝中曾一度窥见的芳颜而朝思暮想。如果说目不转睛注视着心爱的人儿就是罪愆，那么，细想想，这又是多么激动人心的纯洁无垢的喜悦啊！所谓罪愆，只能认为是由于饱享凡人所不能品尝到的喜悦而引起神的震怒。——王子感到母后又远离自己一步。母后终日痛苦究竟是为着什么？母亲所寄望于王子的太多太多。王子所狂热追求的只是一刹那的恋情，而母亲却希望他的爱情永驻不息。其实，轻王子他不知道，不论他希望一刹那还是永驻不息，他只能尽自己的愿望而为之罢了。

令王子动心的爱是一心巴望幽会的爱；是雄鹿不畏猎手的箭矢、踏着荆棘奔向母鹿躲藏的山谷的爱；是林中黑暗的鸟巢将一对鸽子生死结为一体的爱。在这种爱的面前，没有死的惧怕，当这爱不能实现的时候，那就自然而然地死去。王子也是如此，他一心等待着死像暴雨一般降临。“不论哪种办法，我都可以无为地死去。”王子想。不畏惧死的人，又怎么会害怕罪愆？

一天夜里，轻王子终于悄悄进入河内茅渟宫明公主的闺闼。

明公主因罪责和羞怯而战战兢兢，同时又被这位青年的美丽所征服，她的面前清清楚楚又出现了天皇的面影。只见他如太阳般光辉闪耀，充满青春的活力，略含苦恼和忧愁的剑眉英气勃勃，整个丰苇原中国找不到一个如此俊美的伟丈夫。

宛若穿越花草丛生的山腹通达峰顶山田的细竹水管里的一股流水，王子神不知鬼不觉就和明公主私订了终身。天皇虽有察觉却默不作声。一天早晨，王子从茅渟回来晋见天皇的时候，发现天皇眼睛含着宽恕的光芒而深受感动。——天皇是为了使爱不给任何人带来痛苦，同时又希冀自己的爱能有人承继下去呢，还是看到作为自己的分身，王子能爱天皇之所爱，并将传向未来的世世代代而甚感欣慰呢？抑或鉴于同皇后共同尝受的痛苦而重燃对皇后的爱之火焰呢？总之，这一切随着步步进逼的死，将天皇的爱冲向无边的远方，犹如化作千万只蜻蜓，交相飞遍无数的庭园，无数的山野，它终将化为一种神奇的力量，使得这个世界所有的爱都变得自由自在起来。

天皇驾崩了。

明公主无限叹惋。

明公主的以往和未来都是为了爱而活着。以往，为死而爱；未来，为活而爱。公主只有一句美好的言语：对轻王子全新的挚爱，等同于对已故天皇无尽的悲叹。

公主不想像皇后那样一味沉浸于追怀之中，将死者之爱与哀欢当作尔后自我之爱与哀欢而生活。公主没有归返的邦国，没有停船的港湾。

皇太子轻王子自打父皇一命归天，便很少离开茅渟宫了，诸般祭事尽皆交由皇弟穴穗王子操办。群臣、国人背离轻王子而归依皇弟。

就连茅渟的乡亲也很少有人为他们两人所征用。然而，是什么东西能够妨碍爱情呢？——天皇驾崩是在早春时节，河内原野嫩草萌生了。

今年的燕子站在檐端唱歌的时候，茅渟宫每天都举行野游。紫堇和茅花开满大地，有时候，两人身边会有野兔迅疾地跑过，它们一点儿也不怕生，想必把纹丝不动的两个人当成美丽的树木了吧？飘渺的烟霭，无边的阳光，刚能摇动马醉木花的清风，还有那催人春愁的大气……玩累了，发现杉树林深处有清泉一眼，随即掬而饮之。然而，一日逸乐将尽，远望夕阳沉沉，遂黯然而伤悲。他二人谁也不愿开口，只是想象着柔滑而可怕的黑夜，不久就将流入那既是爱巢又是丧屋的茅渟宫的各个角落。

夏令即将到来之际，所有的森林都挂满或淡紫或银白的瀑布，那是盛开的藤花啊！

那时候，都城流行一首奇怪的童谣。这首歌的歌词滑稽而幽默，音调暗含不祥的联想和诡异之气，充满着一种阴郁的暗示。每当黄昏时分听到这首歌，孩子们就会吓得哭泣起来。

轻王子为了看望母后回到都城住了几天，看到母亲面容憔悴，先皇驾崩后度日如年，不到一个月，简直变成另外一个人。言谈之中力劝他登临大位，王子不肯答应。当天夜晚，空中响起刀枪剑戟之声，轻王子十分害怕，逃出皇宫躲进物部大前宿祢的家里。

不久，宿祢家周围大军燃起的火把光明如昼，国中青年悉数加入穴穗王子的军队。宿祢背叛轻王子，将王子捆绑起来交到皇弟之手。

野心勃勃的穴穗王子即天皇之位。

轻王子被流放到大海彼岸的伊余温泉之乡。

今宵，明公主独自一人拜谒先皇陵寝。谒陵完毕，忽然看到远方众多的火把渐渐向这里靠近。那些火把数度躲进斑驳的树林，时隐时现，看上去犹如一股洪水奔腾而来。公主命令侍从熄灭火把，潜入森林暂避一时。

明公主将前后经过叙说一番，请求饶恕侍从的性命。皇后接受妹妹的道歉和希求，她看到公主脸上似乎暗含一种决心，像冬日的阳光一样亮一阵，暗一阵；暗一阵，亮一阵，好奇地问道：

“你为何要在一个不见一点新月之色的暗夜，只身一人前来这里？为何身边不带护卫，万一遇到山贼或恶神来袭，又该怎么护佑自己，打败敌人？”

“如今能够保护我打败强敌的只有一个人，他在浩瀚大洋的对岸。”

“轻王子一直没有音信。”——皇后伏下脸庞，阴郁犹如黝黑的羽翼爬上额头。

“您的话由我来传达给他吧，不论说些什么，我都不会泄露给别人。我也不会将这次旅行向任何人披露，直到我选定一条安全的航线，乘上航船为止。”

“哦，你要到轻王子那儿？……”

“不要强留我吧，皇后姐姐。我于深更半夜谒陵，也是想瞒过人们前来向先皇告假。”

公主欣然爽快地回答。

这时，皇后似乎感到有人来袭，眼睛望着皇陵方向。夜风飒飒，掠过陵下的竹丛。

可是，皇后眼中所见不光是这些。

她感觉仿佛看到陵墓内部黯淡篝火毗连的中央，已故天皇横卧着的身姿。天皇的长髯飘飘如云，拖曳于亡骸之上，那亡骸如磐石一般浸渍在夜的波涛中。围绕在四周的五堆篝火的烈焰里，各自闪动着五张不同的面孔，那是护驾的殉死者们的精灵。最左边的面孔紧闭双眼，第二张面孔睁大鲜红的眼睛，中央的面孔在火焰里显得十分苍白，右边两张是女人的容颜。

幻象消泯了。——皇后有气无力地命令侍臣们作好朝拜的准备。

皇后强使妹妹陪伴她走进行宫。她已经知道神灵的双手也阻挡不住明公主的长途之旅。既然公主的魂魄早已飞向彼地，谁又能阻止公主的身子即将追逐灵魂而去？

行宫里有着秋夜黎明时分死菊的薰香。原野上秋雾凄迷。皇后用手抚摸着公主的头发，夜露涔涔，满头湿漉漉的青丝沉重地低垂下来，她感到指尖儿上传来一股哀切的寒意。接着，皇后亲手为公主仔细地梳理头发。公主默默无言，不一会儿，她拿起镜子，向布满缥碧的微光的原野照去。公主出神地望着镜面，她的眼神似乎什么也没有看见。

皇后停住梳子，凝视着手中漂亮的黑发，这不正是自己满心嫉妒的秀发吗？不过，对于眼下的皇后来说，憎恶也罢，嫉妒也罢，已经没有什么用处了。天皇在世时，是那般一星一点地怀疑过他的爱，如今，对于死者的爱，反而越发浓烈起来。皇后想起幼年时代，和明公主一同住在坂田，她以有这位漂亮的妹子而感到自豪。不知为什么，那小小的脸蛋儿仿佛含蕴着朝阳和煦的光辉，人们都一致倾心于这位未成年的姑娘。——她又蓦然想起少年时代的轻王子。王子经常箭在弦上时会突然想起别的事情，而白白让猎物逃脱。王子为何那样郁郁寡欢呢？有人诽谤说，郁郁寡欢是因为思恋女人的缘故；也有人说，不，王子在那种情况下，一定是亲眼看到了丧神的姿影，静静摆动的树叶、无风而飘下的落花、受到雷击而燃烧的大树……他从这些现象中看到了闪耀着的神的姿影。

明公主感觉到皇后抚摸她的头发时其心情既严冷又温柔。她的温柔甚至可以下令不愿委身于她的爱的人立即去死。温柔因严冷而广大无边。如今，皇后通过公主的身子爱着已故的天皇。

分别之前，皇后和公主一直亲切地交谈着。自打天皇的使者来到坂田探访公主之后，她们从未有过这样的会晤。随着离别渐渐临近，“时光”的火花愈益繁密、灿烂，姊妹二人的容颜在光影中似浮雕一般闪现。公主头发的周围群集着各色各样回想的幻影，过去所有难忘的场景，都在这虚幻的云朵里时消时长，时隐时现。

“皇后姐姐。”明公主忍耐着鼓胀的情绪开口了。

“这个世界初识爱就是初识人心中的不幸，不是吗？忘掉自己的幸福，也就等于忘掉自己的不幸。

“……可以说，陛下和皇后姐姐，以及王子和我，我们之间有一种东西相互贯通，我们每人都从这件东西上收获了同样大的欢乐和同样大的悲伤。这种东西就像节令一般，藤花翻紫浪，夏季到来则零落满地；秋天的胡枝子，又怎奈得夜夜寒霜。尽管有人说情缘易变，就像大和群山上的积雪，夏去冬来，雪融雪降，但观望的人们看到的始终是一样的白雪，以易变代替易变，接连不断地继续下去。”

“是吗？妹妹呀，”皇后应道，她一生为着难以信赖的爱情所苦，而今却只能相信这种爱，“恋情中易变的不是爱，人们认为不是爱的那种不变的东西，才真正是爱啊，难道不是吗？我如今心性安然地仰慕着先皇陛下，你再也看不到作为女人的另一个我了。一时对你抱有的憎恶和怨恨，对你的嫉妒，皆如梦一般地忘却了。过往和未来、世世代代思慕你的我的一颗心，以及爱着我的先皇的圣恩，皆像永生不灭的桧树高高耸立，萦绕其间的云雾再也不认为是梦中之物了。春雪消融，原野上开满夏天的白百合的时候，就会忘记冷彻肌肤的冰雪，同时泛起等同于百合一般银白色的回忆。我的余年残生，将在欢悦的服丧中度过。陛下已经逝去，我和先皇的圣魂之间已经制造了一个死后相恋的替身。我要像死者爱慕你那样地爱慕你，学会死者的爱，当我去世作为神来到你身边的时候，以便能和你一样，有着和你相应的无量的情爱。我为实现这一理想而身心交瘁。我为你日常观览的花草树木浇水，将你亲手抚摸过的东西放在身旁，终日聆听温婉的玉音，由此，生涯中难于治愈的悲伤也渐次淡薄下来。

“你为陛下和王子所深深爱恋，却为何还要说情缘易变呢？”

“我和王子的爱情，交织着无常和常驻，就像光和影一样。当身心陶醉于火热的欢爱中的时候，假如两个人里一个死了，这欢爱就烟消云散了，一想到这些我就十分害怕。您也许会规诫我们不必相信爱情，其实，我也曾经极力使自己不要相信爱情。可是，不管下多大的决心，爱情依然站立在我们的眼前。正因为我和王子的爱情不存在可信的基础，反而使我们害怕发生变化而胆战心惊。

“皇后姐姐，爱情降临我和王子之间而不离去的夜晚是无法忘记的。正因为如此，所以当分别到来、不肯和爱情一起离去的时候，也是易于忍受的。也许这之前每日每夜的分别已经司空见惯。

“我们之间，总是存在着两个媒人，那就是爱情和离别。这也可以看作是一个媒人的两副面孔。因为分别的苦恼来自爱情，熬过苦恼也要靠爱情。

“我于离别之后做了试验，看一人能将两人合在一起的痛苦承担多少，然后再赶快回到王子身边去。”

“共同的爱情，为何还要……”皇后不解地打断明公主的话，“共同加以试验？爱情本身不就是明证吗？难道你们想毁掉爱情吗？”

“不论怎样打算毁掉都是毁掉不了的，为此，我们只能白白地受苦，爱情在我们之间萌芽，成长，枝叶繁茂，隐天蔽日，无限壮大。我们和那种只守卫着庭院中杂草丛中的桔梗花的爱情不同，实际上也无法守卫，但也不能须臾离开。不论何种灾祸，都无力使我们爱情的大树枯萎；不论何种痛苦、悲叹和障碍，只能拆散意志软弱的恋人，而无法阻挠我们的爱情。

“一旦砍伐又打旁边抽出幼枝，这可怕的树种是否播种于黄泉之邦？……正因为是这样的爱情，这棵树反而会把我们赶入死亡之渊，真是叫人担惊受怕。”

“不要说不吉利的话嘛，至少在分别之前，对我讲讲你们年轻人的幸福故事，也好让我高兴高兴。”

话到这里，皇后再也不像是一位高贵的女人了，她带着一副轻佻的语气继续说下去。

“轻王子见到你该是多么开心啊！就连没有理由待在王子身边的我，也仿佛是附在你的魂儿上去见王子了。我觉得，你能去见他也就等于是我自己去见他……”

然而，这种轻浮的调子是眼泪的前奏，就像长尾鸡拖着长尾巴，说着说着她就唏嘘起来了。

“请你转告王子，”——皇后只顾哭哭啼啼，她未曾感到自己说了些本不应该说的话，“你就说在孩子中，我从他们小时候最疼爱的一个就是他呀……比起穴穗王子，我是多么热切希望轻王子继承皇位啊！”

公主用月光般沉静的眼神，凝望着不幸的皇后叹息的姿影。她用手深情地抚摸着颈项上美丽的翠玉首饰，那是刚才皇后作为临别纪念赠给她的。这时，秋蝉低声吟唱，蜻蜓到处无声地乱飞，可以看到深含悲悯的彩云在飘移，可是蓦然间，不知从哪个角落，原野上却渐渐暗淡下来了。

第二部

当人们受到自在力量的诱惑，感到将命运掌握在手中的时候，命运却顺着陡峭的斜面急剧地滑落下去。逢到这种时候，明公主的先祖们只是依靠神的护佑，别的什么也不想。但是，轻王子和明公主所具有的不可理解的骄矜，和先祖们所具有的骄矜不一样。当今这个时代，神对于爱和死的支配终于受到怀疑，年轻的王子和公主的心里预示着不吉的莫大的骄矜。他们的愿望全都属于想入非非，他们的爱情既违反常情又不合法度。他们的爱宛若道路尽头白浪奔涌的海峡横在他们两人面前。于是，他俩不向惊涛骇浪低头，携起手来渡过海峡到达彼岸。但是，在立下这一意志之前，他们首先陶醉于不可思议的无稽的奢望之中。这不叫意志。不知为何，两人心中似乎都认为，他们有着足以拒绝神的力量，心儿早已飞到彼岸，两人都觉得走在海上如履平地，可以很容易地到达彼岸。被摧毁前的酩酊，死一般悄悄降临，迷惑着王子和公主。两人时常觉得伸手可以触及月亮，舒背能够揽住飘曳的白云。不，这莫如说是小事一桩。只要齐心合力，崭新的天日也会为了照射他们二人而发出耀眼的光芒，新的星辰就会像群鸟的眼睛挂上夜空，为了迎迓他们二人，曙光将伴随大海中漂荡而出的海蜇般的新兴之国，拖曳着明丽的银白色的水浪，因仰慕他们而向此岸驶来。他们二人抑或是为了开拓新的白昼和新的黑夜而降临此世的吧？王子和公主沉浸在莫名其妙的奢想之中，他们的身子总是随意飘流于浩荡的秋气之中。然而，再没有比这种奢想更加不祥的了。为什么呢？因为人虽然早已脱离神明之手，但谨慎而意志坚定的步伐尚未开始，受神嘱托的静谧的信仰，突然高扬着奇异的轰鸣和水花，朝他们头上猛打过来。

这一切在他们心里都处于难以确定的状态。两人似乎还漠然觉得是相信神的。

确实，明公主于航海途中看到了众多的神。启航时，一群群白鹤追逐明公主的小船而来。偶尔，小船被这些天外来客追上了，天空好一阵子闪耀着光亮的羽翅，回荡着鸣叫的余韵。

小船在海港里停泊两夜。

船客心里焦急，但船行缓慢，同海面上一边漂游、一边行走的水鸟无异。而且，小船周围的海景每天都很优雅。

濑户内海的岛屿上隐栖着被忘却名字的众神。有个小岛上的幼小的众神，从松树梢和莽草叶影中好奇地目送着公主的小船。——小阳春天气，大海和天空之间，白天里也有一种梦幻般诱人的仙气。在陆人眼里看来，掠过那里的帆影，通过那里的船舶，仿佛高高离开水面滑行于天上一般。那种仙气不断地酿造出来，好似往昔那种男神和女神围绕天柱站立的天上之气。波间的马尾藻被夏日火焰般透亮的海潮染得一片赭红。

明公主身子依在船舷上，同轻轻擦过船底、依依不舍奔涌而去的小小波涛一一诀别。这些波涛流向大和之邦，以及无数的御殿、无数的皇陵之国，不，也流向明公主全部的以往。那碧波冲洗的海岸是明公主眷恋不舍的海岸，她再也无法回到那里去了吧？那海岸被重重岛屿和重重云雾阻断，再也看不到了。何时能以一身无比艳丽的盛装，回到那里的海岸，再次出现于将要故去之人的面前呢？那里有着爱的绿色坟墓，雨后的森林镶嵌着千万滴光亮的爱的回忆。眼下，海岸已经看不见了，但死去的人们却一个个复活过来，他们想必含着挚爱的眼神，远远望着航行于洋面上的公主的小船吧？无疑，如今明公主正由往昔走向未来，于无量的时光的海洋，被运载到目标未定的远方。抑或公主继续无止境地由常驻之国向异变之国旅行吧？——晃动的波光，洁白而神圣地映照着公主的容颜，从前额至面颊，一轮连着一轮，不住荡漾着微微的金色。

眼看明日就能到达伊余之国了，前一天黄昏，帆布像吊旗一般耷拉下来，海水带着无边无际的暗绿色，只有洋面那里蕴含着艳丽的彩虹色，仿佛被未知的时刻所领有。彤云密布，为落日送行，承受着大部已经沉落的太阳的余晖，一圈圈光影，斑斓绚丽，逐一在海面上辉映出灵妙的美景。所有的云彩都一动不动，尽皆恍惚于此世未有的相互自照的光彩之中。这些云朵的肩膀上，夜的征兆早已降下朦胧的灰色的阴翳，再看看天上的颜色，一派退色的青蓝，同伴随黑夜降临的、镶满无边星斗的庄严之色相去甚远。

公主看到云间高悬着先皇硕大的御颜，御髯长长漂流于海面上，呈实实在在的金黄色。御额周围萦聚着夜的忧色。天皇遥遥越过地上的哀欢，目光并未停留于明公主的小船，而是犹如俯瞰“日之国”一般，遥望着东方即将灼灼光耀的月亮和星群。然而，御颜上不时布满阴影，那是包裹于所谓“天上的秩序”中的创世的众神深深的悲愁，抑或是向地上流转的一抹憧憬。沉落的日轮伸展出彩虹般五色和黄金的长长的光芒，斜斜贯穿过龙颜，消失于背后的云层之中。

明公主仰望天上，脸上挂满泪水。告别皇后和故乡时未曾涌出的眼泪，此时却频频流淌。她并非因想起已故天皇的情爱而感到悲惋，而是按捺不住充溢于胸膈之间的耀眼的光焰。那就是对于轻王子本人、他的气质和品格的爱恋，更是对年轻的王子“肉体”的爱恋。

轻王子和明公主手挽手，互相感应着对方手上传来的美好的震颤。可是，公主尚未见到真正的王子，王子也未见到真正的公主。绵亘于永恒中的各色各样重新描画的心灵的肖像，层层重叠于“真实”之后，各自为了占有这一“真实”而争夺不休。不一会儿，犹如喧嚣的海水平静了，一对俊美的身影渐渐玲珑透剔地显现出来。

两人倒在地板上，烈火一般相互触摸着面颊。——片刻之后，两人这才觉察尚未交谈过一句话。

一只尾巴纯蓝的小鸟，啄食掉落在附近的树上的果实，又忽地飞走了，频繁叫个不停。

看不见的天空到处回荡着小鸟的鸣啭。

“去看看我的城邑吧，”王子折身而起，“就像我们二人走在茅渟之野，今天我们去秋天的山谷，在那里度过一日吧。晚上，人们将为您开宴接风。”

公主静静地站立，梳理着头发，一双眼眸蓦地像是追逐飞翔的蝴蝶，目光炯炯地朝着王子望去。俄而又含着几分羞涩，装作茫然自失地望着前方。

王子揭开帷幕。

这座山麓落叶似乎从天而降，对面山峦灰暗的山谷，穿流于山谷的河川尽头一派陈酒般的颜色中，是遥远而模糊的平原（公主来时打那里经过），那些都是不很宽阔的风景。秋光中，风犹如远近奔走的盗贼，水雾沆荡的树林痛苦地晃动着枝条。——不知从哪里传来了敲打石头的尖厉的响声。

“那是什么声音？”

“发出响声的那个地方，如今有路相通，到那里一看您就会明白。”

王子间断地回答，目光从公主身上转移开了。

两人走出宫殿，从王子的浴场旁边经过，粗木拼合的壁间隙缝冒出白色的水雾，可以瞥见黑暗中涌动的热水。

“我对城里人撒谎说，我是来洗温泉治老毛病的，其实我一到这里就跑去打猎了，所以现在没人再相信我了。”

“我于悲伤中不睁开眼睛，那正是王子忙于打猎的时候吧。”

“听说女人家总是将悲伤藏于内心，时机一到，就会全部变成喜悦的黄金和珍珠。可是男人总是对悲伤置之不顾，所以永远都是悲伤。而我只巴望尽快将悲伤播撒于荒山野谷。”

王子一边抚弄着公主的秀发，一边优柔地回答。

一只金翅雀从两人脚边像被线牵引着飞翔起来。——附近的杉树丛中腾起一股浓烈的白色水雾和嘈杂的人声。王子为了躲开，选择另外的道路。

“走这里，他们看不到我们的身影，你透过香木树荫看看吧，那帮孩子气的强壮的青年都是我的兵。”

那里有一座四方形的大池子，风吹雾散，可以看见入浴的人们的裸体。他们高声谈笑，唱着当地的民歌，松散的辫发披在黝黑的肩头上。

“兵？”

“从各个城邑征集来的壮夫……您是问他们在干什么吧？公主啊，您就不要再让我开口啦。”

——先前听到的敲打石头的尖厉声响，不久就明白了，原来城里人家家户户都在打造轻箭、鸣镝、横刀、葛弓等兵器，因此发出嘈杂而尖锐的响声。

当晚的夜宴十分疯狂。

在场的人们争相把自己做的吉祥的梦告诉王子。一位少年嘀咕道，昨晚他梦见一条大蛇照亮了整个海面。旁边的一位倔强的小伙子，伸出岩石般的巨掌捂住少年的嘴，不让他继续再说下去。少年喘不出气，一下子憋死了。醉醺醺的人们嘻嘻哈哈将尸体靠在柱子上，向尸体张开的嘴里灌酒，酒水溢了出来，映着篝火煌煌的火影，顺咽喉滴滴答答向下流淌。大家以此为乐。

一位城里姑娘羞涩地跳起舞来，滴在地板上的酒水濡湿了少女的脚板儿，一脚踩下去，飞沫四溅。一位头发溅上酒沫的男人狂笑着，用手指指那姑娘，又指指自己。

实际上，人们狂热的醉态内里，始终贯穿着一股郁屈的情绪。谁要稍微看一眼明公主就等于死。兵士们大声地谈论着其他一些乌七八糟的事，关于公主如何清秀之类的话，只能互相小声嘀咕。怀着这种郁屈的心情，只能使欢乐的宴会变成一场残酷的游戏。

酒宴进行到一半，一个姓石木的臣子回来了。他是王子的股肱，王子遭流放后，他带着两三个通晓战术的人慕名追寻而来。而且，他没有先看到王子，而是首先意外地发现明公主的姿影，一下子惊呆了。

里面主座上挨肩儿坐着公主和王子，互相交杯换盏。公主心里燃起一种奇特的奢望。公主未曾经历过如此疯狂的宴席，照理说她应该感到厌恶，可是涌上心头的却是冷漠的奢望。这种奢望使她对于人们疯狂的乐欲看在眼里，一点儿也不感到畏葸。往昔，在天皇新宫落成的庆祝宴上，皇后被迫极不情愿地让自己的妹妹出来行礼，那种幻景如今对于公主来说显得多么亲切。她心中耸立起作为一个皇后的悲伤。

黑红脸膛的石木臣子，用一副声嘶力竭的声音向王子和公主禀奏。

他今天跑遍各个城邑，征募兵员，搜集武器。有的城邑听说为皇太子从军，所有的男子都跑来报名应征；有的城邑发誓要从群山开采粗金，装饰武器奉献。石木所到之处皆洋溢着祥瑞之气，不按时令开放的鲜花挂满晚秋的林梢。公主意外的光临，对于石木来说就是一个祥瑞之兆。他称公主皇后，恭敬地将流窜的王子推为“我们的圣上”。

公主已经不再怀疑所看到的未来，为了推翻野心勃勃的穴穗天皇的皇位，这些人隔着大海正在这里进行种种谋划。

可是，王子心不在焉地听着石木的禀奏。和公主会面之前，王子每天都陶醉于叛乱的美梦中。过去每个朝代留下的或成或败的叛乱的记忆，血统的骄矜依然在每人心中保有鲜明的残象。一人凭借皇位而信任自己的血统；一人凭借叛心信任自己的皇统。两人内心所相信的是命运——那种奇异的圣灵。一路顺风取得皇位者，相信命运来自外部；被迫离开皇位者，相信命运在于内部——那种烈火般的压抑不住的火焰。而且，成为君王的一方和未成为君王的一方，于继续沉默之中隔着千山万水，相互酬劳各自的命运。双方信守各自的命运，拼却一死打理各自的悲剧，于是刀光剑影，征战不休。——可是王子也是这样的人吗？生于此世的轻王子，一个继承懦弱性格的萌芽的人就与众不同了。王子策划的叛乱是可憎的，应该受到蔑视的。尽管王子所做的一切不应该受到憎恶和蔑视，但是，王子的心理却残酷地命令他作如是想。而且，那种举世无双的骄矜，始终认为没有不能实现的事情，这种不祥的骄矜救了他。公主的不在，说实话也无暇继续折磨王子的心。

可是，现在怎么样呢？从此以后，他的意志萎缩了，莫名其妙地为自己的战败而祈祷。向公主显示各种军事的征兆究竟是为什么呢？这不就是向公主故意显示王子过去欢乐的信物，以祈求哀怜吗？

尽管如此，毕竟和祭祀、军事与恋爱共存于心中的古人不同，王子的心里充满一种虚空的变形和轮回。想起憎恶的时候，王子也会想起爱，梦见叛乱的时候，也会在梦中回忆起爱来。

他时时向身边的公主投去关切而忧郁的眼神，他似乎为了确认公主的存在是否是一场梦。王子的酒杯一下子喝干了，夜气如冰。

宴席，不论何种宴席，到最后心中总是布满一派冷寂和荒凉。这种情绪忽而使得人们额头罩上暗影，美酒喝起来也形同灰汁。人心皆寄于户外萧萧而过的夜风。灯烛闪耀着倦怠的火影，罪的记忆和死者的记忆又鲜明地脉动起来。人们记得宴席的主人变了，这次的主人不再是人了。他们眼里从未看到的充满沉默的热闹的宴会开始了，似乎感到有谁穿过从前宴席上烂醉如泥的人群的空隙，不住忙碌地工作着。

王子不时徒然地拿起琴，无心地拨动着琴弦。

明公主听到篝火照不到的暗处有一种奇怪的声响，那是张开羽翼要飞翔起来的躁动。而且，那种看不见的躁动声音很低，似乎围绕公主的身边打旋儿。

公主想跟王子搭话儿的努力显得很空虚，犹如在水里，一开口声音就被抹消了。轻王子和她自己之间仿佛相隔千山万水，她那热切凝视王子的眸子里，鲜明地感到升起一轮皎洁的月亮。

只顾低头弹琴的王子，听到母后轻轻呼唤自己名字的声音。他怀疑自己的耳朵。

那声音忽然变成男人般雄壮的音调，毫无疑问又从公主口里开始流出来。全场的人神情恍惚、醺醺欲醉，一起凝神望着公主。

"王子啊……王子啊……臣妾要像母亲般地爱您。您的弟弟穴穗王子继承皇位非妾所愿，一定要让轻王子登临大位……穴穗天皇……"她略略顿了一下，接着说：

"他将被弑杀……死在软弱的王子手里……"

这声音在王子听来很空虚。仿佛看到神的巧致的谋划，心里渐渐醒悟过来了。她的话语所意味的东西，并不具有预言的力量，因为王子一味沿着那种意义的河岸徘徊于无限的梦境里，借助不管何事都能实现的力量，因从头到尾看透一切而感到倦怠。倒是王子的战争，只发生于她的语言响起以往意味的时候。母性之国的面影浮泛于目前。这个令人怀想的恐怖的国度，布满了母亲们黑暗而严酷的统治。幸福的神谕不属于这个国家所有。母亲们执拗地议论着柔和而甘美的死。——是的，预言只能在黄泉之国得到实现，不是吗？故而首先诱使二人走向“国王和宠妃之死”，眼下不正在述说着这种秘密的神谕吗？

兵士们望着王子渐渐苍白的面孔，仿佛朦胧地感觉到什么，他们从沉醉中苏醒了。他们觉得身边富有威胁性的女人们肌肤是冰冷的。

只有一个石木依然醉态朦胧，他反复大声地祝福皇后的生灵护卫着军队的瑞兆。他身子靠在大酒瓮上，胡子晃动着浸在酒杯里，他一次又一次用手捋去胡子上的酒水。——他的这个动作也许要持续到拂晓吧？

王子陪伴神志不清、闷闷不乐醒来的公主到卧床上去。

卧床被钻进来的雾气打湿了，公主感觉好像躺在坟墓中。睡意再次如秋雾般袭来，比起现实，她相信在梦中是同王子确确实实待在一起，此种欢乐也许使得公主较之现实更加挚爱梦境，较之梦境更加挚爱死吧。

户外的声音只能听到夜风卷起落叶的响动。唯有芬芳的庄严的黑暗，犹如音乐一般描画着森罗万象、无比莹润的情景。

明公主胸前美丽的翠玉首饰，随着微微的鼻息忽明忽暗地闪动。轻王子双手按剑，目不转睛地看着高贵的公主掩蔽在黑发中的睡姿。他的眼里再次闪耀着青春的光芒，他的面颊散射着光洁而俊美的红潮。

倾听神谕的当天，王子的心听到掠过草间的微风也好像听到死的声音。早晨的小鸟在为悼念昨日被射杀的友鸟之死而悲鸣。树木为了思念被摧折的友树，只能簌簌飘下落叶。

他将自己的前胸紧贴在明公主雪花般的胸脯上的时候，这一刹那最能体会到明公主在世犹如梦境。不管怎么加以确认，不，越是想确认，越是觉得今宵燃烧恋爱之火的公主的“身子”似乎很难捉摸。——尽管如此，一旦须臾不见，就像孩子般十分不安，所以两人几乎朝夕形影不离，逢到漫长的不眠之夜，总是在王子的浴池里迎来黎明。

敞开窗户，西沉的残月放射着奇异的莹润的清光，两人映着月光，静静地浸在热水里，又像小孩一样打闹起来。

玩累了，公主赤裸着身子倚在窗边，透过一团团青色水雾的间隙，俯瞰山峡的暗夜。星空鲜烈，宛若白夜，刚刚沉落的月亮，在群山和天空之间抹上一道明丽的淡蓝色。早晨到来之前即将消失的初冬的薄霜，看起来像美丽的霉斑覆盖着草木。桧树林经霜一番打扮（不，也许是星光的照耀吧），就像古代故事中出云海岸倒插的十掬长剑。[①]河水的声音听起来尤其近，夜间极为难得地听到了小鸟的鸣叫。

公主觉察乳房上蓄积着湿漉漉的露水。那微明的肌肉的表面，夜气渐渐凝结着冰冷的露珠。要是放置不问，就会变成亮晶晶的霜柱，严严实实地覆盖着公主的全身。就是这样，明公主梦想一种快乐的恐怖。

由梦想里醒过来的公主，震颤着身子靠着窗边站起来，浴池中的

① 《古事记》记载：天照大御神派遣建御雷神及其副使天鸟传神前往出云国，将十掬长剑倒插于波涛之上，传令大国主神，曰：“汝所统治的苇原中国，已经改由‘朕之子’统辖，汝意见若何？”大国主神父子遂听命拱手让出领地。

王子望着黑暗中赤裸的女体，他仿佛看到一个异样巨大的幻象。

两人浸在热水里紧紧抱合在一起，两人的身子不由自主地松懈了，互相迷失了。王子顺着水面上漂散的香发寻找公主。

玩到最后，有时候，两人嘴里发出疯狂的笑声。于是，不由一惊，立即闭上了嘴。一屏住呼吸，那笑声也自然变成淫荡的笑声，在空中回响。

有时，疲惫不堪的王子和公主死一般共同躺在浴室的地板上度过一些时候。——就这样，曙光渐渐一滴滴落入水中。

石木从沉重的眼皮底下瞅着王子和公主。他的直系祖先不是神，他生来就是纯粹的平民血统，由平民中被选拔出来。石木臣子心中燃烧着鲜明的民众的幻想，正因为如此，他是“古代的人”。往昔，不断赋予神圣的天皇和女帝的命运的来源不是苍苍烝民又是什么呢？石木一人肩负着千万庶民的愿望，正确地说，抑或是邪恶的愿望。雄朝津间稚子宿祢天皇畏惧他，为此他才当上王子的侍臣吧。

然而，一个长期侍奉宫廷的人，从常识上说也不会只听命于君主一人之言。先皇在明公主身上倾注了丰沛的爱情，这是草民梦寐以求的爱的具体体现。他们否认轻王子即位，也是出自这一记忆崩溃后的怨恨。先皇之爱在轻王子心里呈现支离破碎的形态，只有石木一人相信，正是由于这个缘故，才将自己的爱更加鲜明地传授给了王子。先皇不是默默饶恕了王子吗？草民不久也会看清楚的。他们希望美好的梦境能够一直持续下去。迟开的花儿即便疯狂地怒放，也比不过应时的鲜花能够招徕人们沉静的情爱，不过也许可以得到火一般热烈的情爱。

对于石木来说，自身的欲求和民众的愿望是水乳交融的，欲求亦即使命，使命亦即欲求，神于是在他的内外作为彼此亲密相处、相安无事的两个族群居住。他所相信的瑞兆的一斑，是他自己亲手造就的。由此，他是使神自在生活的人，亦即“古代的人”。

打从明公主来到伊余温泉，石木的信仰开始动摇了。轻王子体内容有怎样的恶神？王子的耳朵，已经听不见大和国土上仍在念叨王子的名字的千百女人和几多男人的声音。对于穴穗天皇的仇恨消退了，以王子之尊贵为证据的反叛之心也消失了，对于明公主分分秒秒都极为珍惜的爱恋，那是一种令心地正直的人目不忍视的疯狂的爱啊！——看来，拒绝王子即位的草民不是很正当吗？先皇的爱不是这样的爱，那是天皇之爱。这是未曾见过的爱。这是包裹于君王式的无稽的骄矜内光芒耀眼、实际却凡庸的情爱。

石木哪里知道，自打先皇驾崩以来，一片未知的国土在明公主心中不断扩大，王子专心致志为统治君父传下来的这片无边的国土而努力，他丝毫无暇离开这一领有之国。

伊余的冬天不见雪花就过去了。大和土地早春时节积下的薄雪消融之后，东国那种大雪纷飞的景象断绝了，看不到了。王子幼年时代，早春时节，皇后将他抱在怀里，观看鹅毛大雪飞降的情景。来到伊余之后，曾几度梦见过下雪。为了祝贺王子诞生，新宫殿落成后，皇后站在大殿上眺望那座崭新的槲木建筑。

“王子啊，下雪啦。今天不回你的宫殿了吗？你就住在这儿吧。”皇后站在庭院尽头槲树林对面，手指着王子的宫殿，亲切地说道。那座宫殿首先从槲木开始被雪染白了，大屋顶的一半被抹消。院子里的茶花布满广阔的叶丛，雪瑟瑟而降，凝聚着庄严的静谧。——王子眼睛潮润了，问母后："怎么啦？王子的宫殿就那么消失了吗？"听到他的问，母后高声地笑起来，母后的笑声像春天的太阳充满明朗的青春气息。在梦里，这种青春的欢笑震动着王子的耳鼓，一点儿也未减弱。

……于是，梦境转变成明丽的化雪的早晨。王子由乳母牵着手登上宫殿的后山。积雪层中，随处已经萌发了嫩绿的蕨菜。雪光映照着乳母木棉般白皙的脸孔，她说："王子殿下，您知道人死是怎么一回事吗？我不久就要住到地下去了，王子将来长成英俊的青年我也看不到了。也不会为春天来了感到欢喜、冬天来了感到悲伤了。"王子听罢愤怒地睁开眼睛，他大声叫道："是谁使得善良无辜的乳母陷入不幸，我要用父王赐我的宝剑将他斩首！"此时，乳母不敢再说出"王子也会有相同的命运"这句话，只好含糊应付一番，开始采起蕨菜来了。说来奇怪，梦境中王子清晰地记得老妇谈到死时的表情，她满脸含着秘密的喜悦迎接杀死自己的人。那是一张悲戚的脸，却故意装出一副王子无法理解的欢快的笑容。幼小的王子自那之后一直怨恨起乳母来了。而且在梦中，乳母的幻影始终亲切而又怀恋地依偎在他的身旁。

冬天，刮起凛冽的山风，王子和公主的爱情越来越像一碗难以下咽的苦菜汁。两情相爱的没日没夜，为何还会给痛苦留下入侵的余地？按照世俗习惯，对于相爱的人来说，如果感到爱情是一条锁链，那么不是爱情的终结又是什么呢？但是，感到爱情是锁链的两个人，各自为所欲为的时候，那肯定就是爱情的终结了。当两人满怀想挣脱锁链的共同感受，犹如被捕捉的一对野兔擦身而逃的时候，那才叫爱情的终结吗？其实，对于轻王子和明公主来说，唯有这种痛苦，才是迎来光明的真爱的起始。

以往，两人凭借爱的力量顺利跨越千难万险，最后，摆在两人面前的就是爱。只有这爱才是无需跨越的吗？如果可以跨越，那么应该依靠什么力量呢？有人对他们两个说，就凭不断促进他们前进的可怕的骄矜的力量。

如今，王子和公主想起一切繁杂的爱的标志，感觉到称作爱的行为的可怕。而且，短暂的别居就会使两人一味想到死，只要活着两人就不能有片刻的分离。他们二人拥抱时，互相接触冰冷的虚幻的胸膛，就会怀疑，究竟是什么才能治愈两人的痛苦呢？他们各自都觉得，越是相爱越是痛苦。王子和公主交颈而眠时，每每互相以泪洗面。

可是，比起任何东西更能使他们得救的憎恨，似乎永远都不会来到他们中间。

“怎么办好呢？”一个暴风雨的夜晚，王子忧心忡忡地说，“夜间分别进入各自的梦境很可怖，直到天亮都没合眼。稀少的梦不是儿时的梦，就是可怕的死亡之梦……两人直到再次离别之前，这样的状况会一直持续下去吧？

“今天早晨，石木睁着丑陋的眼睛对我面谏，你听到了吗？”

“没听到。”公主回答。

“你猜石木他说什么？公主。他说就算凭借腕力也要在出征时让我离开你，事成之后再将你作为妃子接回来。”

“那么说，王子，我们还要分开吗？”——公主的话音里掩饰不住喜悦，不知道内情的人听了一定感到奇怪。这种喜滋滋的语调乍听起来，只会出自不诚实的女人之口。然而，王子心里明白，公主充满凄楚的喜悦的呼喊究竟意味着什么。王子低下身子摇了摇头。

“不会的，石木不能把我们分开。石木是我的臣下——啊，父皇在世时曾经命令过他……不，那也是徒劳。因为我根本不会听他的。

“公主啊，我们离别期间那种安逸的日子早已不知躲到哪里去了。我不再考虑如今的自己和发生在自己身上的事情。从大和国被流放之时，为何能同你那般容易离别呢？此后的几个月没有见到你，为何也能活得很愉快呢？”

“您是问为什么吗？王子，那没有什么奇怪。那只不过是同一种爱情的力量起着不同的作用罢了。”

公主聪慧的眸子里充溢着沉稳而娴静的光辉。

“当爱情还是一棵幼苗的时候，爱的力量帮助我们逃离苦恼；如今爱情已经长成大树，它又转而增强我们的苦恼。”

“爱情的大树……你我之间……”

王子一边自言自语，一边不停地战栗。因为今早黎明的梦中再次听到的幼小王子的话，还有他要用父皇赐给的宝剑将那人斩首的言论，又在这个时候毫无关联地在眼前复苏了。

这年的春天悄悄来到了，使人觉得到来的不是春天，而是死亡。

寒冷的天气屡屡卷土而来。为此，刚刚抽芽的嫩菜冻僵了，正在开放的梅花的蓓蕾枯萎了。

冬天，从近邻的城邑移居来的人增加了，河岸上挖掘了众多的住房，一到夜里，从王子的宫殿可以看到万家灯火，仿佛这里就是大和国的都城。

有这么一天。

每年冬季宫殿的后山应该飞来的大鹰，今年冬天却没有飞来，这使邑人们感到奇怪。他们本以为骄傲、并用多种歌谣加以赞美的巨大的雄鹰，尾羽黑亮如漆，是世上无与伦比的尊贵的鸟类。大鹰搏击的羽音使得整个竹林震颤，尖厉的嚎叫直上青云，地上的野兽尽皆奔逃，山野一时变得寂悄无声。石木听到这件事便对邑人们说，大鹰或许慑于轻王子的威势而没有出现。尽管如此，该来的没有来，这在邑人们心里总是留下阴影，渐渐地，渐渐地，在他们之间培育了异样的激情。

春天脚步蹒跚地悄悄到来了。一天，邑人们终于从大海方向看到一只大鹰，眼睛雪亮，高耸双肩，展开两翅，像翻卷的波涛，自高高的云天飞翔而来。人们停下手里的活计，个个跑出家门。于是，室内的石头、粗金碎屑狼藉满地，昼间的炉火白白燃烧。

邑人们男女老少手拉手，披散着头发，异口同声地又叫又唱，沿着沙碛奔跑过来。新入伍的兵士停下磨刀的手，不知出了什么事，抬头望着天上。高寒的天空一派晴明，枯叶色的山巅，春云如棉，缓缓飘流。

鹰声嘹唳，撞击着人们的耳鼓。孩子们抓住母亲的衣裾不放，老人拄杖而立，仰望天空。大鹰由高高的蓝天闪耀着辉煌的羽翼，斜斜地飞旋下来。不久，邑人们骤然一惊，面色苍白。原来这只鹰同往年明显不同。

河畔上有一棵亭亭如盖的松树，大鹰站立在松树梢头，同往年的黑鹰迥乎相异，长着一身雪白的羽毛。邑人们惊呆了。雪鹰庄严地梳理着羽毛，它已经不再嚎叫，也没有振翅飞走的样子。

——王子也仔细看到了这种奇异的现象。一夜无眠的明公主这时却悄悄进入了梦乡。王子站在床帐之外，眺望山谷间的风景。蓦然间，那里出现了异常的情景，引得王子忘我地观看。然而，从这里望去，犹如一棵幼松的松树梢头，鹰的姿影恍惚不定。只有沙碛地上因为恐怖而呆立不动的一群邑人，却显得清清楚楚，他们的身影仿佛被咒语钉住了，纹丝不动。离开那里不远，河水梦一般灼灼闪耀，泱泱流淌。

出了什么事？

什么事也没出。

无疑，这种巧妙的时刻，无限悠然地降临在众人的头上了。

“我的圣主……”王子从背后听到了石木的声音。王子转过头，连前额都变得苍白了，他喊道：“谁叫你来的？为何没有获得允许就闯进我的宫殿？”

“我的圣主……”石木嘴里不住祝福着什么，脸上毫无惧色，显露出滑稽而又庄严的微笑，“我打算明天就引兵出征，如何？”

王子瞠目而视，这种出乎意料的请求听起来就像命令。近来，石木屡屡召集兵士长官开会，城里头一天到晚一片嘈杂，室内的响声彻夜不断，使人感到早晚要发生什么事情。然而，这些现象对于王子和公主来说，都没有任何关系。“到昨天为止，臣下一直待在海港，察访了一排排新造的皇家木船，同时也察访了兵士乘坐的战船。武器之类已经准备充足。军士数万，大和之国数万民众也将和我们站在一起。雪鹰降临是个吉兆，诸事都委托给我石木好啦。”

“不可！”

“我的圣主，邑人们已经倦于物事。丰苇原中国千万民众尽皆倦于物事啦。众不厌之时不可开战，而过度生厌之时也不可开战……就请交给石木吧。”

“不可！”

飘流的云层掩映的日影，使得室内如黄昏一般暗淡。身材颇高的石木臣下从未如此贴身站在王子面前。他双目灿灿，光芒逼人，口髯中雪白的牙齿咯咯作响，满脸堆笑。那副巍然挺立的姿势，似乎浑身孕育着使不完的力气。

王子的内心与其说憎恶，毋宁说充满揪心的悲伤。这究竟为什么呢？不知不觉，王子的声音低沉下来，用少年般的眼眸茫然地望着石木。

“安静……公主她在睡觉。”

对于王子的这句话，石木似乎没有听进耳里，他依然对王子报以紫铜般的微笑。

“明皇后已经知道出征的事，臣下早已向她报告过了，并同时劝她对某件事能毫不犹豫地答应下来。”

“我不知道。是什么时候？某件事是指的什么事？你劝她要做的事很可怕吗？”

轻王子连珠炮般地追问石木，因气急被噎得喘不过气来。他的手不由抓住石木的衣袖，石木以奇异的腕力若无其事地甩开王子的手回答道：

“求她死——”

王子脸色苍白，像剥去一层皮。

他倒在明公主的卧床上，疯狂地摇撼公主的身子。公主腰间悬挂的铃镜频繁地响起来。虽然公主的身子流贯着活人的温热，但王子一时无法安定下来。

“公主……公主……”

明公主静静露出琉璃般的眼珠，接着，仿佛从水中仰望似的凝视着王子。

“啊，王子。”

公主的话语虽然很沉静，但却含着强烈的热情，那语调和诉说神谕时十分相似。她不像是谈论自己，仿佛是在讲别人的事，这就更使王子堕入一场噩梦，痛苦不堪。无疑，公主吞服石木臣下所奉“死的草籽”，寿命只能持续到明日黎明。王子听罢，和锥心的痛苦互为表里，胸中只能涌出狂烈的朗笑。一切都像一幅构思巧妙的绘画一样。王子有多少次受到这种明显的谋略的威胁啊！他之所以误以为梦，并非因为事情暧昧，而是因为这种谋略显得过于明澈，不是吗？转述神谕的时候不也是如此吗？然而，只能这样。这就证明，当神开始急于完成计划时，便不再顾虑将非紧急之时所隐藏的内部构想显露出来，引导人按照神的意志行动起来。神的谋略是无比单纯的。这就连一切看在眼里的王子也亦步亦趋，急急奔向终点。

王子用颤动的手，徐徐摸索着公主的身子。

“没有任何变化，你还活着。你被石木的玩笑话欺骗了，‘死的草籽’就是长生的草籽。”

“假如这种毒是无效之毒，”公主目不转睛地望着王子，“假如我不死而永远长寿下去，道理也还是一样的。我服下‘死的草籽’，王子不相信，我自己也不相信，世上的人也就不会相信。正因为如此，我服下的是‘死的草籽’无疑。”

“你是说不可挽回了吗？”——王子发出枯叶般干涸的笑声，“一切都能回到从前。已经消失的东西还会回归原处。”他转过头去，用压抑的沉静的语调说道。

“还在那里吗？石木啊，你可以回自己的住所了。”

石木默默无言地站在那儿，遮挡着斜斜照射进来的微弱的阳光。浓密的黑髯垂挂在胸间，凝蓄着幽深的洞穴般的阴影。石木的眉宇间浮现出傲岸的悲悯的神色，故而没有映现在王子眼里。

“我的圣主……切勿忘记母后的嘱托，切勿违背众神的谕旨。今宵一夜，同明皇后惜别之后，明日请不要忘记准备出征。一切黄金御用之物尽皆齐备，御用大刀也打磨已就。假如万一，假如万一不幸出现心绪颓唐、亲自绝命之时，您就不再是天皇了！这事请一定反反复复铭记于心。不仅不能成为天皇，而且也根本不是天皇。请务必抖擞精神，勇敢带领军队出征！只有那个时候，您才是天皇！”

“快走！”王子冷笑着说，“不要开玩笑啦。我知道，公主是不会死的。你想出征就出征好了，只是要注意，不能扰乱我和公主早晨的睡眠！”

石木深深低下头，隔了好一阵子，王子发现他的头发一半落满了白霜。

——王子目送着石木猫一般的身影下了石阶，向着夕阳中温润的山谷方向走去。他心中没有一点阴翳，平时压抑在心头的众多的不安也荡然无存了，蓦地涌上一种虚妄而明朗的心情。

轻王子愉快的眼神在躺卧的公主身上往来流转。与此极为相似的时刻，从前也曾有过。是的，那是公主初来这里的第一个夜晚，当时，王子也是这样守望着远道而来、疲惫不堪躺卧着的公主的睡相的。如今，胸前美丽的翠玉首饰，又同样随着微微的鼻息忽明忽暗地闪动；轻王子依然双手按剑，目不转睛地看着高贵的公主掩蔽在黑发中的睡姿。——这种澄明的一刹那，一瞬间，究竟意味着什么呢？两人曾经所希望的一切都达到了，曾经所祈求的事情，如今在王子和公主身上也全部实现了。

王子呼唤公主的名字，打算让她分享此种幸福。公主再次倦怠地睁开眼睛。王子凑近她眼前，她说已经看不见王子的脸孔了。

——王子不知道何时褪色的夕阳的红光充满谷间，何时太阳落山、黑夜逼近两人的周围。明公主想必真切地感受到时光的脚步吧。为什么呢？因为死亡和黑夜以同样的速度沉淀在公主身上。

王子身上充溢着无量的智慧，这在一般人来说，会因为有如此丰富的智慧而苦恼。王子的手感到明公主的手慢慢变凉了。面色渐渐改变了的公主的容颜，以庄严和美妍次第耸立于本来面貌的深层，更深层。凭着王子的智慧，他能从公主不说一句话的眼神里听懂她所述说的一切。为何要吞下“死的草籽”？明公主到最后也没有说明，但王子却一清二楚。王子和公主从未像现在这样身心合一。两人之间已经摒除了一切障碍，一切阻塞。不指望任何人，两人毫无避忌地身心相连。诚然，再受一击，不祥的爱情的大树就会轰然折断。到那时，如此生存于地面的两个人，因互相爱慕而走到一起的这个传说，就会立即丧失意义，变成一则虚构的故事。公主离别极力仿效死者之爱的皇后姐姐，渡过时光的大洋，登上异样的海岸，一个超越接着一个超越，她的体内不也同样含蕴着不朽的东西吗？富于超越性的生命的姿态，因生存而获得超越，将这种不朽的东西称作“死”这是不相宜的。应该说，正是这种不朽的东西才能将更崇高、更静谧的生命不断延续下去。

王子从公主的亡骸旁边站起身来。

山谷间的沙碛地上燃起熊熊篝火，人们为欢庆明日的出征又唱又跳。那歌声响彻冬枯的森林，惊动了跳跃于树梢上的鼯鼠。篝火的红焰映射着宫殿，和倾注在宫殿上的月光一起，将王子的寝宫打扮成一座古老的神殿。春云叆叇，夜空宁静。

明公主的亡骸看起来像是月光凝聚而成。乌亮的香发守护着死后的容颜，上面依然保留着公主主动决心赴死的美艳。高贵的眉宇间刻印着神圣不可侵犯的梦影。铃镜不再鸣响了。死后的手指搭在腰际的流苏带上，犹如精雕细镂的宝玉，秀艳无比。

对于王子来说，眼下的明公主是他最嫉妒的人。以往，两人天各一方的幸福不会再有了。尽管如此，死去的公主依然是一位无法拒绝、内心世界十分丰饶的女子。——这时，王子的耳边又响起石木阴郁的训诫。然而，王子的反叛之心究竟是什么呢？自古以来都是一样，叛心的真正所在，就是作为皇统证据的稳健而神圣的叛心吗？懦弱的人性的萌芽，一方面被过大的梦想所伤害，一方面孜孜培育起来的不就是单纯的憎恶、单纯的蔑视吗？这不正是易于受伤的人性的盾牌吗？

已死公主的决心仿佛又复活过来，附着在王子身上了，他意识朦胧地拔出了宝剑。

这时，窗外传来剧烈搏击羽翼的声响，隔着迷蒙的月色，那里似乎有一只大鸟在停翅休息。

王子手提宝剑眺望窗外，看到先前的那只大雪鹰，用两只青黑而光亮的利爪，站立在窗棂上。

鹰依然余威未泯，不停地呼啦啦拍击着翅膀，两三次改换着姿势，随即收拢起雪白的羽翼，阴翳的双睛面对着王子，仿佛在窥视他的模样。

王子手握宝剑走近那只大鹰，它既不害怕亦不表示亲昵，一动不动地伫立于月光下，一身雪羽似寒霜闪亮。

“请你传达给母后。”——轻王子将剑指向自己的咽喉，静静地笑着说。

“我和明公主到黄泉之国旅行去了，谁也别想妨碍我们，没有人能够阻挡皇太子及其爱妃的死。”

那把宝剑刺进了轻王子青春的咽喉，这时，从雄朝津间稚子宿祢天皇传承下来的鲜血，再一次高高飞溅向四面八方。

大鹰惊愕地振翅飞翔起来，洁白的羽毛不知何时也溅上了艳红的血斑。

大和的群山残雪闪亮的时节，城里的人们听到石木臣子发动叛乱的消息，感到战战兢兢。穴穗王子引兵迎击，叛军们已经在海上被彻底打垮了。

明公主的姐姐、轻王子的母亲、雄朝津间稚子宿祢天皇的皇后，联想起一件事情。早先，皇后一个人在庭园里采摘刚刚抽芽的嫩菜，一只羽毛上染着暗红色斑点的大雪鹰，呼啦啦拍击着羽翼落在她面前，皇后惊魂未定，那鹰又立即飞走了。

石木臣子暗暗潜入陆地，立即被捕、斩首。临死前，他将美丽的翠玉首饰交给穴穗天皇的兵士，委托他们献给先皇皇后陛下。

皇后将首饰捧在手里，这确实是皇后曾经亲自送给明公主的礼物。

皇后保有九十岁的长寿，在她漫长的后半生里，这副首饰一直没有离开她的脖子。这首饰曾经戴在一位美人儿的颈项上，她的人生像一条水流湍急的大河，短暂的青春放射出灿烂的光彩。

最后，这副首饰始终挂在年迈的皇后的胸前被纳入灵柩。

殉　教

小魔王君临这座宿舍。这里是众多贵族子弟学习的学校。他们长到十三四岁，已经具有一副成年人冷酷的心和妄自尊大的灵魂，一升入初中一年级，就得按规定住校，过集体生活。这是几十年前任这所学校校长的小木将军发明的一种斯巴达式教育[①]的传统。同级生全都是小学时代的同学——所以关于顽劣的训练，在住校之前的六年间早已身体力行，个个具有惊人的协同作战的能力。例如：在教室的一隅造一处坟场，陈列着老师们的墓碑；门口暗设机关，秃头老先生一跨进教室，黑板擦自动掉下来，粉笔末染白了先生的秃头；雪天的早晨，将雪团儿投掷到朝阳辉映的天棚上，老师讲课时雪水啪哒啪哒滴到讲台上；偷偷将教员休息室的火柴换上一擦就迸出火花的"魔法火柴"；给老师的座椅悄悄装上十几根露出尖子的图钉……这些只能看作是妖魔行为的无数"事迹"，都由两三位智能人物和一群训练有素的恐怖分子所操持着。

"喂，让我瞧瞧，借给我看看不行吗？"

一位高班学生怀着胎毛一般天真幼稚的好奇心，虽然耳朵感到痒抓抓的，但在比他低一级的低班学生面前还是努力强忍着，却反而涨红了脸。他时常趁着午休的时候来访，坐在宿舍的破椅子上，尽量摆出一副吊儿郎当的姿态。只有这样，才能显示出不受任何束缚的精神来。

“给你看，给你看，不过得等五分钟之后。怎么了？ K君，干吗眼睛贼溜溜的？”

魔王一双秀美的眼睛优柔地斜睨着那位高班生，毫不示弱地回答。他是一位发育良好的十四岁的少年，看上去像十六七岁。他的父母据说运用丹麦式的育儿法，将婴儿一只脚吊起来，像揉面团儿做面包一般，在婴儿肉嘟嘟的身子上到处揉个遍。尤其是养在高轮[2]高处的一座西式的玻璃房子里，远方的潮风闪耀着羽翼时时向院子的草地上吹来。他的裸体就是青年人的造型。少年们体检时常有一种莫名的羞耻心，这时只有他一人令人想起那位用充满凉飕飕污蔑的眼神、环视着周围母山羊的达佛尼斯[3]。

B寮是最顶头的一座宿舍，从二楼魔王的房间望过去，学校所在的缓缓的斜坡上是一片森林，在五月的天空下闪耀着光辉。微风拂动着枝枝叶叶，宛若摇摆不定的醉汉。尤其是早晨，森林里鸟雀聒噪，定睛一看，一对小鸟夫妇正在树梢波浪般的簇簇嫩叶上扑棱扑棱蹦跳着，犹如海面上跃起的飞鱼，接着又忽地狂啸一声，翻转身子，钻进原来的绿色波谷之中。

这位高班的K带着三明治到这间房子来玩，不言自明，他是一心想读那本有趣的书。对这一点，魔王少年田山早就觉察到了。不过，

---

① 即生存选拔教育，常用来比喻军事化教育的严格与残酷。

② 东京都港区南部的地名。

③ Daphnis，希腊神话中的美男子牧羊人。

他对这位高班生开玩笑，同时也是拿自己寻开心，有着一种甜蜜的亲近感。

"五分钟了！"

"胡说，刚过三分。"

"五分！"

——田山蓦地浮现出少女般的微笑，这是他一生从来未受到过侮辱的脆弱性格使他发出的微笑。

"唉，真没办法，那就拿给你看吧。"

他将左手插进裤兜里——这是他的一个老习惯（他有一位读大学的表哥，把手插进裤兜时，金属的表带在裤兜和毛衣之间闪闪发光，他觉得很帅气，特地加以模仿），只好懒洋洋地打开书箱。书箱里装着他回宿舍后尚未摸过的教科书、脏兮兮的儿童故事全集，以及"I文库"的*The Jungle book*[①]和*Peter Pan*[②]，还有父母给自己买的书籍等，中间本该夹着一册书脊上写着幼稚的黑墨字的《普鲁达克[③]英雄传》。这本书的封皮严严实实包装着红色的牛皮纸，他在图书馆看到一样厚的书，记住了书名，回来后自己写上了《普鲁达克英雄传》的书名。不论是休息或上课，这本书在学生之间来回传阅，当看到本该印着亚历山大皇帝塑像的那一页上有一幅奇异而复杂的彩图，一定会大吃一惊吧？

"装出一副忽然丢失的样子来糊弄我，那可不答应！"——K生

① 《丛林之书》，英国作家吉布林（Joseph Rudyard Kipling，1865—1936）创作的动物小说。

② 彼得·潘，英国剧作家詹姆斯·巴里（James Matthew Barrie，1860—1937）创作的童话剧《小飞侠》中的主人公。

③ 普鲁达克（Plutarcch，约46—约125），古希腊哲学家。

怕被这个滑头的低班生给耍了，又担心过度发威反而会上他的当，心中老大的不踏实，目不转睛地瞧着魔王的背影。魔王似乎怀着一定送给他看的欲望，又从书箱的另一头重新翻检一遍。

“被偷走啦！”

田山直起腰来喊道。由于低头找书，涨红了脸膛，眼睛散射着热辣辣的光亮。他又跑到桌子旁边，将每一个抽屉胡乱翻了一气，一边独自嘀咕着：

“我对每个前来借书的人都会留下借条的，谁把我的书随便拿走了，我是绝对不会答应的！那是大家都很珍爱的秘本，我很宝贝它，是绝不会借给我所讨厌的家伙阅读的……”

“书被偷了，光是发怒又有什么用？……”

K的口气像一位成年人，但立即闭上了嘴，因为他看到田山的眼睛里闪现着凶恶的神色，那眼神比起其他任何眼神来，都像是小孩子宰杀毒蛇时的目光。

“那肯定是亘理干的！”亲信小见山指着光亮的房门口说。他在黑板上写了许多小小字体的“亘理”、“亘理”。而亘理刚才却像平时一样，一个人孤零零地向校园走去。透过房门可以看到广阔操场的远方，有一团云影正在向操场这边凝重地飘移过来。

“亘理？你在说些什么呀？那种小孩子和那本书究竟有什么关系？”

“唉，当然有关系，你看。你知道‘少言寡语的色鬼’这个词吗？长着一张圣人面孔的家伙反而对这样的书更感兴趣啊！今天晚饭前，大家去锻炼，趁着寮里没有一个人，你冷不丁地到亘理的房间看看再说吧。”

——亘理是从另一所小学校升入中等科的唯一交际尚浅的朋友。他似乎拒人于千里之外，穿戴考究，衬衫每天都换新的，但是指甲好几个星期都不剪，黑乎乎的像生了什么病似的。他有一身栀子黄的毫无光泽的白皙皮肤，唯有嘴唇是红的，不是涂了口红就是用手搓的。靠近一看，长着一张惊人的英俊面孔，可是从远处观看却相貌平平。他看上去就像一件美术品，具体部位用笔极为细致，而给人的整体印象却很单薄。他的美只是局限于细部的、仿佛被偏执诱惑的美。

他刚一开学就受到了迫害。大凡少年，意识到他们这般年龄所特有的脆弱，大都憧憬于与此相反的“粗鲁”，亘理对这一点很看不惯。他一直坚守这样的脆弱，一个富有自我意识的青年，在青年人的伙伴中会受到尊重；但是，一个富有自我意识的少年，就会受到少年们的迫害。少年应该时刻努力成为自我以外的其他的东西。

亘理养成个习惯，一旦被同学当作性格怪僻之人而遭受侮辱，就蓦地抬头仰望蓝天晴空。这一习惯成为受到奚落的一个缘由。“那小子一受人欺负，就学基督徒抬眼望着天空，”——小恶魔中最令人挠头的M说，“这么一来那小子的鼻子就会向上翘的。所以，他的鼻孔我全都看得很清楚。因为他擤鼻涕很认真，那小子的鼻孔边缘带着微微的玫瑰红哩！”

——原来，亘理是被禁止阅读《普鲁达克英雄传》的。

森林残留着暮色。浓绿的叶丛微细地承受着夕阳的余烬，犹如燃烧将尽的烛火震颤不已。田山悄悄推开门进去，这时他只能从正面的窗户看到森林的颤动，接着，亘理的身影映入眼帘。他面对书桌，用白皙而纤弱的两手抱着头，专心致志伏在桌面上，只能看清楚白色的书页和手背。

听到脚步声，亘理回过头来，突然使出浑身的力气，用两手死死捂住书本。

田山两三步快速飞跑过去，跳起来揪住他的衣领。亘理瞪着兔子般无表情的大眼睛，急剧地逼近田山的面孔。田山感到自己的膝盖抵住椅子上亘理的肚子时发出异样的声响，他甩开亘理像黏胶一般反抓过来的手，抡起右臂照着他那毫无弹力的面颊使劲掴了一巴掌。看样子，亘理的面颊凹下一个坑，再也恢复不过来了。其实，刹那间亘理的面孔仿佛一下子倒向被打的方向，呈现出奇怪的静止无力的表情。但是，面颊眼看着涨红了，狡猾的鼻血从端正的鼻孔里细细地流了出来。

田山看到这番情景，心里又畅快又恶心，毫无必要地迈开大步，舞蹈一般跃起身子，抓住亘理蓝衬衫的领子，将他拖到床上。亘理简直就像提线木偶一般。而且，奇怪的是，至今他似乎还不明白自己为何被置于此种状态，两眼直直地望着暮色迷离的森林上方浅蓝的夕空。或者说，夕暮的天空硬是降落到他那没有一点儿生气的眼睛里了。也许他毫无意义地用一双大眼睛承受着那片夕空吧。鼻血夸示着鲜烈的光泽，欣然地从他的鼻孔顺着嘴角流到了下巴颏上。

“小偷！小偷！”

田山将亘理摁倒在床上，跳上床对他又踹又踢。木床发出吱吱嘎嘎的响声，听起来像折断了肋骨。亘理仰着脸，闭着眼睛，不时露出过于整齐的牙齿，气咻咻像生病的小鸡发出悲鸣。田山朝着他一边的腹部猛地揍了一拳，看到他像死尸一般静静地面向着墙壁，便从床上一跃而下，动作干净、利索。当时，他的身子微微倾斜，竟然忘记将那刚刚行凶的手优雅地插进裤兜里。

随后，他右手抄起桌子上那本《普鲁达克英雄传》，夹在胳肢窝里，大摇大摆登上二楼自己的房间。

——这本奇怪的书他已经读过多遍，每读一次，最初那种狂热的兴奋就减少一层。这个时候，他的兴趣转移到看看这本书对初读的朋友具有多么巨大的魔力上。但是，他把亘理任意痛打一顿，夺回这本书再读一读，一种近乎疯狂的极大的快感，重新唤回了最初狂热的兴奋。他一页都没有读完，每出现一个神秘的单词，就会引起几千条联想，陷他于千百次酩酊之中。他喘着粗气，两手颤动，这时，传遍整个宿舍区的开饭的钟声使他感到困惑，该如何在大家面前露面呢？亘理的事，他全忘光了。

当天夜晚，田山从难眠的梦中醒来，这场梦将他推入儿时所患过的各种疾病的洞穴。不过，他还应该说是个罕见的健康的孩子。他生过的病充其量就是百日咳、麻疹和肠炎。尽管如此，梦境中各种疾病都认识他，向他打招呼。疾病一靠近身边，肯定有一股难闻的气味儿。他伸手推开它们，那只手就像沾满油画颜料一般沾满了“疾病”。一个疾病用手指搔弄着他的咽喉……

田山今天感到梦中醒来的自己生着一对亘理那种兔子般的大眼睛，一看，浮现在被褥上的亘理惊奇的脸孔恍如一面镜子。四目对视，对方的脸孔渐渐逼近了。

“你小子！”——田山像比赛剑道似的浑身运气，将声音全部集中到咽喉上。

不知是何物伸出冰冷的手用力扼住他的咽喉，但一半是颇感愉快的压力。难道仍在梦中吗？他又想了想，轻轻从被子里抽出手来，摸摸自己的咽喉。原来是两寸宽的睡衣带子，从后脑勺绕过来，十分绵密地缠住了他的脖子。他是一位能够果断摆脱一切的大智大勇的少年。他从床上站起来，看样子就像超过二十岁的青年一般。这当儿，月光照亮了窗外飘动的云朵，一团团彩云映射着他的身影，看起来宛若古代年轻的神的雕像。

床腿边蜷伏着狗一般的东西，一张白皙的人脸厚颜无耻地面向着田山。他气喘吁吁，整个面孔时而鼓胀起来，时而干瘪下去。唯有眼睛充满敌意（抑或充满憧憬），炯炯闪亮，仰望着阴影中的田山的脸庞。

“亘理，来报仇吗？”

——亘理如黑夜玫瑰似的嘴唇痛苦地震颤着，好不容易用梦幻般的声调说道：

“饶了我吧。”

“你想杀我吗？”

“饶了我吧。”

亘理不逃不躲，只是重复着同样的话。

田山一下子扑过去，这是借助床的弹力的可怕的跳跃。亘山立即趴在地上，接着的二十分钟时间，他一直忍受着骑在自己身上的田山的毒打。“我让你洗澡时见不得人！”田山说着，扒光亘理的屁股，打开蓝黑墨水瓶，泼了他一屁股墨水；又用圆规扎他的屁股，看有没有反应。然后又立即凶狠地拽着亘理两只耳朵将他拎起来。所有这一切仿佛都是预先准备好的，一个接着一个紧张地进行下去。亘理这次也不能抬头看天了，只是将脸孔紧贴在亚麻油地板的接缝上。

这座学生宿舍每两人一间房，田山的室友正巧生病回家了，田山估计着不会惊动楼下，他才这么为所欲为的。打着打着两个人都累了，不知何时都倒在地板上睡着了，亘理连白皙的屁股都忘记遮盖了。

也许在地上的睡眠极其短暂，田山先睁开眼来。他双手枕在脑后，眺望着月光明丽的窗户。躺在地上所能看见的只是天空。月亮从窗台沉下去了，空中只有两三片云彩，全部沉浸在澄明的光辉之中。那是一种宛若映照在刚刚打磨的机器表面的景色，是一种具有非情的明丽、正确和致密的景色。云彩的位置看上去就像一座壮丽的楼房耸立在那儿，很难移动一下。

突然，田山萌发一种奇妙的欲情，这欲情与其说是来自沉静的内心，毋宁说是自然形成的，是刚才衣带缠绕着脖颈的恐怖的感触以及奇异的体态两相交合的欲情。"这小子要杀我。"这位果敢的中学生心想。于是，他同时产生了异样的优越感和异样的内疚，这使他坐立不安。眼下的自己并没有被杀，他受到这种屈辱的苛责。

"还在睡吗？"

"没有。"

亘理一边回答，一边将眼睛转向田山，然后伸出那只瘦削的白手，又随即缩回来按着一侧的腹部。

"这里很疼。"

"真的？真的很疼吗？"

田山翻过两回身子，稍稍有点儿越过距离，骑在亘理的半边身子上。这时，亘理发出从未有过的贝壳一般可爱的小小的“咯咯”笑声。魔王顺着笑声摸索过去，将自己整个脸孔紧紧压在周围长满茸毛的亘理的嘴唇上。

田山和亘理奇妙的关系在同学之间悄悄传扬开了。这件丑闻具有神秘的力量，田山因而变得更加强悍，亘理也进入众人的圈子中来了。这就好比一个不为大家注意的女子，一旦被某位社会名流看重，就会在俗众中陡然提升自己作为女人的价值。两者是一样的道理。对于同学们的这种态度，田山是如何想法则一概不得而知。

不久，田山魔王的权力开始要求一种严格的法律体系。大家利用英语和作文两节课的课间休息时间起草法律条文。例如，刑法必须是恐吓主义的专断性刑法。少年们中已经萌生强制自己服从规制的要求。宿舍里一天早晨，小恶魔们要求魔王指名是谁。他们各自都以离奇古怪的姿态坐在椅子上，说是坐着其实是抱着椅背，有个一年级学生，干脆把椅子倒过来，两手抓住两条椅子腿坐着。

“田山，快喊名字，只要你一喊出名字，我们就制裁他。近来有没有不听话的家伙？”

“没有。”——田山转过青年人一样的脊背，冷淡地回答。

“真的没有？好吧，我们指名吧！”

“等等！说没有是假的，好吧，我来指名。光是指名，不说理由。”

大家屏住气，没有一个不希望被田山指名的。

“亘理在吗？”

“啊，他刚才出去了。”

“我指名亘理，那小子最近不把我们放在眼里，不给他点儿厉害瞧瞧,将来更难以收拾。"

——这完全是五年级学生的口气,田山似乎不当回事,像想起一件遗忘的东西,表情十分轻松。在他的影响下,大家也都高声嚷嚷开了。

"时间定在午休。"

"场所是血洗池畔。"

"我带着宰牛刀去!"

"我拿绳子,那小子要是反抗,就把他捆起来!"

池塘底部积满了绿色的淤泥,再加上四周都是密不透风的树木,无边的叶荫覆盖着池水,一派苍郁,走到这里感到连嘴里都填满了绿色。脚步就像踏开筱竹丛,每人都觉得是一种享乐。一行人围着田山和亘理,谁也不说一句话。亘理只顾走路,看起来也并不紧张。不知为什么,瞧他那副模样儿,本来像个脚步蹒跚的重病号,可步子跨得特大,使得周围的学友都有几分害怕。他不时透过长满绿叶的树梢,抬头仰望天空。不过,各人都在想各人的心事,谁也没有谈论他的这些动作。田山左手插在裤兜里,低着头,迈着大步。他极力不看亘理的脸。

田山站住了,高举挽起衣袖的胳膊。

"停步,安静!"

——上了年纪的园丁推着手推车,走在通往花坛的小路上。

"怎么,你们又合计着干坏事吧?"

"呸,这条老野狗!"

据说,他靠着白吃学生宿舍的剩饭过日子。

“他已经走远啦。”——M扫了大家一眼。

“好，喂，亘理！”

田山这才开始注视着亘理的眼睛。亘理和其他人都是一副从未有过的黯淡的面孔。

“你小子最近好神气！——”于是，宣告完毕。但是，尚未开始执行。负责执行的人挽起袖子，裸露的双手交叉在胸前，指尖儿不停挠着自己的胳膊肘儿。——在这一瞬间里，亘理似乎瞅到了空子，他猛然做出扑向田山的姿态。田山的背后是水池，他踩在脚底的石头和土块滚落到池子里，池水发出清幽的响声。要说声音，只有这个。在别人眼里，他俩仿佛在无言地相互慰藉。然而，踩住地面极力不使自己掉进池塘的田山，主动跳将过去，结果呢？他的手腕碰上了瞄准他臂膀的亘理的利齿。

少女般又像是猫科动物的整齐而尖锐的白牙，深深刺入田山细皮嫩肉的膀子，一股鲜血从牙齿和肌肉之间渗出来。尽管如此，咬的人和被咬的人都纹丝不动。田山没有发出呻吟，顺势一晃，膀子挣脱了牙齿。亘理用手背揩了揩满是鲜血、比平时更红的嘴唇，站在那里，眼睛不离开田山的伤口。

大家都理解这一现象。一两秒钟后，亘理早已逃走了——但是六个恶童追上了他。亘理的双脚沾满池畔的黏土，因为抵抗，蓝衬衫撕破了，露出病态的白皙的肌肉。拿着绳子的一个学生将亘理的双手捆绑在背后，裤子被红土弄脏了，发出奇异的艳丽的颜色。

田山没有追，他顾不得受伤的左臂，只是颓唐地插在裤兜里。血不住地滴下来，将他的手表玻璃染红了一圈儿，又从指尖儿滴进裤兜底层。田山没有感到疼痛。那不是血，他只感到那是一种有些瘆人的、亲昵而又温热的东西抚弄着自己的皮肤。不过，他决心干点儿什么。伙伴们将亘理抓回来了，从他们的脸色上他看到大家都在期待他的决心尽快得到具体实施。

田山不再看亘理，亘理被长长的绳子绑了一圈儿又一圈儿，绳头攥在一位同班同学手里。田山盯着他说道：

“带到一个僻静的地方，就去鸽子房后面的树林好了。”

亘理被撞了一下，迈出脚步。他经过红土路面的时候，又摇晃着身子跪倒在地上。

“嗨呀！”

大伙儿喊着下流的号子把他拉起来。他的肩膀被绿叶的光辉映射得更加惨白，十分显眼，简直就像蓝衬衫的破烂处刺出来的白骨。野蒺藜、细密的小黄花，还有蒲公英以及野菊花粉，混合在沾满裤子的红土里，五彩缤纷。有人给他擦了一下，沾在面颊上的红土掉下来，同学们谁也没有见过长着如此美艳容颜的男孩儿。

调皮鬼M要么胳肢胳肢正走着的亘理的腋窝；要么抓住他的大腿，不断纠缠他。他喊叫着“他又看天啦”，于是放声大笑起来。但是，在亘理的眼睛里，地上能看到的只有两种东西。M要是知道，他又会作何想法呢？一是不断穿过绿叶梢头照射我们眼睛的蓝天和神的法眼；一是地上因他而流出的尊贵的血、染红田山臂膀的鲜血。他轮番望着这两种东西。田山直盯着前方，像大人一般高视阔步。他的左臂就在亘理的眼前，血慢慢干了，经过太阳底下时，闪耀着紫色的光亮。

鸽子房后面是一片明丽的稀疏的树林，行人稀少，鸽子经常飞来这里游乐。这本是很不起眼的杂木林，但中央有一棵向四方伸展着枝叶的大松树，很多鸽子并排站在树枝上咕咕啼鸣。午后的阳光照

得树干亮晶晶的,流淌的树脂看上去就像玛瑙的矿脉。田山站住了,对牵着绳子的学生说:

“好了,就在这里。你快把亘理的绳子解开,但不是把他放了,而是要把绳子高高地甩上去,挂在那根粗大的树枝上。”

大家听到这道恶作剧式的命令,个个兴高采烈。亘理被两名少年押解上来了,其余四个人像小恶魔一般,在草地上又蹦又跳,帮助他把长长的绳子挂到树枝上。绳子的一端挽成一个圆环,一个少年站在相应的树墩上,把头伸在圆环里,伸出舌头给人看。

“不行,还要再高一些!”

伸舌头的少年个子最矮,为了和亘理的身高一致,至少还要再高出两三寸来。

虽说是开玩笑,但每人心里都罩上一种“莫非当真”的阴翳,感到惊恐不安。微微发抖的苍白的亘理,被带到绳子前边的时候,一个爱开玩笑的少年致了悼词。其间,田山也睁大眼睛傻傻地盯着蓝天。

田山突然高高举起手发出信号,然后紧紧闭上了眼睛。

绳子升起来了。

孩子们害怕看到众多扇动羽翅的鸽子,以及悬挂在可怖的高处的亘理那张俊美的容颜,不想在阴森的杀人现场继续待下去,各自早已一溜烟逃出了疏林。

他们用极为快活的速度奔跑着。

他们幼小的胸膛里依然充满着杀人的自豪。

过了半个钟头,大家不约而同地又渐渐进入疏林,肩膀挨着肩膀,战战兢兢朝大松树望去。

绳子还在晃动,哪里还有吊死者的影子?

狮　子

（依据欧里庇得斯的悲剧《美狄亚》写作）

一

一九四六年十月某日早晨，川崎家面对后院的一间房子里，有两个人最先吃早饭。川崎家一直死守着老一套家规，自打战争一结束，又加上今年夏天主人去世，这些曾为维护家规作出贡献的当事人，又亲手逐渐打碎了这些家规，提前吃早饭就是一个例子。面对面坐着吃饭的这两位“当事人”，就是长着一张老酒铺招牌一般脸孔的乳母阿胜和管家横井。想当年，主人家属未用餐之前，下人们是绝不可以提前吃早饭的。如今，这两位老人抢在头里坐在横井六铺席的房间里吃饭，一是因为他俩都上了岁数，格外醒得早，不仅肚子不能照老规矩办，而且年纪大的人需要吃热饭；二是两个老人需要做伴儿一起吃饭。这两条是他们添加在家庭宪法附录之中的。每天早晨，阿胜一睁开眼，就把女佣美代喊起来做饭。战时囤积在仓房里的四五袋子黑市米，依然继续在遭虫蛀。

在别人眼里，这两位老人就像一对老夫妻，其实他们只是清净无垢的恋人关系。主人死后，孤苦劳作一生的两个老人更加亲密了。稍显年轻些的横井，如今老是觉得阿胜同主人发生过关系。

“昨天我去了大井的白龙师傅家，”乳母依然是一副过去的口气，都这把年纪了，说出话来声音反而显得更加娇滴滴的，“白龙师傅说了，这个家族气数还没有尽，不过总会有到头的时候。”

“是啊，白龙师傅家我也是常来常往，”——老管家有个习惯，说起话来讲究抑扬顿挫，就像密谈似的，“这可是个很老的话题喽。满洲事变[①]一结束，老爷插手满洲，据说那可是最艰苦的日子呀。老爷一时无法从满洲事业中抽出手来原因就在于此。小姐本来是到满洲看看风景的，没想到在那里成了家，住到了奉天。弄成那副样子再回来，也是因为这个缘故。不过，我才不相信占卜那一套呢。”——话虽这么说，那位目前他们应该称为“姑爷”的男子，竟然有着一股魔力，能把东京的小姐弄到遥远的奉天去。除了死去的妻子，横井再没有同别的女人交往过的经验，鉴于此，他只能认为是受了灾星的引诱。他打心眼里瞧不起那号人，那人对待下人的态度同老主人完全不同，他有时带些土产送给下人们，显得亲密无间，不断给予鼓励，使人在生活之中不知不觉解开了心里的各种疑惧。照横井的观念，主人对下人不表现出亲切，这才是对下人的最大尊重，所以他觉得，一旦受到主人的亲切对待，反而是对自己的侮辱。

“可是在我看来，如今的姑爷倒是个堂堂男子汉呢。”

“我讨厌那金牙。”

横井愤愤地说。

“不就三颗吗？”

她倒知道得很清楚。也难怪，家什疏散时，阿胜都一一在场，这个女人甚至各间屋子每个抽屉装了几块手帕，她都能闭着眼睛全部

---

① 即“九一八”事变。

数出来。

——铺满阴凉地的后院也次第浮现出光亮。秋日纯正的阳光透过一排排杉树，在地面上映出一条条阴影。放眼庭院，两位细心的老人也许从条条树影中回忆起数月之前，老主人下葬那天，那里曾经张挂着的黑白间隔的吊帐吧。

“那个人要是不在了，该有多好。”

横井似乎想检验一下自己飘摇不定的敌意，对新主人时不时用唾弃的语调称呼。比起横井，阿胜的敌意更具有细密而优柔的层次，敌意更富于动物性的生气。

“小姐（繁子结婚后，阿胜依然顽固地这样称呼她）苦楚的根源全在这位姑爷，这一点连美代都知道。这几天出外旅行，到现在还没回来。

“再说，小姐一旦离开姑爷，很难生活下去啊，真是可怜！夜里睡不着觉，眼睛布满血丝，因为是已故老母亲留下的神经质症，看来也只能自己苛待自己的身体啦。”

——这时，美代来报告说，繁子的独生子亲雄醒了。幼小的亲雄睡在远离母亲的楼上卧室里，近来养成个习惯，因为急等着上幼儿园，起床前一觉醒来，总是从床上伸出手，独自将刚能够到的窗户上的挡板推开。

“他打开窗户在唱歌呢。”——美代扫着后院，用百舌鸟一般高亢的东北腔，向面对面坐在六铺席房间里的两个老人报告说。

“他想念妈妈，总是睡不安稳。从小就这样神经过敏，可不是什么好事。”

“怪可怜的，我这就过去吧。”

阿胜站起身子，横井问她：

“今天是什么客人？”

阿胜将手指伸进织着“如源”二字的缎子筒形腰袋里，一边很爽快地捋着一边回答：

“就一个人。艾格乌斯少校三点钟之前赶来参加茶会。少校的夫人昨晚打来电话，说她患感冒不能来。这边呢？看样子姑爷也不大可能赶回来。只有两个人的茶会，是够冷清的。”

二

亲雄由横井领着去了幼儿园，繁子这才醒来。九点了，挡雨窗的隙缝里流进来树脂般晶亮的光线。

最近几天来，丈夫寿雄所谓“因公出差”没有回来，但繁子每个夜晚都要为他铺好床才能睡着觉。哪怕是空寂而冰冷的床铺，身边不望着它就无法合眼。如此说来，一张空荡的床铺，对她来说也是很温存的。为什么呢？因为那里不再发出令人嫉妒的鼾声，任她为所欲为，直到闭上眼睛。一种原因是因为繁子身子发烧，不管睡哪张床都无法一觉到天亮。她不断更换枕头和床铺等待睡意。可是，谁也不能睡两张床。繁子每天清晨一睁开眼看到的是，杂乱无章像坟墓一样冰冷而空漠的“另一张床”，这使她感到很头疼。

她从不快的预感中醒来。早晨是可怖的，这是病人熬过暗夜迎来的早晨。繁子从残酷的不祥的梦境中醒来，感到嘴里充满血腥味儿。莫非噩梦中流血的印象还残留在嘴里？不是的。每当月经来潮那天，繁子常常从这种感觉中醒来，那天一整天里吃什么都带着血腥味儿。

——自打看到大撤退时令人心酸的情景以来，繁子变得神经过敏，尽管自己房间里不摆任何红色的东西，梦中的流血照样很无情。自从在奉天迎接停战到回归国内，这期间不寻常的景况执拗地反复出现于梦中。她十九岁到满洲旅行，待在父亲公司所在地奉天期间，与陪同她的公司职员朋友的寿雄堕入爱河。繁子这种急剧的初恋，犹如大陆地方卷起的一股疾风，一时被沙尘迷住眼睛，失去了方向。现在想想，寿雄确乎是个堪称“闪电战”这一诨号的老手，他精于此道，暗施手腕，就像一个高明的外科医生，不必执刀，即可让你初尝痛苦的滋味。对于外科医生的信赖，来自不必长久忍受痛苦，单凭想象的力量就能将病症切除尽净。哥哥的干扰，反而促使繁子盲目地结了婚。亲雄诞生，过了三年战争结束——于是，噩梦大致就在八月十五日后充满神秘宁静的奉天街道开始了。

八月末，苏军进来了。当时身为父亲公司职员的哥哥原是中尉，有人告发他隶属于特务机关，哥哥立即被带往某地。第二年，也就是今年春天，寿雄夫妇抱着亲雄乘安奉线踏上撤退的旅程。这列火车遭到土匪的袭击，地点是宫原站[①]附近。乘客们无路可逃，便跑进荒野那些积水的洼地。那些池沼中生长着芦苇般高高的茂草，水面到处漂浮着一米多厚的草丛，只要沉入水里就能藏身。但是大多数乘客喜欢群集一处，如果都奔向同一个地方，就会溅起水花，所以寿雄毅然改换方向，朝着不适合隐身的草丛的一角跑去。他怀里抱着儿子，身子浸在水中。亲雄的小脸蛋儿微微颤栗着，没有一点孩子般的红晕，惊恐地睁大着病态的双眼，受洗的教徒一般紧紧搂住父亲的脖子，下半身泡在水里。

---

① 今辽宁省本溪市本溪火车站。

“不用害怕。没有什么可怕的，不准哭。”

母亲一边啜泣，一边稍稍斜睨着眼睛，死死盯着很可能为一家三口招来杀身之祸的亲雄那张微微开启的小嘴儿。做母亲的将手掌贴在孩子的小脸上，只要他哭喊一声，就用手掌按住他的嘴，将他闷死。

长久的沉默。清脆的枪声打破了这种沉默，接连又响了好几发。池沼依然一片静谧。抑或仅仅把头露出水面的几个伤亡人员，没有来得及喊叫就沉到水底去了。只见不到五十米远的一处草丛荡起宽阔的水浪，那里的水面一片艳红。那是经雨淋湿的红砖头的颜色！——当时，池沼遥远的周围，出现两三个狙击手，未等下面的枪声响起，远处飘来类似笑声的尖锐的悲鸣。就这样，一场打野鸭子的比赛这才正式呼天抢地地开始。

袭击结束了，繁子在清晨开出的列车车厢一隅坐下来，当她遥望着背后那片发生惨剧的闪光的沼泽地时，一时晕过去了。等她重新清醒过来，太阳已经热烘烘地照耀着车内，耳畔一直响着亲雄抽抽噎噎的哭声。她注视着亲雄的嘴巴，正打算粗暴地用手掌捂住，寿雄制止了她。

——繁子睁开眼来，按响了电铃，她想润一润沾满血一般黏糊糊唾液的嘴巴，正巧阿胜跪在门口，繁子叫她拿水来。随即又暂时将头放在枕头上，闭上眼睛，任凭早晨残酷的阳光在眼皮内翻卷。

繁子瘫软地坐在被窝里，紧闭双目，仰起头将杯子里的水一饮而尽。阿胜用以同情作盾牌的好奇的目光望着繁子的姿态，伸出手很麻利地一一打开挡雨板。两块挡雨板碰到一起，发出健康而干爽的响声。广阔的榻榻米走廊上，洒满丰沛而清冽的秋日的阳光。

“今天星期几？”

阿胜对突然投过来的目光一时惶惑起来，“今天嘛……”她装出正经的样子回答：

“星期几来着？大概是星期二吧？”

繁子本想用这类无聊的对话开始这一天的生活，她的企图被阿胜意味深长的回答打破了，既然如此，她只好一不做二不休，干脆对阿胜来上一招。

“怎么连星期几都不记得啦？”

“可不，一旦上了年纪……”——她开玩笑地说，让人感到话里有话。

“怎么这样回答！连你都想耍弄我……你们也都合计好了？”

这样一来，繁子理所当然应该到来的呜咽终于开始了。阿胜本来很放心地俯视着她，这时又重新振作起被伤害的那点儿可怜的喜悦之情。她曾经抱过少女时代的这位不幸的女主人。往昔那种仅存于主婢之间甘美的情爱鼓舞和激励着阿胜。

“您都说到哪儿去了？小姐。我们大家一致巴望小姐幸福啊。谁要是耍弄小姐，我决不饶她！”

繁子微笑了，泪光中露出湿润而晶亮的牙齿。

“我要报仇！”

“当然可以。”

“我要杀人！”

“当然可以。”

阿胜的赞同本属巧于应付，犹如一个收购赃物的商人，对罪犯抱有那种亲切而缺乏定见的意味。

三

除了亲戚之外，能自由出入于这座庭院的首先当推菊池圭辅。不是“能”，而是这样“做”了。这位相信自己受到人人喜爱的朝气蓬勃、举止潇洒的中年绅士，也一心想从那些自己不喜欢——例如繁子——的人的身上获取一些好感。其标志就是他能在这座庭院里出出进进。当然，谁也不好硬阻止他。

上午九点，吃早餐时繁子几乎未动过筷子，她站在西式房间的凸窗前整理水盘的插花。一个人影打停在门口的车子上下来，正要从窗边穿过庭院，一眼注意到了繁子。

“哎呀，早上好！”

他仰起头望着她，脱下帽子，一头波浪形的青春秀发，在秋阳里闪耀着光辉。

“今晚你能来吗？一起来吧。”

“寿雄能不能赶回来，还不知道呢。”

“昨天给他打了电报，不要紧，今晚来得及。不过，我是特来问你的，晚上究竟来不来。”

“啊，快请上来吧。”

——圭辅长期处于繁子父亲的精神上的儿子的地位，实业界认为这两个人是不可分离的伙伴关系。但是，圭辅是个不懂义理人情的人，他所保有的爱情（即使对于自己的女儿也一样），是极尽安乐死式的爱情。因为那位有哮喘病的川崎源藏老人，出于对大豆、铁矿石和满洲猪的眷恋，盲目地出手经营大陆商业，又在战争失败后的最后时机里，死守着信誉不良的一大笔“满铁”的股票不放，最后鸡飞蛋打。圭辅认为，对于这样的人还是任其自我灭亡为好，这就是他的爱情。但是，他为讨好留下来的繁子，遂将大撤退中死去老丈人、去就未定的她的丈夫加以录用，让他进入自己正在筹备中的新公司。而且，寿雄很中圭辅的意。这位深深体验过满洲狂暴的朔风的青年，精力旺盛，似乎带有些无政府的味道。他置身于战后人世杂驳的东京，觉得来到了一块神奇的地方。

——这几个星期以来，作为一个父亲，他为女儿恒子的恋爱问题伤透了脑筋，终于在昨天和十年来共享鱼水之欢的女人，一起到热海作了短期的旅行。昨天一早在银座米仓理了发，凉爽的头发仍在耳后蓄积着艳丽的回味。所以，他一看到眼前的繁子那副妄自尊大的样子，只想早一点逃离。他强忍住哈欠，就像一个心怀叵测的人，小狗一般天真的眼睛里噙满了泪水。

圭辅对于失去母亲的独生女的情爱，和那些出于嫉妒而拼命折腾自己的人迥然不同。女儿能勇敢地独来独往，对他来说端的有趣。二十四岁——和繁子相差一岁——未婚，战时入伍的学生中，同恒子抱头哭别的男人出奇地多，这对圭辅来说也很有趣。他看到女儿对自己撒谎也不脸红，简直使他高兴得要死。他的享乐型的利己主义是很彻底的，对女儿他是个“好父亲”，对职员他是个“好经理”，对朋友他是个“好伙伴”，对全社会的人，他是个“实实在在的好人”。这对他来说非常满足，只要确信人人都爱自己，爱情的问题就已全部售罄，再去爱别人就成为多余。他对十年来不即不离的女儿的情爱，对于新职员寿雄的厚意，最终都是对于把他看作“好人”这一观点的感谢，而决不会超出这种观点。可以说，他对繁子莫名其妙的厌恶，也许出自相反的缘由。

他正在筹建的公司是专门上映美国电影的演出公司，是获得大阪S商店系统出资的一家大企业。公司办公室设在战火中幸免于难的自家住宅中，暂时腾出自己的书斋和亡妻的卧室以及一间客厅，不过还是担心有被接收的可能。起初作为秘书录用的寿雄，奉天时代曾在“日满”电影公司干过，这种经历对实际工作很起作用。例如在地方城市设立剧场，向县厅申请营业许可证，这些繁杂的事务都交由他办理。寿雄东奔西走，出色完成了任务。但是，他和主辅家属共居同一屋檐下的办公室里，又有奉天时代“闪电战”的诨号，按理说，寿雄也不会老老实实待着啥事不干的。

由于手腕儿过于高明，结果他只得到了女人——这个越背越重的包袱。要想同时得到金钱和地位，则需要更加巧妙的笨拙。说起繁子，他也仅仅得到了繁子。

恒子爱打篮球，这项运动使她浑身不长一点儿赘肉，有着针鱼般修长的身子和结实而又白嫩的肌肤。一天，寿雄送走客人从后门回来，偶尔看到恒子在自家球场同朋友一起打网球，他瞥见了她那短裤下面的大腿。她的球打飞了，正要到对面草丛中捡回来。寿雄一边瞟着草丛里闪动的白嫩的双腿，一边对恒子的朋友说道。

“鞋带松开啦。”

“哦,真的。”

那位略显肥胖、看来性格温柔的姑娘,随即将球拍夹在胳肢窝里,蹲下身子。当她站起来的时候,她误以为从后门突然进来的寿雄是恒子的男友。“不好意思,”那姑娘行过礼又分别看看回来的恒子的脸和寿雄的脸,“很想喝点儿冷水,到哪儿去拿呢?”

“我去端来吧。”

寿雄间不容发,连忙去取水。

他端着杯子回来时,两个女子似乎早已谈论起这位“满洲归来的人”了。恒子的朋友忍住笑,带着认真的表情接过杯子,肥硕而可爱的手心儿不停揉搓着手帕。他把喝剩下的水递给恒子,恒子没有喝。

寿雄代替她同恒子一起打网球,恒子似乎提不起劲来,只是义务性地跑动着,然而,打过来的球很有力度,使他甚感惊讶。已经摸透她父亲主辅的脾气的寿雄,征得主辅的允许,将这两个尚未踏进过舞厅大门的女子带到舞厅来。不过,恒子依然很少开口。但在暝暝暮色中送她到门口,她却微微噘起小嘴,弄不清是恨是媚,表现一副倔强的神情。

“今天一整天,什么事儿也没发生。”

她讽刺地说。这是得知繁子和他之间最初的交往经过的人嘴里说出的风凉话。寿雄故作惊奇,回应道:

“会有什么事要发生吗?那太遗憾啦。”

“您好不正经!我讨厌不正经的人。我真想奉劝繁子小姐一声呢。”

“还是由我劝她好了。”

寿雄有些迷醉了。两人握手告别，恒子手上的凉意，在他手心里似乎留下清冽的刺疼。

——最近几周以来，圭辅所苦恼的所谓恒子的恋爱问题，正是她和寿雄经过这番交往而形成的关系。唯独这一次，使得圭辅目瞪口呆，他切实感到了从未有过的乐趣。圭辅认为，世上的父母在这种场合，无论采取何种手段都是愚蠢的。

“我说你呀，”他用一副天生的亲密的语调对寿雄说道，“这次制定的宪法，列有重婚罪这一条！”

“真是对不起。”

寿雄的眼里闪耀着对圭辅不可动摇的信赖的光辉，这正讨得了圭辅的欢心。圭辅属于那种时时提醒自己并不天真，而又格外具有人们特有的天真的人。实际上，他根本没有想到会失去这位和他很投合的下级——彻头彻尾把他看作“好人”的心腹。不仅如此，他还想进一步被看作“好人”呢。

“如果你真心实意要追恒子，”圭辅不动声色地说，“那就干脆同繁子小姐分手，怎么样？”

寿雄突然觉察到这并非用讽刺口吻说出的话，实际上，他在这位未来的“老丈人”的面前，时常提起他对繁子很感头疼，事实上已经不是夫妻之类的话。繁子凶暴的嫉妒，犹如母狮子的利爪，从在奉天的第一年起，就弄得他痛苦不堪。

圭辅介入恒子的恋爱问题的起因，和恒子过去所经历的全然不同。这回她是堂堂正正向父亲求援的。一天晚上，就寝前父女两个听罢WVTR广播，想听的节目全部结束，关上开关，恒子急不可待地问父亲，有没有喜欢上别人家的夫人。

“嘿嘿，”这位父亲即便谈起男女之间的事也从不胆怯，“要说喜欢嘛，从广义上说不知有多少人呢，但严格地说只有两个人，这两位夫人你也都认识。”

“我可是第一次啊。”

恒子有些神经质地笑了。她的话也可以理解成头一回听父亲说起这件事。圭辅更加显现出困倦的神色。

“爸爸不是有意瞒你，过去你没问过，我也就没说。”

“不是，我是说我自己。”

“哎，你搞同性恋啦？”

“哪里呀！”

她让父亲给自己倒一杯威士忌，喝了起来。

“少喝点。”

恒子爱撒娇，只要父亲一喝酒，她也跟着喝个没完。圭辅这样阻止她，也是这位父亲的口头禅。

“不过，那个人可是滴酒不沾呀！”

“那个人，指谁呀？”

她带着一副不太认真的表情，没有回答父亲的问话：

“能待在满洲，真是少见啊。”

“你是说繁子？”

“真讨厌，爸爸。”

——圭辅大致弄明白了。女儿说出这些来，如果自己表现很惊奇，那是有失体面的。一切都应装作早已知晓的神色。当然，这种态度只能对一切事情预先加以谅解。

“寿雄君好是好，不过也是有老婆孩子的。”

“所以我刚才不是说了嘛，那个人正要和繁子小姐分手呢，孩子我可以领养。”

“真是胡闹。倒是挺有意思啊。”

当夜他们谈到很晚，圭辅也认为这次说的都是真心话。根据恒子和寿雄编织出来的无情而又自私的结论，这回由于菊池家将被接收，为支付财产税迟早要脱手的川崎家的住宅，先要由圭辅从寿雄手中买过来，圭辅和恒子一旦住进去，寿雄就申请离婚，再由疼爱亲生女儿的他将孩子领养回去。这样一来，变得一身轻的繁子可以另寻再婚的对象，最好寄居到父亲的故乡去。圭辅本想说：“这一切能否顺利进行，首先要看寿雄君是否像你所说的那样厌弃繁子。”但话到嘴边又打住了。这个问题，无论如何考虑，都不应由圭辅提出来，他只要感到有趣就行了。从现实上说，不管恒子他们的恋爱如何进行，最要紧的莫过于将川崎家的住宅弄到手。圭辅到底是圭辅，他虽然作如是想，但还是一直藏在心里，连连几周来都是心情郁闷地过日子，轮番将恒子和寿雄叫来，听取他们真正的意图。两个人的说法固然有道理，但繁子这个无助的不幸的女子究竟会干些什么，圭辅和他们两人一样麻木不觉。

“真正的爱情是强大的。”这位大正时代受过教育、颇有几分伤感的自由主义者，发出早已过时的感慨，“祝贺你们纯洁无瑕的爱情的日子早一天到来。没有爱情而过着结婚生活，这是最不道德的。我和世上大多数做父亲的想法稍有不同，你们的问题由你们自己解决，我很佩服寿雄君的勇气和能力。”

寿雄深感惊讶，但恒子听惯了父亲如此风格的演说。圭辅清楚知道，寿雄的爱情里含有几成对未来的设想，但是没有设想的爱情是最不可信赖的，所以他对这一点反而感到很放心。摆在眼前的房产问题，因为寿雄已经逼使繁子订下法律条款，剩下的只等说服繁子同意了。今晚将她邀来，四个人一起吃顿饭，围着家中的餐桌，说说笑笑就把这个问题端出来解决掉。所以，今晚一定要请繁子出席。

圭辅一走进客厅，就来到刚才经繁子整理过的菊花旁边。

“这是你插的吗？真漂亮！表面上似乎漫不经心，但不论从哪个角度看，都显得浑然一体。”

其实，圭辅根本缺乏这番风流。他那看起来似乎具有西洋式风流的人生观，是在打字机的响声、悦耳地撕去支票的声音、无数的名片以及精于折算的借据对照表中所涵养成功的。他用小狗一般天真的眼神观察繁子，这个女子确实美丽！只可惜，她对美的自信已经被一个男人彻底拔除了！可以说这个女人的美，已经变成一种无所凭依、缺乏外延的美了。她那青黑的眼圈儿，明显地在哭诉自己满心的苦恼！不知不觉，繁子养成了一种令人不快的习惯，她总是翻着白眼儿看待别人。

“这可是相隔七年后看到的日本菊花啊。”

“可不……说得也是。”——圭辅漫应着，繁子的不幸使他感到害怕。面对他人的不幸，他也仿佛受到了传染。他欠起半个身子说道：

“今晚请务必赏光。”

“好吧，到时我带点儿酒去。我陪您到酒库里走走，看挑些什么为好。怎么样？”

川崎源藏是有名的洋酒搜集专家，除了至亲好友以外，从不对外公开。这就为传闻更增添一层神秘的色彩。

“好，那太感谢啦。这座酒库的酒早在空袭前就倒腾光了，因为预先知道这一点，总会取出些来另外珍藏的。”圭辅说到这里，像是突然想起了什么。

“哎，对了。恭敬不如从命，其实也不是什么非得开新瓶的宴会，上回我来拜访时享用的尊尼获加[1]就很好。还剩下一半吧？”

“嗯，还放在原处，家里谁也没有动一下。”

“啊，那太好啦！就请带上那瓶吧。”

这种索然无味的对话使得圭辅超过了应该回去的时间。

汽车喇叭声和一连串的怒骂使得他们两个大吃一惊。就像上完一堂毫无生气的课的小学生，圭辅立即跑到窗外观望。只见一群孩子翻动着黑乎乎的双脚向门口奔逃。司机从停车处的车厢里探出身子，抓住一个孩子脏污的胳膊，那孩子一边挣扎一边笑，司机也是一边笑一边望着主人。

“怎么啦？”

听司机说，那些孩子趁着司机打盹的工夫，调皮地按响了喇叭，他逮住其中一个领头的。

“带到这里来。”

远远看去，正在笑着的孩子脸色一下子呆住了。

繁子也从椅子上站起身来，圭辅连忙眼含微笑，走过来拿一块饼干，接着又回到窗边。

“瞧，”他指着站在一旁的繁子，“这位阿姨奖励你们，表扬你们帮我叫醒了司机叔叔。”

他灵机一动，也派给繁子一个角色。圭辅小心翼翼，免得弄脏新

---

① Johnny Walker，苏格兰威士忌品牌。

衣服的袖子，从窗台尽量伸展着胳膊，将饼干丢到孩子手中。然而，那孩子一时领会不了大人们的潇洒，他只是呆呆仰望着这位满面春风的中年绅士。繁子为这一瞬间的悲悯暗自伤感起来。

终于，这位孩子王又浮现出成年人一般的微笑，慌慌张张行了个礼，当场一点点咬起饼干来了，抑或他认为只有这样才是合乎道理的做法。“恶作剧还讨了便宜”、“也分给叔叔一半吧”，司机也从旁逗引他。这时，躲进前院树林里偷看的孩子们，三三两两来到窗户下边，个个都脏兮兮的。他们慢慢围拢过来，脸上都带着可怖的僵硬的表情，往昔孩子那种自然流露的羞涩的微笑，再也看不到了。他们沉默不语，猫一般赤脚走过石子儿路面。

他们脸上的那种莫名的悲戚，对于圭辅来说，他既弄不明白，也丝毫感觉不到。眼下的他，对这些谈不上喜欢的脏污的一群客人，只要博得他们的好感就行了。他立即大踏步去端来盛着饼干的果盘。

“来，伸出手，一人一块。好脏的手啊！是脚是手，都看不清楚啦。洗干净再看，也许就是脚啦，”他对站在一旁的繁子送去一个可爱的笑容，“好了，没有啦，对这位阿姨道声谢谢，阿姨把好吃的点心都送给你们啦。”

孩子们走了，圭辅心满意足地坐了下来。

“大凡孩子嘛，总是很可爱的。”

撒谎，他肯定想说：“看，我这个人也有十分可爱之处呢。”结果一时说走了嘴。

——这个小小的口误不料激怒了繁子。如果这话所指的孩子们是繁子的孩子，还不至于使她如此生气。这种场合，圭辅那种厚颜无耻、令人扫兴的善举，针对同她毫无关系的人群，为此，一瞬间这位男子就把自己毫无戒备的姿态，展现在她面前。这样一来，繁子就更加清楚地看到了圭辅对她带有无言的广泛的轻蔑，于是原形毕露。而且，圭辅意外地听到她反复说着怨恚的话语。

“我可不认为他们可爱，即使回到国内也还是不得不看到这些孩子，真叫人扫兴。本来我以为回到国内之后，能真正看到理想中的孩子们的啊！”

圭辅赶紧设法退避。

“这都因为战争影响太大的缘故。不过，孩子们总是对喜欢他们的人表露真正的童心，这倒是很奇妙的事。”

这句话更加激怒了繁子。

“什么童心？是乞丐根性。浅薄的成年人，都痛痛快快地把孩子变成了乞丐。”

“你说的这个，也许有些道理，不过……”

“成年人不管走到哪里，只喜欢看到有人拍手喝彩。孩子对此心领神会，为了讨好成年人，个个都学会了拍手喝彩。不是吗？”

“——这个……”圭辅一时恍惚了，“真爱钻牛角尖儿啊！”

隔了老大一会儿，他才觉得繁子的话触到了自己的痛处，就像负伤者过了一阵子才感到疼痛一样。

圭辅的一颗好心反而成了驴肝肺，他被感伤的悲戚彻底摧垮了。但他并不放松琢磨报复的手段。

“我们进行了一场争论，我输啦——我认输！”

他的目光带着令人同情的悲戚，这样一来，繁子无疑也会心软下来，从而觉得对不起他。在那之前，还是静待时机，攻其不备更加有效。——谁知，繁子却继续保持着无懈可击的姿态，圭辅不由忘记了平时的耐心。

“我说繁子小姐，一碰见你我就成了轻薄的人。不过，作为家庭成员，我自以为是个非常善解人意的父亲。就拿女儿的恋爱来说，世上一般的父亲所不能允许的事我都能原谅。因为我对女儿绝对信赖。例如……”——圭辅在椅子上有点坐不住了，“例如，这次寿雄君和女儿的出差地点是同一个地方，作为父亲，我看得一清二楚；但是我既不责备女儿，也不责备你的丈夫。”——他瞥了一眼繁子的脸色，似乎想检验一下自己这番话的效果。

“要问为什么，因为我对自己的女儿抱有绝对的信赖。”

“为什么他们出差的地点……”她本想说些讽刺他的话，无奈声音打颤，不成其讽刺了，“您怎么知道您的女儿同我丈夫出差的地点一样？作这种想象不觉得难为情吗？”

“因为我亲眼看到恒子吩咐女佣向寿雄君的旅馆发电报。”

“我不相信！”

“——不过，什么都不信那不是爱。怀疑丈夫的不忠其结果就等于怀疑自己的爱。然而，在这个世上，只相信爱也仅仅是梦中的故事。如果做到互敬互爱那自当别论，假若有一方没有尝到爱……”

繁子静静垂着头，看上去就像睡着了的人。——于是奇怪的是，圭辅心中泛起一股冲动，他如今很想向这位自己任意伤害过的女人乞求怜悯。

“我的心并非一生下来就这般冷酷无情，”——说着说着，这位孤独的男人眼里溢满泪水，“以往，我的心曾感受到的怜悯，不止一次陷我于危境。”

繁子站起身，两只手严严实实捂在脸上，走出了屋子。门又关上了，满含着阴郁的长长的啜泣声渐去渐远。

主辅走到窗前，用莹润而清亮的嗓音高声喊叫司机的名字。

“我该回去啦！”

——接着，他站在午前窗外照射进来的明丽的阳光下，用指甲弹去沾在西服衣袖上的小线头儿，那线头儿伴着金光闪闪的眩晕，暂时像微细的小虫飞舞起来。

四

临近中午，里边大门的门铃连响了三声。阿胜正在阅读佐藤红绿[①]的《侠艳录》。

> 安江大吃一惊，连忙追上去拽住他的衣袖，凄凄惶惶地说道："你要干什么呀？"
>
> "放开我！弓彦这小子，看我把他宰了扔掉！"
>
> "又发脾气了，来，稍等一下再说。"安江极力抓住他不放……

阿胜读了一遍又一遍也不感到厌倦，这时只得抛下这段最有趣的文字，好容易站起身来，接着又泛起踌躇。往昔，说到阿胜在这个家庭中的地位，无论是在草坪上举行游园会，或是平常临时有十人以上的来宾用餐，她都要一边忙着指挥厨子、女侍和女佣干活儿，一边记挂着汤汁不要凉了，冰激凌不要化了等杂事。就连那些跟着跑来跑去的人，心中也有一种"看我现在忙的"那种优越感。有时气喘吁吁地在走廊上碰见了，就说句笑话，或到厨房里模仿一下客人的怪模样，哈哈乐上一阵子，或者趁着高兴再敲碎一只珍贵的小盘子。华丽的夜宴上，阿胜一直在一种梦游病般的气氛中忙忙碌碌。无论是那时的阿胜，还是如今变成家庭琐事的同情者、听到铃响也要百般动脑筋的阿胜，都只是同一个阿胜。也就是说，宴会也好，家庭矛盾也好，对于她来说都一样。不管哪件事，她都凭着爱管闲事的人所特有的那种惹人腻烦的认真态度加以对待。

二道门的门铃和大门的不一样，总带着一种柔和而惆怅的音色。要是连响三下，那就是寿雄。近来，繁子要阿胜整日待在家里，所以，她把送亲雄去幼儿园的五个小时轻松的差事让给了横井，阿胜连横井看大门的任务也揽过来了。因此，寿雄归来时，她应立即跑去开门，本不该有丝毫犹豫的，然而有时她又直犯嘀咕，例如：自己十一点半就吃完了午饭，繁子的午饭可以借口她“心情不佳”而不予准备，但是主人突然归来，他的午饭将如何安排？还有，菊池主辅来访，繁子哭成了个泪人儿，寿雄忽然来到她面前，究竟会发生些什么事呢？这些都使她忐忑不安。

由于迟迟不开门，寿雄便从旁边的窗棂向家中窥探。老女佣看到明朗而茂密的庭树前面，他那快活微笑着的肩膀和闪亮的金牙。

“啊，辛苦啦！”

阿胜将要打开门还没有打开的当儿，寿雄忙不迭送来一声亲切的招呼。

“您回来啦？”

“啊，辛苦啦，家务事很累吧？”

---

① 佐藤红绿（1874—1949），日本作家，俳句诗人。

阿胜是繁子的人，听到如此亲切的问候，一时不知如何是好，立即抢过他手里的皮包。

“不用了，我还不到需要你帮我拎皮包的年龄。——阿亲挺健康吧？去幼儿园啦？啊，跟横井在一起，”他一路唠唠叨叨地说着，登上了楼梯，“肚子差点儿饿死啦，胳膊抬不起来了。火车里很挤，连一根烟都不能抽，从S市一直站着呢——饭好了，立即告诉我，我在书斋里。”

——吃过饭，阿胜退去，寿雄听到繁子沿着回廊向这里走来。不管爱还是不爱，妻子这样出现使他有些受不了。本该憎恨自己的妻子，如今却像应召的艺伎一般出现了。他盯着廊檐边摊开的报纸，始终没有抬头。

“回来得很突然呀。”

“哦，接到经理的电报。”

两人就像交肩而过的女子，互相用眼睛窥探着对方。

寿雄因为主辅有要紧事找他，便直接去了办公室，主辅不在，他又追到外国电影发行有限公司，当时，主辅告诉他繁子和自己之间发生争吵的事，但他没有提及女儿和寿雄之间的事情。所以，寿雄今天看到繁子精心的化妆自然感到妩媚动人，他哪里知道这化妆其实是一种诅咒。

繁子的眼睛张起一面令人忧虑的大网，时刻准备着，不分粗细地紧紧抓住刚刚同女人分别的男人特有的优越的倦怠、火焰般的心扉和一副热烈的情怀。但是，他的火车之旅繁杂的疲劳无疑将削弱这些纤细的印象。

说起寿雄，他在光凭热情不起作用的时候，往往显得惊人的笨拙。繁子越来越冷淡，他的笨拙也愈演愈烈，繁子反而觉得这个焦头烂额的他更可爱。这是一场充满矛盾的悲剧的爱。一个被他玩弄于股掌之中的女人，当她觉察他的爱已经冷却，但还想将这种冷却的爱情继续糊弄下去的时候，她无疑就会扫兴地弃他而去。然而，面对伴随冷却的爱而产生的万般困难，他又不能用快刀斩乱麻的手段加以处理，他的这种意外的笨拙，反而在女性心中催生一种别样的爱情，于是又使别离越发困难起来。这种事也是常有的。繁子也与此例庶几相似。而且，这种超乎常理的爱的羁绊，将昭示着愈来愈大的伤害，甚至走向悲惨的死亡！

“刚才菊池先生来过了。”

“我见到他了，他因为你的事，心情很不快活。听说你的话伤害了他的感情，是吗？要是这样就糟啦。”

——繁子心想，要是圭辅连这些都告诉了寿雄，那么圭辅作为父亲将自己女儿的艳闻在她恋人的妻子面前加以暗示的错误，她也不得不加以挑明。因此，寿雄的一番话，要么是强行遮丑；要么是暗布防线，二者必居其一。

“有什么糟的？”

“要对菊池先生好一些才行。”

“未来的老丈人吧？”

“瞧你说的！”

繁子用阴郁而俊美的眼睛望着丈夫，她打破了执意不在这位可憎的丈夫面前流泪的自戒。他那令人一眼看穿的故作姿态的笨拙，或许通过那种悲剧之爱引出了她无尽的泪水。

“菊池先生对我的侮辱，使得不管多么刚强的女人也会失掉站起来的勇气。他当着我的面，说到你和恒子相亲相爱，一起旅行，他的话只是为了伤害我的心。你说，大丈夫总是仗剑在外，战斗不止。看来，这真是一场出色的战斗啊！我想，比起生一次孩子，不如进行三场战斗更好。”

寿雄丝毫不为所动。一个他所不爱的女人的眼泪，缺乏使他感动的力量。自己和恒子的关系意外地由主辅之口告诉了繁子，使他感到双肩卸掉重负的轻松。作为丈夫，他没有理所当然地给以否定。他没想到，这种不置可否的彻底的怠慢，对于女人来说，反而被误解为一种心安理得的默认。

“我不知道菊池社长对你说了些什么，我要你同他不要伤了和气，不是为了那件事，而是为了这个家。你知道的，菊池先生的宅邸将被接收，而且，为了缴纳财产税，这里的房子也要连同地皮一起变卖，届时没有任何买主肯比菊池先生出更高的价钱了。”

“这是我的房子，决不卖给菊池先生。卖掉房子，我们就不得不搬出去，尽管如此，要是卖给别人，我们一起搬走；如果卖给菊池先生，眼下再明白不过的是，我一个人独自像乞丐一般被赶走，而你却留在这个家中。”

“看你说到哪儿去了！繁子……”

“不，我不卖！……啊！”——她轻轻仰起身子，紧盯着寿雄的脸，“看你的脸色，我明白了，你已经卖掉了……一点儿都不跟我商量……这可是父亲留下的宅子啊！”

嫉妒具有穿透力。寿雄招架不住了，他从前也曾经历过这可怕的一瞬。

——她不愧为壮年时代曾被称作“财界新太阳”的川崎源藏的

女儿。这位太阳的爱女，具有从细微缝隙里透过的一丝柔软的光明和能将草木晒蔫的强烈的热量。尤其是那狮子般的瞳孔中喷出的火焰，使得繁子的眼睛更加可怖。寿雄看到这阴森的一瞬间，是在停战后的奉天。除了繁子本人以外，只有他知道这个秘密。

除去匆匆结婚的几个月，那时是他们最为和睦相处的日子。败战后的奉天对他们来说，情投意合、肌肤相温的气息以及艰险的求生欲望互为表里，纵然寿雄有天大本事，也无暇转移目标。战争一结束就开始靠变卖家财过日子，夫妻俩在奉天相当于银座的一家华人经营的洋货店里做临时工，在繁子充满爱的关照下，他们生活得十分富裕。小两口儿一天劳累归来，回到家中，繁子坐在夜间火炉旁换衣服，她那从内衣裸露出来的光亮而浑圆的酥肩上，总是留下她的丈夫一排青春的齿痕。

一天早晨，寿雄在繁子的邀约下顺路探望从未去过的繁子哥哥的住宅，只见门口围着一堆人，一位白俄出身的女佣站在门边，正在声嘶力竭地用日语讲着一件惊人的事。听她说繁子的哥哥是特务机关领导下的陆军中尉，他的秘密身份暴露了，今早已被苏军抓走。战争一结束，有关的军事机密文件一概被焚毁，这件事明显是有知情的日本人告发。当时流行告密，日本人互相戒备，人心惶惶。

听到那些人可怖的谈论，繁子一时也和他们一样面带忧愁。他在哥哥空荡荡的房子里转了一圈儿，东西全被带走了，一张纸片儿也没留下。

但是，当她沿着布满积雪的石阶走向大街的时候，寿雄觉察到一直低着头的繁子，嘴角边似乎挂着满意的微笑。

“有什么可喜的事吗？”

她抬起头，果然是一副娴静的笑容。不过寿雄感到，她的眼睛里闪耀着阴暗的光芒。

“你有什么心事吧？”

“告密者是我。”

“你？——”寿雄大喊起来。可他一点也不怀疑，对于这件骇人听闻的事实，他只能坚信无疑，否则他无法解释由繁子的眼神中所感受到的颤栗。他就像大白天亲眼看到车祸的人，相信一切事实。“——是啊……你完全可能。”

“哥哥反正不会回来了，今明两天，哥哥将被带到一个无人的空地，附近的人们会听到一声枪响，他们将误以为是打靶练习呢。我们再也见不到那双深陷的金鱼眼啦！今天晚上，咱们两个摆酒庆功，下班后从小摊子上买点儿菜，好吗？”

——繁子的哥哥不喜欢寿雄，嘲笑他们两人的婚姻。停战后，寿雄他们和他虽然又恢复了形式上的交往，他作为军人，平时言行谨慎的态度中，也不断流露出粗鄙的讽刺的话语。他曾说，回到国内就好了。他打算一回到国内就把寿雄赶走，为了报复繁子同这个来历不明的男人结婚，再将她嫁给一个令人讨厌的阔老头子。尽管这对兄妹本来是同一父母所生的同胞兄妹。就像世上常见的那样，哥哥和妹妹互相憎恶，归根结底是因为两人有血缘关系，除此之外别无解释。

——那时繁子沉静的微笑和阴暗的眼神中的恐怖，寿雄在这一瞬间又品味到了。他说着说着，不由自主开始了平素那种吐露真情的述怀。

“我没有爱上任何一个别的女子。我每每感到爱的义务，从来没有一次感到爱的权利。老实说，我所遇到的女人都使我想到爱的义务，你也一样。你也没有使我想到爱的权利啊！”

“不要再哭哭啼啼地诉说啦。”

“尽管我曾背叛过你，但可以说这种背叛从未使我尝受过偷情的甜蜜。一切种类的爱情，只是教给我‘完成义务’的一种极为吝啬的道德的喜悦。早知如此，还不如享受伪善者的快乐更好。我这个人只会施行卑微的纯粹的善行，要教我去争风吃醋，那算找错了门径。”

“我不想听你为自己开脱。我们已经到达爱与不爱之争的彼岸了。你爱我不爱我，只不过小事一桩。”

“你撒谎！”——不知何时，寿雄已经坐在廊缘、穿上冰凉的庭院木屐，一边说话一边像对什么东西着迷似的，微笑着走向庭院。这里没有一块农地，然而，夏日火炽的阳光下，依然布满了焦褐色的苔藓。寿雄透过充满小鸟鸣啭、闪现一丝光亮的缝隙，仰望着耀眼的庭树的梢头。

“啊，真是好天啊！”——家庭的纷争，工作的辛劳，后撤时的痛苦回忆……所有这一切，对于他来说，都没有给那占有心灵一角的光明、渺茫、无忧无虑的思绪罩上一丝阴翳。不论是地位、名誉和金钱，所有令青年人一心向往的东西，在他身上，都不像国内青年那般徒具干瘪无味的形式，而是将聚众吃喝、笑口常开、纸醉金迷的游乐，同认真的工作巧妙区分开来，此种生活堪称一种“愚痴的天国”般的象征世界的诗歌。他既无思想观念；又无烦难的哲学。然而，其中繁子所具有的深深苦恼，对他来说丝毫没有价值，至于自己对此有否责任则另当别论。她说睡不着觉，但既然活着，总该睡上几个小时；她又说喝不下水，但是不喝水是无法活着的。——他既然对女人未曾感到过爱的权利，女人也都从未被他所爱过，要是这样，他就不该非难别人而将一切归功于自己。繁子似乎忘记了“活着”，至少忘记了像他那样地“活着”。

“从这里望过去——”繁子像个困倦的孩子有事叫住正要走出屋子的母亲一般说道，

“你很像我的哥哥。”

“这是当然的，”——他漫不经心地揉搓着附近一棵开着白花的胡枝子，随手扔掉，回过头去，“因为我穿着你哥哥的西服。可不嘛，从这里看过去，你倒像一头铁槛中的母狮子呢。你的头发在阳光下就像狮子的鬣毛。”

繁子没有理睬，立即轻轻摆动着身子，扬起雪白的掌心，示意让他过去。

“来，来，我有话跟你说。”

“你要给我什么我就过去。”——寿雄就像在年长的女子面前多少有些反感似的回答。

“给你一样好东西。”——繁子站起身子去拿梨。

女人决定要干某件事情的那副轻佻的样子，寿雄早已领教过多次了。他一边走向繁子，一边感到眼下莫非到了必须使事情立即有个了结的时候吗？

“我呀，想问你一件事，只要你回答一声就行了。”——她摆出一副削梨子的姿势，过分地将腰弯得很低很低，唯独声音十分响亮。

“只要回答‘yes’或‘no’就行了。只要得到你的回答，繁子从此以后不再为难你。只有这件事情，请你如实回答我。”

“好吧，我说，你立即把梨给我。”

“我问你，昨晚在S市旅馆，你和恒子在一起了？”

“我要说是在一起，你就能安心吗？告诉你在一起，能解决你什么问题呢？啊呀，这就叫夫妻？”他的话滴水不漏，不时夹杂着些嘲讽，“对于你来说，最重要的不就是我爱不爱恒子这个问题吗？比起这个，住不住同一旅馆这件事实又算得了什么呢？”

“不是爱的问题，对于女人来说，事实更重要。”

“好吧，吃完我再说。”

他将一大片梨用力塞进嘴里，鼓胀着两腮，用果盘接着顺嘴角流下来的甜汁，毫无顾忌地望着妻子的脸。繁子呢？似乎意识到寿雄正盯着自己，她重重地将沾满半透明果汁的清亮的水果刀放进盘子里，又把擦过手的手帕塞进袖筒，不由用指尖儿扣紧衣领，仿佛突然受到一阵寒气的侵袭。

寿雄用手帕揩揩嘴唇，像个说话嗓门很大的少年，挺起了腰杆儿。

“睡过了呀，我和恒子一起。”

此时，繁子抬眼峻厉地望着寿雄，他从她的目光中感到一种东西訇然崩塌了。繁子在低声啜泣，接着痛苦地反转过身子，左手支撑着廊缘，纹丝不动。这种场合时光的推移，对于寿雄来说，宛若沉重的流冰相互碰撞，实在难以承受。

“谢谢。听了你的话，我又有了活下去的力量。这种力量今后将使我无所畏惧……”

“说得对，你不好好生活下去就将一事无成，这正是我所希望于你的。”——寿雄也不看繁子的脸，只管滔滔不绝地说着这些刻薄的话语。繁子怔怔望着他，难道这些都是真心话？然而，寿雄似乎害怕保有使繁子获得安慰的余地，眼下处于这种惨淡的场景，他拼死维护自身的心灵不受伤害。“反正今晚要到菊池先生那里痛痛快快闹上一阵子的。我该走了，我们分别去他那里吧。”

——然而，两点钟前他出发的时候，繁子却牵着在幼儿园吃罢便当回来的亲雄的手，欢天喜地地送寿雄出门。艾格乌斯少校本来就是繁子的客人，但也应该由寿雄待在家里迎接他。不过，寿雄马上要去民间情报教育局，时间紧迫，只好由繁子一人接待了。

亲雄按平时的习惯，由父亲牵着手走到大门口。

“阿亲呀，幼儿园好玩吗？”

“比在家里好玩多啦。”

寿雄感到一种无形的敌意，他放开了孩子的手。

五

一辆漂亮的枣红色四六年款的奥兹莫比尔轿车，发出骤雨般的响声，沿着石子路面驶来，此时正是午后三时整，阳光越发透明起来，物影也愈益宁静了。艾格乌斯少校是美国籍爱尔兰人，繁子的母亲留学时代，经熟人介绍寄居在一位家风严谨的教授家庭里，艾格乌斯是这家的儿子。当时七岁的艾格乌斯少校对于东方来的贵客十分亲热，繁子母亲回日本时，她时常回忆那时候的情景，说“他抓住我的裙子不放，一边流着糖果般大颗的眼泪”，她于心不忍，甚至打算放弃回国的念头。据母亲说，少年有一头波浪形的鬈发，面色微黑，很像日本人。繁子的父亲死后不久，这位少校突然来访，繁子看到他的头发，觉得母亲说得一点不差。后来，她曾一度和丈夫受少校的邀请出席过茶会，听说少校对日本茶道很感兴趣，作为回礼，这次特地邀请到川崎家的茶室品茶，时间就定在今天。谁知下午来了电话，由于夫人患感冒不能来，改成少校一人单独来访。

茶室位于庭院的一角，这是川崎源藏晚年拜入表千家[①]，仿照京都表千家之总堂茶室“不审庵”建造的。这座只有三铺席大的褊狭的茶室，要接待身躯高大的艾格乌斯少校，很令人放心不下。少校慢慢从茶室特有的小门钻进去，一时有些惶惑，不知那副壮实的身躯应该摆在何处。繁子再三劝请，少校这才好不容易坐下来，戴着金戒指的粗大的手指敲打着肥胖的小腿，说道：

“糟糕的是，我的心理解茶道，但我的腿却不理解我。”

“只要心理解了，学习茶道的目的也就达到了。”——繁子的一口英语使人感到很乏味。

但是，经过两三次的交往，繁子明白了，艾格乌斯宽容大度的心怀十分符合茶道的精神。虽然是美国人，但少校的人格带有凯尔特人温润的深沉和阴翳。夫人也是一位与之相配的优雅而娴静的妇女，她的化妆不很惹眼，一副不愿显山露水的心态，每每透出一股柔情。

放下茶勺，点茶仪式结束了。繁子一般在茶席上不大爱开口的，然而今天却无拘无束地抢先畅谈起来，她问起了夫人的健康。

“妻子来日本之前身体很好，这次感冒可以说完全是个例外，即所谓‘二百十日[②]’，”艾格乌斯言谈潇洒，可是在窗外光线的映照下，他那圆睁的茶褐色的眸子却闪现着几分忧愁，“不过，妻子不能生孩子，倒是个遗憾。我之所以要带她到日本来，是想换个地方，气候变了，身体有了良好的变化，也不是绝对不能生孩子吧。——首先，日本是著名的出生率最高的国家啊。”他十分认真地说。

“您是不是有些不大舒服？”——突然，他那温和的茶褐色的眼睛盯着繁子，仿佛要把她整个包裹起来。那视线无限宽广而又明亮，犹如阳光普照的原野。

---

① 日本茶道流派之一，千家流茶道的本家。

② 立春后二百一十天，即九月一日，台风袭来的日子。

“您的脸色显现着极大的悲哀。”

“艾格乌斯先生，请听我说，”繁子用哭诉者特有的尖利的嗓音说，她的话有些吞吞吐吐，就像一个游泳者的苦涩的调子，“没有比我丈夫更不诚实的人了。”

“我不知您是什么意思。能不能明确告诉我，您为何这样悲伤？”

“寿雄从未为我的事费过神，他只知道侮辱我。”

“夫人，再明确些，再明确些。”

“寿雄另外有了情人，他把这座宅子卖给了那个女人的父亲。”

“我不相信他会做出这种违反常理的事情。”

“请听我说，丈夫以前是那样爱我，如今却这般嫌弃我。我已经走投无路了。假如，眼下我完成一桩孕育已久的心愿，逃到贵国去，能否请求不要把我赶出你们的国家呢？”

只有这位外国人能正确理解她的苦恼。他很清楚，这不是嫉妒，而是她本人为确立自己生存的意志的力量驱使她产生一种复仇的行为。——不知是不是这个缘故，少校似乎朦胧地产生一种不祥的预感。他向左右微微摇晃着脑袋表示同情。

不过，艾格乌斯少校一向认为，柏拉图所谓“为希腊带来最大福祉的那种‘乱心’”，只不过是离奇的反论。按照他的信念，苦恼是催发人生结出更多丰硕果实的机缘，否则就应该是走入宗教的机缘。

“哪个国家会把您赶出去呢？对于一个把您正确的意志看成邪恶的国家，我决不会在那里保有国籍。不过，夫人，您的苦恼依然像季节变化。宛若酷烈的夏天，夏季的阳光保证了金秋的丰稔。而且，那一棵棵稻穗，只想到唯独自己承受烈日的炙烤，其实谁都一样。在这样的季节里，一切都陷入不幸，您的苦恼只不过是为赢得丰饶而遭遇不幸的一种形式罢了。”

“可是这苦恼是我的，并非是其他人的。”

“您不必把自己的苦恼看得那么严重。”

“那就等于对我说：‘你不要再活下去了。’”

“夫人，”——艾格乌斯少校倾听着远方寂静大街上的微微市声。秋日的庭院，树木静静摆动着枝叶，似乎终日飘溢着篝火余烬的香气。他指着院子说：

“请看，秋天的太阳把所有的树木打扮得多么美丽！晴朗的天空，深含余韵的蔚蓝色里，包蕴着将人的心情引向平稳与调和的力量。百鸟鸣啭，日本的群山红叶初染。人的灵魂随处都在建造一种无形的楼阁，您没听见一阵阵木槌的响声吗？

“下个星期天，妻子将邀请您去游玩，她是最能给您安慰的人，对这点我毫不怀疑。”

六

繁子感到毒花花的夕阳在自己的脸上留下清晰的轮廓，告诉她已经沉思好久了。她凭几而坐将近一个小时了。她遥望窗外，晚霞犹如火中的孔雀，展开羽翼遮蔽着西边的天空。

当要决心杀人的时候，不管是谁总要思索一些时辰的。但这对于决心又能起到什么作用呢？这就像自杀者，通过尽可能长久地等待，尽量运用近似无意识和偶然的方法，捕捉施行自杀的机会。繁子与此不同。她打算在完成“陷丈夫于痛苦”这一长久的谋划之前，再次细细品味一下这一构想带来的快乐。

圭辅的脸上充满善意，他噘起小嘴，拿起威士忌酒瓶赞不绝口。啊，多么甘甜的美酒！他用一两句话对不在场的繁子进行了绅士般的讽刺。讽刺是多么美味的佐酒小菜，尤其是酒精成分很高的洋酒。——他对普通人的苦恼具有浅薄的蔑视。如果是深刻的蔑视倒也好说，而是像西洋盘子一样肤浅的蔑视。——他像一个蹩脚的理发师。一旦被同伙兄弟的剃刀伤了脸，十天不忘；然而，自己伤了顾客的脸，五分钟就忘了。——他爱笑，只是无意义的笑。他的笑完全缺乏恶意的内容。听到他的笑声，同听到哭声没有太大差别。他固然不会发出真正的笑，却能带着平静的表情生活着——这个人完全缺少作恶的悲悯的意欲（这本身就是作恶），要是能从地上消失该有多好！这种善意的灭亡，将给大地增加多少光明啊！

“爸爸，我也要喝。”

“少喝些吧，寿雄君还是不能喝酒吗？嫁到这种没出息的人家里，有损爸爸的名誉。”

他像一位善解人意的父亲，一边颇有策略地说着笑话；一边向恒子的酒杯里倒酒，接着又给自己倒满了酒。恒子端起酒杯一饮而尽，用缠绕在手指上的手帕轻轻拍拍胸脯，“啊，真难受！”她笑着嘀咕道。

“你怎么啦？”寿雄问。“胸疼。”她回答。寿雄向她的胸脯伸过手去，恒子立即一本正经起来，伸手用力握住他的手指。她的手指弯了过去，不住发抖。她像兔子一样目无表情地死死凝视着他。她露出牙齿，齿缝之间倏忽闪现一下舌头。——身子突然痛苦地扭动着翻倒了。

她的身子从椅子滑落到地板上，渐渐听到她活着时巧加掩饰的本能的嗓音，只听见什么“咯呀”、“噢呵”、“哦嘎”等声音。乳房、面颊和胴体像猫儿一般在桌椅腿上摩擦，脸上涂满惨白的白粉，与她十分相合。她的头颅撞在地板上，发出可怕的声响。她的雪白的大腿像蜘蛛似的在地上乱爬乱动。大腿上渗出的汗珠，如惺忪的眼睛一般平静。

——同她隔着一张桌子的她的父亲，同样在狂热地又蹦又跳，他的呻吟和欢笑同样毫无意义。一个“苦恼的人”所有不同场景的角色他都尝受了，实在够可怜的。他拼命眨巴着小狗似的眼睛，究竟看到了什么呢？他连自己的苦恼也看不到了。他的嘴里好容易吐出一大团善意的血块来，随后入睡了。他终于明白了，如果不这样就无法安眠。

——繁子历历如绘地想象着毒药所能起到的效用。她不由忘记了“陷丈夫于痛苦”的原因和目的，对于她来说，这是生来就有的一种思考。因而，她很可能轻易抛弃自己，而这种自我抛弃具有和爱极其相似的构造，一切道德的顾虑都将在它面前崩溃。为了折磨丈夫，她将自己所有的喜悦（其中包括至今仍从丈夫那里获取的各种形式的喜悦）全都付诸牺牲，也绝不后悔。这好似一种道德的自律。为什么呢？因为这种自律可以泰然自若地践踏她的本来的欲求。

不过，繁子这种随心所欲的生存方式，看样子抑或是危险性最小的。所谓危险，不就是“幸福”的思考吗？为这个世界带来战争，带来恶劣的希望、虚假的明天、夜里鸣叫的鸡以及极为残虐的侵略，这些都是“幸福”的思考。繁子对幸福不置一顾。这就意味着，她或许已经奉献于另一高度的安宁秩序。

繁子典当了自己残留的一点儿幸福，打算购买一种确实的不幸。这不同于没有红利的幸福债券，而是一种实打实具有红利的基础牢固的股票。这种密切附着于生活本身的不幸，不像幸福一样，它不是从生活中摆脱出来的幽灵，而是眼下繁子的生活最需要的东西。于是，“陷丈夫于痛苦”，成为她活下去的力量，正如艾格乌斯所说，这不是她正当的欲求和意志。假若繁子是个稍具内省力的女子，当她发现在自己心灵各处寻觅不到“折磨丈夫”的欲望时，她一定感到惊讶。

——繁子面对夕阳辉映的窗户打开砚台盒。从入水口掉落的水滴承受着毒花花的光线，变成了血滴。然后，她摊开卷纸，凭借执拗的手指的力量，拿起芳香的中国墨，恶狠狠地研磨起来。

七

横井接手这项差事，临出门时总要发几句牢骚，逗得阿胜笑个不停。他身穿旧时武士的礼服，一开口就叫苦连天，实在令人发笑。一会儿说："我决不会再发牢骚了。"一会儿又郑重地解释道："我本来就不打算发牢骚嘛。"这就使得他的不满更增添一层可爱的色彩。

"是喝剩下的那瓶吧？地窖中的威士忌有的是，为何偏要带这半瓶酒去呢？"

阿胜瞅着包裹在丝绸包袱皮里的尊尼获加酒瓶问道。横井像小孩子一般遮遮掩掩。

"——我不是死要面子，但干这种差事也实在够寒碜人的。对方一定会笑话，怎么连用人都如此潦倒不堪。夫人这样做，也许是故意让单独去菊池家赴宴的那个人丢脸吧？"

"小姐不去吗？"

"她让我带封信去呢。"

"给我瞧瞧。"

两个老人脸靠着脸，一起阅读繁子的信。

菊池先生：

今日承蒙光临敝舍，招待甚为不周，且言语粗鲁，十分失礼，敬请原谅。我因昨晚心绪不佳，彻夜难眠。故不由自主，多有冒犯。想必心情不快，耿耿于怀吧？虽属一己之愿，但求宽恕，今后若能继续往来不辍，当深感荣幸。

今晚盛宴本已期盼良久，鉴于今早如此失敬，如立即应约前往，则心情难以安住。且身体多有不适，故无法出席，万望给予谅解。他日登门道歉，届时还请恒子小姐多多指教。自此翘首以盼。

今晚之盛筵，丈夫不再路过家中，他将径直前往府上。上次所提到的尊尼获加，忘记交给丈夫带去，故将另派横井专程送达，谨请受纳。

打开地窖，新进来的洋酒很多，本该立时呈送。无奈时间紧迫，且无暇开仓。鉴于上次已有吩咐，故将剩下的半瓶送去。日后拜访当持新品前往。请勿见怪，敬希谅宥。

代向恒子小姐问好。

致敬

菊池圭辅先生

川崎繁子　十月某日

“小姐真可怜！从来没有如此低三下四过。一个那么心高气傲的人，眼见着被彻底打垮了。”

“这可是白龙师所说的气数已尽了呀。人一沉到了底儿，就会一下子变得开朗起来，夫人把信和酒交给我的时候，从来没有那样高兴过。”

“要是回来晚了，碰到停电，那可就糟啦，快去快回吧。”

“又非得去挤电车不行吗？我的这把老骨头，一挨挤就会有人感到疼，怪可怜的呀！”

阿胜送走横井，在门外站了一会儿。她回头一看，火红的夕阳将自己的身影映在拉门的玻璃上。她穿一身素净的大岛绸衣服伫立不动，漫天的晚霞劈头盖脑映射到她的身上。

八

平时一过五点钟，她就为肚子空空的亲雄准备好晚饭，陪他坐在饭桌旁边吃饭。唯独今天晚上，母亲没吃一点东西，只在一旁照料着。对于亲雄来说，如此出奇的亲切，使他感到寂寞难耐。其实，母亲不吃东西陪着儿子，不仅限于今天一天，只是今晚上这样关怀备至，却是头一遭儿。做母亲的这般盛情，弄得正在吃饭的孩子尽把饭粒掉落在膝头上。虽说是上幼儿园的年纪，但不像其他孩子那样，有着一张红红的脸蛋儿。不过，早熟的他，对于家中发生的一桩桩一件件，知道得比阿胜和横井都要详细。细加分析一下，不管是恋爱、妒忌、憎恶和遗产等，亲雄本是不该知道内中道理的，但孩子的皮肤却能准确无误地感知大人的不幸与幸福。就连气味的浓淡也能闻到。而且，当他看到此种不幸之中起伏着的大人那种莫名其妙的开朗的情绪，孩子的心理就会敏感地产生阵阵痛楚。

亲雄在幼儿园一碰见小朋友们明朗的笑颜，就不由缩起身子，满心忧郁。过去培养起来的奉天大街上的记忆日益淡薄，而安奉线遭受袭击的恐怖却消失不掉。死去的人涨红了脸躺在地上，依然瞪着眼睛。瞧，那是多么可怕的眼神啊！

来到东京，第一眼看到繁华的街景，并未激起孩子的任何好奇心。祖父哮喘发作，死去，母亲悲惨的呜咽，趁着守灵的夜晚，叔母同一个素不相识的绅士在二楼的阳台上接吻，这一系列惨淡的事件，远远带着未知的危险的色彩，向孩子秘密的需求谄媚。对于众多的孩子来说，一部分受到未来生存的憧憬所支配，然而对于受到独特的母亲的做派影响所培养起来的亲雄来说，这一部分也许受到死的支配。

今晚母亲的关怀是一种不祥的关怀，他亲身感受到这一点，嘴边始终挂着健朗的微笑。他尊重母亲的不幸。他朦胧感到自己不可能具有这种不幸，因此才萌发这样的尊敬。

孩子天生的本领，就是使自己在父亲面前也能装作一个可爱的孩子。父亲爱他，其实他是憎恨父亲的。这是一种剧烈的富于幻想的憎恶。他在梦中和父亲你追我赶，不是亲雄被杀，就是父亲被杀。而且奇妙的是，父亲被他杀死之后，他不是为父亲哭喊，而是为悲叹父亲之死而伤心的母亲哭喊，他在哭声中醒来了。

庭院的虫鸣已经衰微，胡枝子的白花看上去像幽灵一般。亲雄天一黑就不愿到院子里去。花丛沙沙作响，他握着汤匙，睁着病态的清澄的眼睛，“啊”地惊叫了一声，汤汁顺着汤匙流到袖口上。

“胆小鬼！那是小狗，小狗到院子里玩耍呢。”

阿胜用布巾给他揩了揩袖口，然而，亲雄看到的是更可怕的东西。他惊叫时，母亲的眼睛在他眼睛正对面，几乎同时充满恐怖地瞪着他，白眼珠十分明显。刹那之间，那眼睛和亲雄的眼睛合二为一了。不用说，这些都没有被阿胜觉察。

青苔上传来狗的足音和喘息。

“快追！胜婆，快！”

阿胜故意逗弄地慢腾腾站立起来，亲雄额头爆出了青筋。

“快，胜婆！”

“哎，汪汪。”——阿胜背对母子，站在廊缘上摆开一副舞剑的勇敢姿势，挥动着手臂。“走，走，到一边去。”

亲雄翻着眼皮望望母亲，她从敏感的儿子身上移开视线低下了头，面颊上印着睫毛的阴影。一股拥塞心头的悲伤袭击着亲雄。电灯光冷冷地映照在亮晶晶的盘子上，他“哗啦”一声丢下手里的汤匙，从坐垫一下子翻倒在榻榻米上，尽情地嚎哭起来。亲雄一边哭，一边感到灯泡的光辉立即从泪水的雾气中消失了轮廓。

“怎么突然变得这样啦？”

“我想哭，就让我哭吧！”

繁子和阿胜像望着倒在路旁的陌生人，眼瞅着在榻榻米上拼命挣扎的亲雄的小小躯体。阿胜把手伸到亲雄背后，想把他抱起来。亲雄扭转着身子反抗，更加嚎啕大哭起来。

“看来一时安静不下来，随他去吧，”母亲露出惨白的表情，“他太任性了。”

“根本不是任性。”

孩子哭喊着，不是因为任性而哭喊。亲雄知道，对于这一点——自己哭喊的感情上的起因——母亲心中一清二楚。

“究竟因为什么呢？是在撒娇吗？唉，真奇怪。”

“不像是撒娇。”

繁子显现出一副祈祷的面容。这一瞬间，她多么希望有一种力量将她置于死地。她的嘴唇在颤栗，——她本来很繁忙。

“困了吧？胜婆，快帮我抱过来，今天我陪他睡。”

阿胜惊讶地盯着女主人的脸。这是从来没有过的事。亲雄哭累了，满脸泪水，紧闭着眼睛。接着，又很老实地将脖颈靠在阿胜的手掌上。论年龄，他的身子显得太轻了。阿胜抱着他正要走出屋子，这时电灯熄灭了。

“哦，又停电啦。”

“不碍的，胜婆，”——繁子满心快活，体态轻盈地首先站起来，“我去拿蜡烛来，你先这样抱着。”

——繁子手里护着蜡烛登上楼梯，一团巨大的阴影罩在阿胜怀中的亲雄脸上，摇曳不定。

“哇，真像探险队！”

“听话啊，胜婆快要跌倒啦。”

阿胜跌跌撞撞，像扔包袱一般，将寿雄的小身子往床上一掼。繁子把手烛放在圆桌边上，这张圆桌亲雄玩“鲁滨孙漂流记”游戏时，时常用来做无人岛。

“胜婆，我哄孩子睡了之后就下楼去，姑爷回来之前你先去休息好了。”

——房内的烛影近旁只剩下两个人了。她给亲雄换上了睡衣。

打从母亲眼里出现那种残酷而恐怖的眼神之后，亲雄对母亲非同寻常的关怀害怕起来。他对母亲不幸的尊敬，不仅是甜蜜的尊敬的心情，而又进一步转向期望投身于那种不幸之中的强烈的悲剧的冲动，他的恐惧正来源于此。他比母亲更加希望做一个不幸的人。母亲不祥的慈爱实在值得他变成这样的人。他想努力将那种明朗的微笑，再度唤回到自己的唇边。

母亲蓦然迈出步子，一脚绊在电气机车上。

“妈妈,危险!”

“把玩具扔在这里怎么行呢?我想找本书念给你听呢。”

“不要书,到这里来。”

繁子坐在地毯上,拉住背对着她躺下的孩子的手。

“我就这样陪着你,快睡吧。”

“怎么啦?妈妈的手在哆嗦来着。”

“没有,没有哆嗦啊。”

“哎,妈妈。”——作为男孩有点儿嫌长的酷似母亲的一双睫毛,在烛光里看起来很厚重。

“您好像很忙碌,今晚上有什么高兴的事吗?”

繁子不由一怔,这孩子是否把一切都看穿了?

“不,爸爸找菊池先生商量重要的事情,我等着他带回好消息来呢。”

“是吗。”——亲雄仰着身子,闭上眼睛。他在嘴里轻轻打着舌鼓,鼻孔里发出有规律的呼吸。就像小孩子看到大人睡着了担心会死去,使劲将他摇醒一样,繁子带有神经质的不住抖动的手指,突然抓住亲雄的两只膀子,将他摇醒。亲雄睁开眼睛。

就在他眼前,早先看到母亲那双可怖的裸露的眼眸,正死死凝视着他。蜡烛阴森的影子,将母亲映照成一个陌生的女子。撩拨着他的面颊的是那女子的鬓发。

“小亲,妈妈今晚上就要死了,将被带到一个地方,再也见不到你啦。”——繁子疯狂地同孩子脸儿磕着脸儿,像男子汉一般粗声粗气地说道:

“可怜可怜妈妈吧,一辈子都不要忘记妈妈。”

“我不，”——男孩子果断地回答，“我跟妈妈一道去，我不愿一个人留在这儿。”

“不是一个人，还有爸爸呢。”

“我很讨厌爸爸，要是同爸爸两个人在一起……”——他一把搂住母亲的脖颈，“我会死的，真的会死的。”母亲哭了，她的脸抵着坐在床上的孩子的膝盖，显得很沉重。他对这个重量很自豪。亲雄静静地把繁子的头发缠绕在自己的手指上，随后又松开来。他的心情无比甜蜜。

“我……”——他涨红了脸，“要是那样，还不如死了心中更畅快。”

繁子在年纪幼小的儿子的启示下，想到自己有义务必须从深陷进去的甘美心境中猛醒过来。这是义务。时间紧迫。事情到这种地步，她心灰意冷，她决不能跟孩子两个安乐地死去。这样一想，泪就干了。

不过，这种觉醒一方面又逼使她陷入至今从未有过的可怖的思虑之中。留下亲雄，不就等于为寿雄留下又一个爱的慰藉吗？他将从儿子身上找回最后的爱的巢穴、爱的道路。她不能在他的怀抱中留下亲雄而去！否则，复仇就无法做到十全十美。然而，她已经不能将亲雄带走了。因为，她是个刑事犯罪者。假如她亲手杀死这个孩子，就能给寿雄造成无限浩大的痛苦，复仇也就变得毫无瑕疵了。

远方的狗吠打破沉寂，这种阴森的地狱的恋歌在广阔的夜空中回荡。

“是狗？”

“是……”

繁子站起来打开窗户上的铁板。下边的草丛里发出沙沙沙的响声，一只狗走过，接着又有一只狗走过。据说，这个时节，成群结队的野狗随处乱跑，还咬死了婴儿。

亲雄对于忽然变得态度冷淡并起身走开的母亲，感到很不理解。蜡烛的光焰映着她魔鬼般的身影，忽而转向墙那边，又忽而转向墙这边。莫非今夜恶魔幻化成母亲了吗？他被童话中的情节攫住了。他哪里知道，这种幻想比他想象的还要灵。

——这当儿，正是死亡向恒子和圭辅一刻刻逼近的时候。寿雄或许会首先跑回来报告他们父女二人的死讯吧？（而且将为可怖的怀疑弄得晕头转向。）等他跑回来之后，一切都晚了。在这一刹那之前，一切都必须毫无保留地作好准备并加以完成。

"小亲呀。"——这种过度温柔的呼唤，几乎使得亲雄颤抖起来。既然不是对恋人的呼唤，又为何如此甘甜？

"什么？"

"要是妈妈死了，你也跟着死，是吗？"

"我不想死。"——他立即哭丧着脸。他已经不再是几分钟之前的他了。亲雄坐在床上缩了缩身子。"什么死，我才不愿意呢。"

"你刚才不是说死是很畅快的吗？"

"不，我才不死呢，妈妈和我都想活下去。"

"要是能那样，一开始就没有什么问题啦，"——繁子在嘴的深处咬得牙齿咯咯响，"因为不可能，所以妈妈才如此痛苦的啊。妈妈只想使你幸福，还是死吧，妈妈也马上跟着你死。"

亲雄微微张着嘴，紧锁眉头，两手将睡衣领子拉到自己幼小而柔软的脸蛋儿旁边，呆然不动，浑身颤栗。

"好了，还是死吧。妈妈立即跟着你去死。只是在未看到你爸爸盯着你死后的面孔那种悲痛欲绝的样子之前，妈妈无论如何还不能死。一旦看到了，我必定追你而去。啊？你只管放心，妈妈从来没有说话不算数过……”

“不……不……啊，救命啊！啊，好可怕！有人吗？快来人啊！”

母亲的手掌捂住了正在喊叫的孩子的小嘴，另一只手迅速探入睡衣领子，伸向亲雄的咽喉，摸到了那像贝壳一般娇小的喉结。

九

寿雄揿响了门铃。家中寂悄无声，一片黑暗。寿雄等待开门，忍耐了少许时间，然后又使劲敲打拉门。

横井刚打开门，一个高大的男人硬闯进来，他想这肯定是强盗，便一声不吭地蹲在三合土地面上。

“是横井吧？在干什么？”

“哦，是姑爷？不巧停电了……”

“夫人在家吗？”

“嗯，在家。我去端灯来。”

“不用灯，夫人在楼上还是在下边？”

“在楼上哄亲少爷睡觉呢……出什么事了吗？”

“没什么，”——因为太着急，一只鞋子没有脱掉，“你和阿胜暂时不要到楼上来，我和夫人有话说，知道吗？”

微弱的灯光照射着门口，似乎是从楼上来的。寿雄和横井的身影在脚边晃动。寿雄迅即登上楼梯，迎头遇到一个俯视着他的陌生的女子。她披头散发，衣饰凌乱，他立即明白了，那是繁子，她似乎正用手护着蜡烛从楼上下来。烛光将她叉腿而立的带着胁迫的影子，扩展到楼梯上方的天棚上。

“这不是繁子吗？”

寿雄拼命地奔跑着登上楼梯。

“为什么不回答我？你怎么变成了这副样子？”

没有反应。她的眼睛不肯转向丈夫。

“出了大事啦！听到吗？”寿雄摇晃着她的膀子，“菊池先生和恒子小姐都在我眼前死去啦！不是一般的死，那种死真是惨不忍睹。是明显的中毒，是那瓶洋酒毒死了父女二人。你怎么无动于衷？到底怎么啦？——繁子，不得了啦！从家中带去的半瓶洋酒被人投了毒。”

“你这话听起来怎么这般天真？这不是吵吵嚷嚷、悲悲切切的问题。这不就是犯人和可怜的被害者的问题吗？”

寿雄耷拉着脑袋，倾听繁子沉着地一字一句地说着。突然，他悲痛地低声吼叫起来。

“啊，原来是你干的？是你投的毒？”

“嗯，是我。我一心只想看到你这张悲伤的面孔。”

“恶魔！——你不是女人，你是长着人脸的母狮子！我怎么把个害人精当作媳妇啊！你害死无辜、善良的人们，竟然还能装作若无其事的样子。你是地上的万恶之源！我恨你，恨你！啊，哪怕呼喊千百遍，也难消我心头之恨！”

“我也恨你！但我和你不同，‘恨你’只说一次，就能解我一生之恨，获得心灵的满足。这可是千载难逢的机会啊！”

寿雄已经失去喊叫的力气，呆然伫立，一种更加凄惨的念头掠过他的脑际！

“我是来看亲雄的，给我手烛！”

——繁子背倚漆黑走廊的墙壁，满怀激动，欢欣鼓舞。她活着，就是为了等来这样的一瞬间。

亲雄的卧室一直寂然无声。过了一会儿，传来了开始静寂、随后逐渐强烈起来的号啕大哭。——她还在等待。

寿雄双手捂脸，脚步踉跄地走出来，看上去简直像个老人。他走到繁子跟前，颤巍巍倒在地板上，半天不动。繁子感到丈夫的手抱住了她的腿。

“求求你，快把我杀了吧。我已经没有力气杀死自己啦。”

“我就是要叫你受煎熬！这才是我的目的，用不着叫你死。”

筋疲力尽的男人最后将含有最惨痛侮辱的反语投向女人，进行了报复。

“繁子，尽管如此，我心中最爱的只有你一个人，难道你感觉不到吗？”

——繁子尽管待在黑暗里，依然露出百合般美丽的牙齿微笑了，可以听到她那爽朗的声音。

“我心里很清楚，一次也没有怀疑过。”

毒药的社会效用

还有比出世美谈之类更加健康有益值得推荐的读物吗?这里有关于人类社会进步和理想热情方面的种种应当记取的教训。这里确实有人生的诗篇。荷马所忽略的最为荷马式的主体——如今唯一的叙事诗的主题——即所谓“成功”,在这些读物之中,尽情展开辉煌的羽翼,翱翔于太空。这里的人们快活地呼吸、欢笑、悲伤、愤怒……总之,都在“脚踏实地”地走路。最近的出版物百分之八十七是成功者的传记,这是值得注意的事实。我的书架上百分之八十以上是五花八门的传记类书籍:香水大王的、大政治家的、废纸大王的、大赌场主的、赛马大亨的,还有大百科词典编辑的……其中有一册无名氏X先生写的既华丽又真率的传记,是我唯一最喜爱的读物。这本书自一九九八年第一版至一九九九年为止,接连重印了三十五万六千二百一十二次。X先生的记述开始于五十年前他二十四岁那年。我推介这本书,是希望它能成为各位青年兄弟无比忠诚的良师益友!

一九四八年春天,X先生处于自身最为险恶的时代之中。第二次世界大战后神经病似的混乱,可以说是流血渐止、开始化脓的一个时期。一想起一九四八年，他至今依然厌恶得脊梁骨发冷。为什么呢？因为那个时代，天生的两腿必须装扮成假肢；打了哈欠必须申明眼下需要的是悲叹；玫瑰花一定要撒上小便（因为没有臊臭的玫瑰有被误认为假花的危险）；汽车来了，必须装作挨车撞倒的样子（因为做一名牺牲者，对于自己固然违背道德，但对于看客们来说却带来道德的满足）；黑话也必须以黑话回之；两个青年大白天在一起口沫四溅说个不停，是因为沉溺于那种“观念的淫邪之谈”（猥亵的本质实在没有什么，只能是一种“过剩”）。

此外，这里还有一种麻烦的东西。竖立着写有Zeitgenosse[①]大旗的布幔，位于街道的各个角落。人们经过那里，必须站在布幔前装出一生都愁眉苦脸的样子，哪怕一瞬间也好。这样，就能得到一枚雕有“同时代人”字样的小小银质纪念章。这还算好，戴上这枚纪念章，最后，会员同志（哎呀，多么恶心！）有进行pederasty[②]的义务，所谓“德意志友情”就是这种东西。

他逃跑了。但是，X先生的逃跑方法与众不同，因为他想活下去。这相当于叛逆罪。

请看丸大厦，他相信那里翻卷着生活的波浪。婴儿车、上下班高峰的地下铁、打字机的喧骚、每周晾晒的高级被褥、工资袋、复写纸、上级做媒的婚礼……生活就是这些东西，这种寻常的偏见左右了他。X先生还呈现一种时代病的相反症状，例如，那症状使他虽然沉迷于贝多芬，但却像是听广播体操的音乐（一九四八年，当时已经消失了）一样潸潸流泪。他害怕“结婚”这个词儿，一听到这个词儿就发

---

① 德文，同时代人。
② 英文，鸡奸。

癫痫病。这个词里有着百万富翁名字般的庄严、丑恶、美丽和可厌。

不管怎么说，他想“还是活着吧”。他被这个国家首屈一指的大银行录用了。那里流淌着刚刚印制的发散着海潮般腥味儿的纸币，人们用指尖儿像撮纸牌一样灵巧地数点着钞票。他眺望着打眼前流过的非属于自我所有的钞票的去向，自言自语：“啊，生活！实在太美好啦！这么多纸币流向多么丰饶的生活的海洋啊！”这里难道没有生活吗？午休的铃铛响了。职员们“吧嗒”一声合上账簿，甩掉钢笔，将饭盒夹在胳肢窝里，搓着两手，一起蜂拥到电梯口。那座该死的食堂位于最顶层，人们一边吃饭一边不停地闲聊。听说田中绢代[①]的脸上生了个大疖子！——这是前天T报上的消息。——似乎有这么回事儿。不过，Y博士一天就给她治好了。——这是昨天T报上的消息。

X先生忽然置身于被排斥和被无视之中，这是当然的趋势。X先生说，他如果跳入“活着”的那些人之中，大喊一声：“我死啦！”一定会迎来雷鸣般的掌声。“我活着来到这里。”——报答他的是令人窒息的群体的沉默。

倏忽瞥一眼抽出的纸牌，这不算数，接着再另抽一张，这人只能算是违反规则，何况他还厚颜无耻说什么：“哎呀，我本来抽的就是这张啊！”玩牌的人扬起眉毛，乍一看是亲友般的忠告，实际是坚决又坚决的fair player[②]的语调。明明活着为何还说“要活下去”呢？难道不明白说出这话的人脸皮有多厚吗？——对待孤独的人就像对

---

① 田中绢代（1909—1977），电影女明星，主演《伊豆的舞女》、《爱染假发》和《西鹤一代女》等。

② 英文，规矩的玩家。

待那些传染病患者一样，他们学会了这种手法。

X先生又迎来一个星期天，这是可怕的。这是一个谁也不知道玩法的危险的玩具。

他独自一人走向高耸着阴郁铁栅栏的“旧恩赐动物园”的大门。树木静静晃动着身子，将那华托[1]风的典雅的青荫投在行人道上。互相挽着臂膀的男女中学生走过去了。他们一旦通过，X先生就耸起肩膀将诅咒的唾沫吐到柏油路上。因为诅咒更具有亲密的感情。同年龄很不相合，X先生的西服一色黑哔叽，领带是祖父在柏林买的，脚上是出客用的涂漆高帮皮鞋。一副确乎天才的脑袋，因为颅顶部异常凸起，戴帽子不合适。——这且不说，周围都充满了星期天的气氛！为了集合郊游的队伍，小学老师吹响了哨子。老师们从动物园大门内出出进进，他们为了将拖拖拉拉的学生一个个从园内拽出来，一直忙得不可开交。已经整好队的一年级学生，又打乱队形，紧并着双脚从人行道向车道的浅沟里跳下跳上，打打闹闹。

他从昨天领到的工资中抽出一张崭新的十元大钞买了门票。售票员警惕地凝视着他那伸过来的纤细的白手，因为只有投毒者才会有这般白皙的手。刹那间，一个念头掠过售票员心头：长着这样的手的危险人物不应该放他入园，有没有这样的规定呢？最后，还是职业精神占了上风，她十分严肃地扔出一张票，就像投过来免罪符一般。除了孩子、父亲、母亲、恋人、新闻记者之外，其他人这种免罪符是不能随便授予的。——于是，售票员不知不觉犯下了不可饶恕的

① 让·安东尼·华托（Jean-Antoine Watteau, 1684—1721），法国18世纪洛可可时期的画家。

罪行。祸根在她的破袜子上!

X先生眼前展开一种奇异的别样的世界。很久以来,我们的逸乐中早已消失了鸟和兽类的背景。捕到的猛兽忧愤的咆哮再也不会威胁恋人们的香睡了。母狮子的体臭,连同孔雀的开屏和夜莺的鸣啭,再也不能为情人们的幽会起到一点作用了。快乐的重要背景成为孩子们的专有物,他们抑或借此进一步体味快乐的意义吧。而且,在这所孩子们的“无忧宫”里,尽管有着他们绿叶闪亮般的欢声笑语、高亢而悲凉的水鸟的咏唱,以及野兽们时断时续的呼喊,然而,奇妙的静寂,令人想起积木宫殿中庭的静寂,统治着一切。X先生站住了,好一阵子嗅着这种静寂的馨香。此种静寂不是含有某些卫生学方面的东西吗?他把自己所喜欢的丸之内大厦和降临N银行的深夜,同非人的密度所占据的静寂加以比较,这里有着明显的另一种特质,即不受存在不存在所左右的真正的光怪陆离的特质,不是吗?这里有着因不存在而被确定的人的沉默,如今可能成为他自身唯一能感受的某种意志的沉默,不是吗?这是一种卫生学的静寂,它把附着于不具实体的摸索的精神,从先验而实在的、神圣的慈善医院的病床上唤醒。……他再次深深嗅了一下,朝各处瞧了瞧。远方飘荡而来的忧郁的野兽幽微的体臭,于掠过绿叶的微风之中,熏炙着一种宛如海潮般的腥味儿。这使他蓦然想起刚刚印制的钞票的气息。这不正是生活的馨香吗?

X先生摆出一副快活的姿势,他由一只铁笼子走向另一只铁笼子,一次次紧贴着脸孔,仔细打量着鸟兽世界那些珍奇的高贵的面颜。他对那些调皮的小精灵翻着眼皮滴溜溜瞅着他的怪讶的眼神,再也不感到畏葸了。

澳洲产的袋鼠。——有袋目，栖息于澳大利亚、新几内亚岛以及附近岛屿，类似犬、猫，品种不一，母体腹部皆有袋囊。怀胎仅四十日，生下来即育于袋中——多么富于礼节的营生！

白孔雀迈着闲雅的步履，骆驼用烟雾般的眼睛俯视着观众。庄严的老骆驼，犹如拔除羽毛再经煎焙的巨大雏鸟，在铁槛里走动，显示着实体多么缓慢的转移啊！鸸鹋就像英国老处女。

猿猴、天鹅同样给X先生莫名的亲切之感。因为没有语言，因为其中没有那种可悲的人心所缺失的欢笑，因为没有互让精神、交通规则以及那种黏黏糊糊的同时代人的意识，很明显，X先生和动物们之间互相涌动的雄性式亲近的感情，交相感应，眼下于此产生了一种明明白白的“社会意识”（不经过任何语言）。X先生对此深有感悟。

然而，两三日之后，他内心泛起一种冷酷无情的省察。不断威胁这位可怜的梦想家的（实在可怜！），始终不是更加深刻的梦想，而是更加肤浅的梦想。银行午休的时候，猝然瞥见旋转门映出的自己尊容上出现的令人不快的颓相，他立即慌慌张张跑到厕所更明亮（而且更浮薄）的镜子跟前。堪称他的健康唯一例证的“生存的意志”、警示着他的健康的面颊上的肌肉，眼见着欲去又依依了。作为他活着依据的唯一的外表，即“活着的人”的英雄的表象，渐渐变得迷离恍惚了，不是吗？这怎么得了啊！

他对自己的病因精心细致地进行一番会计清账式的检查。支出没有粗陋，然而一部分收入里，这位内省家引以自豪的X光射线找到了似有若无的病灶。什么呀！原来是可怕的病魔的观念在作怪。

合上账簿，他用铁笔杆子搔着颅顶秀美的头皮，然后两手紧紧抱着头，眼睛盯着大白天映在办公桌上的电灯光，沉溺于忧郁的冥想。

——是那“仅仅于动物园中所感觉到的社会意识”，啊，这一可怖的不健康的观念盘踞在我心中。无疑，我的颓相也因此而生。问题很明显。啊，这种病态的观念，一旦被那些对我态度冷淡的同僚看穿了，后果不堪设想！我有了前科了。这一观念，对于我过去生活中所有的梦想和热望来说，是一种极大的侮辱、极大的亵渎，也由此产生了极大的矛盾。

杀？

——他颤栗着抬起脸来。侍女端茶进来了。

——我的内心，如今只在述说一个“杀”字。具体意思是什么呢？到动物园去，杀死那些最能使我付出挚爱之情的动物，对吗？

尽管如此，这个“杀”字，不正属于极端非生活的行为吗？……但也不能这么说。不能把杀戮和栽培玫瑰混为一谈。杀戮这一行为，几乎属于对被杀对象生活的自杀性介入。假如被杀对象是那种不健康观念的对应物，那么我就有部分自杀的可能。这仅限于盘踞在我心中的不健康的观念的自杀。

——猛然间，他抬起头来，眼下犹如觉醒者一般，凭着一副愉快的起居之情，肯定了这一自甘堕落的念头。

——乍看起来，这个不健康的“行为的私生子”，也不外乎是一种生活的行为。自立名目吧。——以毒攻毒！所谓勇气……（他略显踌躇）……也许……总之，他信守这个古训。

于是，X先生于下一个星期日走进了游人稀少的动物园。这天，他身穿褪色的乳白色夹层外套，昏暗的木荫预告着时间已接近闭园，他穿过树影森森的柏油路面走来。西方天边一派华艳，果肉般的天空的肌肤，为地上风景平添了微细画面的效果。独自忧郁的铁栅栏门，面对绚丽的晚霞和园内苍郁的巨树林，宛如一架竖琴站立在那里。这种配置完美的音乐效果，也正来自这架忧郁的竖琴本身。

他掏出十元大钞买了门票。售票员莫非半睡半醒吗？还是屡屡对罪犯报以微笑的那种具有恶意的幸运呢？伸过去的投毒者的白手，又没有被识破。而且，又一次——拿到了免罪符。

这位趁着薄暮溟濛前来动物园的好事的游客，怀里深藏着达到致死量的剧毒药物。不言自明，这种黄白色的非法制造的纤细而精巧的结晶，装在锡制的小盒子里，藏进他的内衣口袋，同时又在外边的口袋装了几片掺入毒药的面包。

无法融入树荫中的夜，虽然渐渐暗淡下来，但广阔的槛栏和鸟类馆的铁丝网里，却依然十分明亮。但是，惧怕暮色的悲凉的咆哮和呼喊，似闪电一般在森林各处回荡。他首先来到那可爱而优雅的袋鼠的笼子边上。

袋鼠用颇为不快和猜疑的眼波倏忽扫了他一下，忽然跳跃着远离开了，只把柔美的脊背的光亮留在X先生的视野里（真聪明！）。袋鼠一旦跳入黑暗的深深巢穴，……再也不肯出来了。

“是的，打一开始我就对袋鼠没有什么好感。”这位犀利地洞察自己的专家嘀咕道。

他转向白孔雀的笼子，趁着一派漆黑，孔雀在点检瑰丽的羽翼以便为明天作准备，或者再度沉迷于自己的艳姿，它正在笼子的一隅展示着灿烂的尾羽。夕阳的光芒宛若射进那个角落的箭镞，几百幅白色光焰的象征画使得孔雀的尾羽剧烈燃烧，随之又冻结起来，看上去就像一方华丽的火场。——但是，一听到X先生的跫音，那豪奢的扇面刹那之间欣然合拢，立即逃走了。

狐狸也一样，驼鹿、白熊、群猴、天鹅、骆驼，所有的禽兽尽皆躲避着X先生，拒绝着他。莫非它们一眼看穿了X先生的来者不善和他心中隐藏的卑鄙意图？

X先生来到一处时断时续的喷水池旁边，坐在冷冰冰的石凳上，一种异端者的寂寥使他浑身战栗。如今他认识到，他之所以产生这种残酷无情的杀机，是因为他偶尔发现这座孩子们的“无忧宫”是最适合于人们安住的地方，他对这一发现感到恐惧。这种心性虚弱的畏惧唆使着他，但这种心性虚弱的畏惧同时又逼迫他丧失自身安住的家园。从今以后，未来无限的日月，X先生只得“耕种随手创造的土地”。

然而，有谁知道，一个新制作的、新谋划的、古今无二的，总之无与伦比的崭新的夜晚，此时正在动物园外部等待着X先生，直到他离开那里。他走出动物园，一边聆听曾经品尝过的实际存在的不可思议的熏香摇荡的声响（可能是周围夜间绿叶流溢出来的声音），一边在黄昏中走了一阵子，然后站在陆桥上，俯瞰着灯火灿烂的市街。

啊，生活！他呼喊起来。

以往对你采取的离奇的态度，对你的恶言秽语和甜腻的谄媚以及优柔的微笑，所有这一切，归根结底，一概都是对你特别的情爱。你能原谅我吗？

——于是，从那暮色包裹的喧骚的市街深处，汇成一股欣然允诺的反响，那无数的灯火一致做出表示应诺的闪烁。X先生（实在可耻）将穿着黑哔叽西服的双肘抵在石栏杆上，感动得泪流满面，哽咽不止。不过，假若此时有人拍拍他肩膀，告诉他，这些意想不到的生活的应诺，完全在于他身上深藏毒药的缘故，即便如此，这位动辄流泪的内省家，也许还会继续痛哭下去。

当夜，他自暴自弃地遍访所有娱乐场所，足迹到达之处，饱享着一齐向他投射过来的热情亲切的眼神。这是过去一直将他的存在视为朝露而不予理睬的温暖的人类爱的表现，是足以使人沉湎其中的同类的感情。依然可怖的是，这种亲切感是难以用金钱购买得到的（有人将从他的风采中联想到某种财富的观念吧）。他究竟持有何种筹码？然而，阴森而亲密的夜的女人，并不打算要求任何享乐的代价。

第二天到N银行上班一看，X先生又大吃一惊。迎接他的同僚们的视线变了。人人眼里闪耀着充满不健全的媚态的社会亲近意识。一切都诱使他置身于将他视作同类的这种同一原理的支配之下。他受到了欢迎，所有的话题都获得好意的社会性微笑。他的判断均以认真的赞赏为大家所接受。所有这一切，都不需任何代价，估计也没有任何缘由，完全是单纯的恩惠，自那之后，毫不犹豫地施于X先生。

过了几天，一种意识迫使他作出明确的判断。在动物园遇见的那些动物们冷漠的面孔，同目前这些截然相反的现象又该作如何解释呢？从那天晚上起，一种什么东西在我心中发生交替呢？自那天夜晚，外部社会开始出现的动物园气氛——而且和他最初在动物园所感受的静寂似是而非——究竟是怎么回事呢？

夜间，他对着镜子脱去上衣，触到内衣口袋时，“忘却”被推到了一旁。那个清冷的锡制小盒子（盛着剧毒药！），由他那投毒者特有的白手掏了出来。

“都是托这毒药的福！”

他突然喊叫起来。仿佛为了回应他的喊叫，一种并非出自他自身意志的恶魔的哄笑，从他的声带发出，深夜里响遍这间屋子每个角落。

和动物们一样，人们也都嗅出了他怀中藏着毒药。出于人类追逐铜臭的习性，这不正是自然而然的事情吗？而且，较之价值低落的纸币，他们更痛切更贪婪地追求毒药。他的杀机迷惑了他们，那些人都想被毒死。为此，他们以所有黯然沉默的媚态接纳他走进他们的社会！

这是怎么回事？他们或许第一次认识到“活下去的人”的意义。因为这种杀机采取了那种大众性的大时代的形态。——只要看到这一点，活着的人们就只有舍弃他们的生活本身，亦即过于带有实体性质的本身。希冀被毒死的欲望，成为他们新的存在形态以及他们的存在理由。

X先生感到有修正的必要。生活——没有生活。充斥每座楼房的都是希求被毒死的欲望。

——已经有了如此发现的那个夜晚，X先生决心将此作为护身符，一生都不离开自己的肌体。正是因为持有毒药，他才为那些活着的人群所迎迓，成就为一个有益于社会的人，并负载着同一原理内部光辉的成功的幻影。他已经舍弃孤独，成长为一名完美无缺的社会人了。惊人的成长速度，惊人的快速死亡。

成功袭上投毒者的头顶。他暴富，结婚（再也不发癫痫病了），生儿育女，获得国家和社会各种奖赏，流芳百世。他热心于慈善事业，奔走四方，随处都沉浸于尊敬以及同志之爱和异性之爱的暖流中。他肥胖，染上无辜的宿疾。他日渐衰老，如今只等着饭后休息般的安乐死了。那瓶终生不离身的毒药也不需要了。但是，他苦于找不到丢弃的场所。他想，要尽量找到一个对社会有所裨益的场所！尽量有利于社会福祉的场所！

奇妙的是，不安能使人的面貌青春焕发。一天夜里，这位吝啬的老者，经过长久的思索，终于得出一个结论，致使他摆脱了因寻找丢弃场所而引起的苦恼。

“自己吞下去！”

他双手交叠，抚摸了一下胸脯，触到了那凝聚着青年时代满腔热情的锡制小盒子。他的手虽然衰老却依旧白皙而俊美。剧毒药的效能也没有减低。就这样，X先生享年七十五岁，终于成为一名励志传中的人物，一名投毒未遂者，使得长年的夙志得以贯彻。

急刹车

旅店的老板娘走进杉雄的房间，告诉他银座西洋陶瓷店经理原口打来电话，说拉塞尔夫人的车子三点钟来接他们，叫杉雄早一点儿过去。

现在是两点，杉雄必须赶快出发。

他瞅瞅窗外樱花时节阴霾的天空，用两只脚整理一下工具，踢开一条走向壁橱的通道。八铺席的房子没有落脚的空儿。已经有两三盏电气台灯完工了，还有好几盏正在制作。旁边放着一束用十号和稍粗的八号镀金锌丝挽成的轮箍，以及反转过来的酒红色涂漆的硬纸板。

杉雄站在壁橱穿衣镜前边系领带，他的视线离开领带，带着蔑视的眼神俯视着镜子中自己那一片杂乱的工作间。

一个二十八岁独居青年的房间，显得多余的色彩过于强烈了。用户们定做的各种电器台灯，都是和他们各自住房的墙壁和地毯的颜色相协调的。在这座屋子里，这些大红色、天蓝色、青绿色、橘黄色……五彩缤纷，杂乱无章。波浪起伏的白丝绒带子一旁，在玻璃上穿孔的铆钉闪闪发光。

“嘻，真是艺术的房间。”

青年撇着嘴角独自笑了，这种表情绝不会被人看到。在别人眼里，杉雄老实、善良，多少有些懦弱，是个成天都不知道想些什么的沉默的汉子。

昭和二十二年秋，杉雄从东京大学法学部毕业，立即进入大阪纤维公司东京分公司工作，其后，纤维工业股票暴跌，裁减人员，他被解雇了。杉雄在公司里也不是个得力的职员，他的父母自打战时疏散到兵库县老家以来，一直住在乡下。父母只能给他寄少量的钱，杉雄还必须找点工作干干。

好田杉雄不是一个得力的职员，这是他的艺术素质决定的。高中时代，杉雄爱画画，如今虽然不再画了，但一看到好的风景和美丽的东西，就不由得想画下来。上大学时他选了法学部，这是父亲的主意。

杉雄拜访同乡老前辈、父亲的朋友西洋陶瓷商原口。原口也没有能力为杉雄寻到一份好的差事，因为杉雄对店内装饰的电气台灯的制作工艺很感兴趣，于是原口想叫他试试，给了他一份台灯的活儿。没想到这盏台灯的制作使那位外国客人很满意，原口就将预订的一部分台灯委托给杉雄制作和装潢。一年之后，杉雄熟练了，凭着这份手艺可以维持生计了。对于那些爱找麻烦的顾客，首先到家里实地看一下，然后再考虑如何制作，方为上策。今天也一样，拉塞尔家派车来接原口和杉雄，到配置台灯的房间里看一看。

……杉雄换上西服，考虑是到外国人家里，胸前配了一块纯白的手帕。一身礼服的他，动作有些拘束，扭动着身子转回头又把室内打量一番。

花开时节阴沉沉的大气，也侵袭到室内来了。已经做成的中国风格的台灯，点缀着宝塔形橘黄色伞罩。白昼的灯光，照射着下面脏污的榻榻米，留下层层模糊的阴影。那是刚才杉雄为了检验一下点亮的，忘记关上了。

青年熄灭那盏台灯，费了很大力气才把开合不顺的窗户关好，走出了家门。

三时整，原口陶瓷店门口停着一部漂亮的轿车。拉塞尔夫妇各自拥有一部汽车，前来迎接的是夫人的车子，欧洲式样帕卡德[①]·帕特丽莎400型。杉雄跟在原口后头登上了汽车。

性格开朗的原口不住跟日本人司机聊天，他想知道初次拜访的这个家庭内部的一些情况。

干司机这行的人，在日本人家里服务则守口如瓶，要是在美国人家里，哪怕碰到素不相识的客人，只要是日本人，他就会慢慢地打开话匣子。他一边在街上来往的车流里巧妙地操纵着方向盘，一边对他们说道：

“说实话，我干司机这行三十年了，如今能开上这种车，也算是前世修的福。你们要问拉塞尔夫人的家里吗？那可是了不得呀！光建筑费就花了两个亿，简直就像泡在金窝窝里啦！……举个例子，比如在日本买不到满意的地毯，夫人就登上飞机到国外去买地毯。”

原口和杉雄听了这话面面相觑。

---

① Packard，20世纪美国豪华汽车品牌之一，诞生于俄亥俄州。

来到位于高轮高台的这座宅邸，从外表上看不出是花两亿元建造的房子。按了门铃，女佣前来开门，地毯一直铺到门厅内。晦暗的脚边毫无声息地跑过来一堆东西，把他们两个吓了一跳。

那是五只西班牙猎犬，两只黄狗和三只黑狗。它们一律将长毛拖在地毯上，步履蠢笨，不仅姿势像金鱼，其他方面也像金鱼，从来不叫唤一声。

“夫人在家吗？”

“在家，她在楼上等着呢。”

女佣领他们登上中央楼梯，这是一道宽阔的螺旋楼梯，一级一级，一眼看到顶端，镶嵌着金边的灰色地毯，每一段都卷了起来。定睛一看，一位光艳夺目的美女穿着一身塔夫绸衣服，窸窣作响，从楼上走了下来。

她一只手扶着栏杆，一只手胡乱摆弄着项链。女子一条腿站立着，将整理好的项链用两手高举着，弯向颈后戴上了。那是一串缀着大粒珍珠的项链。

“How are you, Mister Haraguchi?”①

女子开口了，她就是拉塞尔夫人。他俩被领进卧室，原口介绍了杉雄，竭力称赞他的才能。夫人说，请先试做一对卧房用的台灯，看看效果如何，然后再委托制作家中其他地方用的台灯。

卧室面积约三十铺席，铺着没入脚踝的纯白色地毯。室内装饰的情调极好，白色、灰色、黑金和熏银，除此以外的颜色一概不用。杉雄为用户所做的卧房台灯一律都贴着桃红色彩带，含有一种猥亵的

① 英文，您好，原口先生。

意味，那种“派其柯特”[①] 似的台灯不适合这座房间。应该设计一种崭新的、色调素雅的台灯。

原口陶瓷店只是供顾客在店里选好出售的瓷壶，然后再配合瓷壶制作伞罩。

“瓷壶就用上回挑好的那一对。”

夫人说。那是涂着白釉的、单色的四角形瓷壶。

拉塞尔夫人深深坐在扶手椅里，眼里含着三十岁女子午后轻微的倦怠，但脸上始终浮现着沉静而优雅的微笑。如此靓女，如此微笑，作为外国人，丝毫不向我们露出一点儿琐末的感情，简直就像圣女一般。

接着，进入事务性商谈。杉雄看着金丝线绣的带有大写字母的床罩，嗅着夫人身上飘溢而来的恰到好处的香水味儿，心想，自己坐在别人卧房里一本正经地谈事务，很奇妙。

“待在人家卧室里，装出一副谈论工作的神色，这算什么人呢？”他想。

“我们这号人是室内装修者呢，还是殡葬工人呢？”

“一个星期可以了吧？”夫人回头看着杉雄，“下个星期的今天三点，三点整我到店里来。”

女佣出现在敞开的房门边，她轻轻敲了敲门。

“楼下备好茶了。”

“好，请吧。”

夫人站起身，做了个优美的手势。

---

① Petticoat，英文，衬裙。

好田杉雄去浅草三筋町人造丝批发商店，购买一种同行们称为“诺伊尔”的流行生丝，回来时绕道中野，到染料店买了好几种染料。在电车里又多次从纸袋里掏出拉塞尔夫人画的规格表观看。于是，基于这张规格表搜购的材料所进行的设计，眼下又使他失去了信心。

回到旅馆，杉雄没有马上着手该项工作，而是开始制作很早以前预订的床式台灯。这是平时那种做惯了的附有桃色缎带的工艺。

法国生产的卖花姑娘的小瓷人上，悬着天盖一般打着襞褶的乔其纱伞罩，颜色是粉红色，上下周围围绕的酒红色的缎带，必须呈现着“心胸激动”的波浪形。而且，伞布必须绷紧贴附上去，不能有一点疙皱，就像贴紧女体的裙裾……

杉雄将规格表和草图置于面前，用曲线板量了一段十号的锌丝，开始挽成椭圆形。

三十分钟过后，青年的工作有些松懈，直接对着熄火后电炉上的铁壶呷了一口冷茶，然后仰面躺在薄薄的坐垫上。正好脑袋旁边胡乱堆着几本美国的室内装潢杂志，冰冷的铜版纸封面，枕在春天里不很清醒的后脑勺下边，颇为舒心。

窗外是粉雾迷蒙的天空，微微传来孩子们的叫喊。汽车的喇叭声听起来就像毫无气力的病人在放屁，断断续续。

“多么天真，完全是哄小孩似的单调无味的工作。”青年歪着嘴角想着。喝了一口冷茶之后，口腔内又渐渐恢复了暖意，使他感到不快。

“稍微有点儿艺术，稍微有点儿良心……总之，有那么一点儿，老是感到不干不净啊。”

他明白不是“一点儿”的问题。那甜味儿还没有离开舌头。已经八年了，还没有忘记那种味道。毋宁说，随着年月的过去，追忆的甜味反而更浓了。

比起装饰卧室甘美梦幻的这种暖红色台灯，杉雄感到另有一种东西更甜蜜，像可口的酒心巧克力，那就是战争。正确地说，是战争的回忆。

没有比那更加甘美、更加感伤，那样更加浪漫和那样称心如意的时代了。战争是纯然的“抒情”的回忆。先吃甜的，后吃酸的，就会备感酸苦。战争结束以来，他的个人经历中实在没有什么可喜的事。

杉雄想起战争末期军需工厂的生活。他离开东京帝大法学部首先进入中岛小泉飞机工厂，其后又应召到厚木机场附近的高座海军工厂参加义务劳动。

战争末期的放任、怠惰、不满、无序……在这种状态下，明显地存在着战后社会无序的准备和预感。但比起战后的无序之所以美好，在于此种无序的本身，不住重复着不久定将灭亡的预感。

体力旺盛的青年，于战争中寻到自杀的机会；智能薄弱的青年，自觉应该抗争、继续生存下去。这实在出于自然。即使在和平时代，体育只是青春过剩的能量自杀的演技；智能的觉醒，是对急于走向瞬间解放的自己年轻肉体的反抗。基于各自资质的不同，或反抗取胜，或自杀取胜。同一般常识相反，据杉雄所体验，战争不是精神主义时代，而是肉感的时代。乘坐飞机的青年们，也会表示同感吧。

杉雄认为，对于战争中孕育的一个时代的青春，社会保有一种多余的误解。战争毕竟不属于幸存的著名将军，而是属于战死的无名青年士兵。不是属于遗留下来的母亲和恋人们的悲叹，而是属于死去的年轻人自身的个人主义所有。战争是令人震惊的，但人类的历史，作为青春过剩能量的彻底而毫无保留的发挥，除了战争，尚未发明其他任何东西。有没有全凭青年所成就的无血革命呢？战争如何将青春期开始所特有的自我陶醉巧妙地加以运用和引导，这一点是那些头脑僵化的学校教师所意想不到的。杉雄的同班同学，还有一些低年级的学友们，以自我生命为赌注，购买了海军士官颇具性感的制服和寒光闪闪的短剑。

战争末期留下来参加义务劳动的学生们，大多限于这两种人：要么是不适合服兵役的肺结核患者；要么是因征兵事务中出现的异常而尚未接到“红纸”的人。电报一来，人人都缩起脑袋，生怕送达到自己手中。接到红纸的人，收拾下行李，回趟老家，开始时还有几位朋友送到车站，越到后来，分别越是显得冷清了。红纸频频到来，连病人也被赶向战场。他们个个肩挑行囊，向学友简单地告别一下，随后离开宿舍。

于是，同宿舍的人日益减少，然而在杉雄看来，高座工厂时代的寄宿生活，倒是庶几近似理想的生活。其中有恐怖，也有自甘堕落；有绝望，也有自由。希望实际上以反论的形式弥漫一切。季节也是自五月到八月，总之，是光明而跃动的绿色的季节。

无能的人，躲到防空壕也不忘复习法律学课本，有能力的人，一点也不用功。世人在为粮食不足而受苦，而他们吃着大米饭，整日想办法尽量怠工。

那个时期中的青春的状态，不同于一般概念的青春，是极度反论性的东西，如今，杉雄回想起来，完全免除了未成熟年龄伴随而来的羞耻。在他们眼里，难道具有为年轻人所特别中意的“对未来的期望”吗？他们的期望就是一场关系各人生死存活的赌博。他们或许有着恋爱小说中那种天真烂漫的理想吧？他们有的心性恬淡，一切听其自然；有的只是活在空袭中的无刺激、无欲望的状态中。这种青春从一开始就不存在幻灭的可能性，因而，实际上是不朽的。

从小田急铁路一座小站步行三四十分钟，杉雄看到一片崭新的兵营。最近虽然建了好多营房，但已经没有多大用途，只是充当应征学生们的宿舍。这些素朴的建筑，散于一片绿荫之中。奇妙的是，没有那种带着威胁性的石砌围墙，只是在腹地周围草草圈上一道铁丝网罢了。一部分铁丝已经被踩断，自车站到宿舍，从离离荒草中硬是踏出一条近道来。宿舍离开周围的民家，孤零零存在着。学生们上班的工厂，位于距离宿舍还有两公里远的山谷中。

横贯宿舍内部的土间，其左右各有薄木板镶边的楼下房间，用空下的枪架分别隔成每四五人为一班的区域。站在楼上楼梯口低矮的栏杆旁边向下俯视，每一班都有一架垂直的梯子通往楼下。窗户没有帷帘，一到夏天，他们为了遮挡西晒，便钉上军毯，代替窗帘。有的人戏称为搭帐篷。

杉雄在这种宿舍生活里发现了儿时的惊喜。他登上垂直的梯子，中途又攀上二楼栏杆的外侧，接着再从楼下土间这一侧跳向另一侧，使他重温了童年时代快乐的生活。

空袭乃家常便饭，杉雄不由陷入一种错觉，自那遥远的往昔，空袭如同夏天的响雷，傍晚的骤雨，初秋的台风，来往学校的路上必然经过的理发馆中镜子的反光；空袭如同在第三班电车中必然相遇的戴黑框眼镜的女人，空袭仿佛成为生活中不可或缺的东西。

回想也不缺少血的记忆。

小型飞机来袭，警报解除之后，他们从各处防空壕里走回来，消息灵通的人传递着厨子身负重伤的新闻。杉雄和四五个同学到厨房观望。夏天午后，宿舍周围一人多高的茂草，散发着燠热的气息。

“是那个小矮子，还是那个大胖子？”

学生们不免带着诅咒的口气议论道：

“是那个大胖子。那家伙克扣我们的粮食，对学校的要求说三道四，那家伙活该受罪！”

到那里一看，厨房门口水泥地上有人洒水，早晨扫地的扫帚发出巨大声响。胖厨子向地上泼完水，挥动着扫帚一阵乱扫。地上的积水被扫帚搅起了泡沫，一片殷红。杉雄毫无所动，鱼店的鱼血和人血有什么不同呢？

“到一边去，有什么好看的？”

胖厨子说。他只顾低着头扫地，棕榈扫帚弹起鲜红的血滴，滴到了新制的木框上。当时的生活回忆中，究竟是什么成了残留至今的幸福之源呢？杉雄想到这里，感到十分困惑。当时具体事物的属性找不到甜蜜的影子。例如，为了疏散工场而在山腰挖掘的洞穴中新鲜的泥土气息，每晚空袭时染红东京上空的火焰（他们远望那里爆炸的燃烧弹和高射炮的火焰，喊叫着：“玉石屋！钥匙屋！”①），夏季的田野尽头预示般燃起的广袤而明丽的晚霞，贴满女明星艳照的

① “玉石屋”和“钥匙屋”皆为烟花商店，江户时代因在两国川燃放焰火而著名。

宿舍板壁玛瑙色的节孔，晨礼时赖床不起的快乐……可以说，从这一一积累的印象中寻不出任何缘由。但是，例如，杉雄因战争而知道了谣言的甜美，并且幻想着以民众煽动家这一职业深入人群，以及这种非人性的职业所具有的麻醉药般的快乐。

当时，有谣言说，敌人将由相模湾登陆。这个谣言成了发挥想象力的最好诱饵。从海上登陆的无数战车，烧焦的夏草，杉雄他们被焚毁的宿舍……处在如此的变化和悲惨的局面，面对更大灾难降临的可能，学生们不顾权威的存在，只感到自己头顶上是一片蓝天。

战争末期还能保持如此痴呆一般的明朗的一天，杉雄想起那一天，他前往由宿舍储藏室改建的大学临时图书馆帮助整理图书时的情景。

他将落满尘土的皮面法律书籍摆在草草制作的书架上，窗外是闲静的夏季白昼的道路。这条军队开辟的十米宽的道路，没有行人，干涸的红土路面裸露在夏日的天空下。

杉雄听到一个年轻的、颇为稚嫩的声音，他侧耳倾听。那是行人一边走路一边说话的声音。

“战争总会结束的吧？”

“不过，讲和了总是好事，反正日本胜利了。”

一个人平静地应和道。

“胜利了，啊，太好啦。”

看到行人边走边聊的身影，杉雄缩起脖子。下边是两名十八岁左右的少年航空兵，提着水桶打这里经过。他们是最后一批应召，本来是立志飞上天的，但却被指派挖山洞，因而为此大发牢骚。

杉雄一时兴奋起来。但是，已经习惯于谣言的他，立即做好了心理调配。他们那种漫不经心的交谈，仅仅通过语言的媒介，立即君临早已面目全非、彻底崩溃，如玻璃般脆弱的现实之上。事实上，如今的和平和闲暇，即便认定为战争结束以后的光景也未尝不可。

少年们明白了这些，通过言语按照自己的想法改变现实。这也无可指责……他们走远了，杉雄眼前，再次出现六月中旬闲静的道路，路面上微微飘扬着灼热的尘埃。

“结局是甘美的，”杉雄双手枕在后脑勺下边，手背感受着美国室内装潢杂志封面上冰凉的铜版纸，思索着，“……这是因为经常感受的情感是那般紧张，一瞬间之后，或者三十分钟之后，存在也许就会面目全非。一刻钟之后也许会死去。而且，如今健康、年轻、完整地活着，如此所体验到的恍恍惚惚的感觉，是多么甜美！那简直就像鸦片，是恶习。一旦尝到这种味道，其他一切生活都将难以忍耐下去。”

杉雄转着眼珠子，环视了一下大煞风景的室内，没有一方匾额，没有一只花瓶。壁龛里堆满了书，没有一张挂轴。

窗外是白亮的天空。小鸟们像针刺一般地鸣叫。

杉雄发现墙壁的一个地方有一块不太明显的污迹，也许是哪位朋友来访时，靠在墙上将廉价的发蜡蹭上去的。不知是何时蹭上的，除也除不掉。不过，可以肯定，这污迹会永远顽固地留在墙上，直到墙壁腐朽坍塌。

杉雄对此毫不介意。他对自己周围实际存在的事物，一点也不感兴趣。大小不一、高高低低、正在制作的和已经完成的电气台灯……形形色色的房间，以及这些房间的存在和命运的共同存在……为匡扶这些东西而维持生活，这是一种矛盾。一边受到恒久的持续性的威胁，一边协助建立这种恒久的持续性。一边诅咒自己周围存在的墙壁，一边协助加固这种墙壁……战时，杉雄看到有的人，因为家人疏散外地而把用不着的衣柜拖到路边抛卖，虽然价钱很低，还是没有人买。

“那可是真正的衣柜啊！”杉雄想。

“明天也许就烧成灰烬了。正因为明明知道明天将会烧成灰烬，才称得上是真正的衣柜。衣柜放置在路边的草席上，沐浴着初夏的太阳。桐树的木纹美丽而又素雅，将这只衣柜的精良木料清晰地显示在阳光里。人们并不喜欢清清楚楚的物质，那东西放在生活里过于危险。更暧昧、粗线条的存在，具有一种恒久持续性的家具……世人对那一类东西才肯掏腰包。”

杉雄漫无边际地思索着，他躺在床上，没有做活儿，直到房间里一片漆黑。

下一周这天午后三时，下雨了，气候寒冷。

下午，原口到杉雄宿舍来观看已经完工的拉塞尔夫人定做的台灯。原口对这只台灯非常满意。他俩捧着台灯乘出租车两点半回到商店。

三时正，夫人的帕卡德停到商店门口。原口迎上去为她张伞，夫人套着草绿色雨靴的双脚，踏上店门口铺着马赛克的地面。

雨天，店堂晦暗。夫人用草绿色头巾松松地包着头，脸色清雅，惨白。清晰而响亮的嗓音说出的英语，反射到店内百宝架的玻璃、器皿、咖啡壶、果盘、偶人等无机物上，转变成坚硬的无机物的响声，又反弹回来。

“已经完成了？一定制作得很好看吧。我从今天早晨一直盼到下午三点钟呢。”

原口大献殷勤，陪同夫人进入会客室，杉雄也跟着进去了。夫人也不坐椅子，她巡视室内，哪个是的？她问。杉雄制作的台灯就在眼前的桌子上。

原口指给她看，拉塞尔夫人在椅子上坐下来，从远处伸长脖子，仔细瞅着这盏台灯。

伞罩是四角形的，灰色的生丝上下镶着金边儿，圆柱形的瓷壶安装在用金丝围绕的灰色的方形基座上。

夫人伸出手，拉了拉开关上纤细的链子。灯亮了。她的指甲蓦然闪射着光亮。

“开关很灵光哩！”

夫人终于开口说话了。杉雄听到这话，觉察到台灯制作得不合格。

“怎么样啊？”

“嗯，感觉不错。不过，总觉得和我的志趣不太投合。伞罩怎么样呢，制成个圆形的不好吗？……这种布，对啦，用有光纸也许和房间更协调。”

原口间不容发地说道：

“好吧，我们尽快返工，本店一定重新制作，直到您满意为止。”

“好的，就请这么办吧，让你们费神了。下周的今天，星期五这个时候我再来。这是初次定做，我也要耐心等待啊。”

拉塞尔夫人旋即回去了。她同杉雄默默握了手，脸上浮现着慈爱的微笑。然而这微笑看不出些许的“歉意”。

杉雄说明天到店里来取台灯，说罢空着两手回去了。四时光景，附近的咖啡馆里有女子等他。

银座后面的道路尚未精心地改建，积水满地，泥泞难走。出租车溅着泥水猛地行驶过去，杉雄倾斜着雨伞，从店铺前小心翼翼穿过。一家餐馆里走出一位青年，“哗啦”一声张开雨伞，簇拥着身边的女人，杉雄差一点儿被伞骨戳到了眼睛。

身子躲闪时，一只脚插进泥水里，他毫不顾忌地走着，一条腿仿佛拖着一只湿漉漉的小动物的尸体。

女子坐在咖啡馆里最不容易看到的席位上等他，尽管没有刻意要躲避的熟人，但也没有在众目环视之下等待一个男人的自信。杉雄来了。女人望着男人的脸，半是欢喜，半是忧伤，浮动的眸子一直盯着他，但脸孔却一动不动。她一只手贴着腿边紧紧握着一把伞，因为面色一直不佳，神经质地胡乱搽了过多的胭脂，显得有些斑斑点点。

“怎么样？”女子问。

“雨天很讨厌啊，”男人故意岔开，“……不合格，今天没有拿到钱。”

“你真够老实的啊。”

女子一边说一边装模作样地用母亲般疼爱的眼神望着杉雄。杉雄低下眉，双目两侧的睫毛有些僵直，这才明白眼睛实在太疲倦了。突然，女子笑着说：

“我们结婚的日子看来得延期啦。”

"为什么？"

"斯大林死后形势变了呗，看样子战争不会发生啦。"

女人的嗓音清澄而优美，反而更加衬托出她是个老姑娘。女人的意思是说，她以前曾经要跟杉雄结婚，杉雄答应她等战争开始后就结婚。

从今年冬天到早春时节的形势来看，他们打算七月左右就结婚。停战以后，多次发生战火重燃的所谓"战争危机论"。消息灵通人士又倡导"七月危机说"。美国有一群狂热的迷信者，他们相信七月开战和投掷原子弹的预言，搬到建筑在山腰的地下街去居住。日本有一位著名的占星师，在工业俱乐部演讲，预言七月开战。这个人曾预言过罗斯福的死，现在又准确地预测了斯大林的死。

"没有战争，就无法浪漫，实在太不方便啦。"

女人用杉雄的口头禅调侃地说。

"不过，事情确实是这样，没法子。"

杉雄在嘴里嘟哝着。这时，他发现下面有个东西也在嘟哝，他向桌子底下一瞅，动了动脚。原来是脚跟一踩浸水的鞋底，皮革内就发出咕叽咕叽的响声。

"该走啦。"

女子拿起结账单站起来。

男人做了个姿势叫她等一下。他屈下身子，脱掉浸水的鞋子，倒过来控出里边的水。可是水不容易流出来，一条水线从桌子后头流向漆木拼花地板。老姑娘用怪讶的表情俯视着。

翌日起，杉雄着手改制拉塞尔夫人的台灯。白色的伞罩虽然容易脏，但还是选了白色。他去购买了三百斤规格的硬纸板，又到工匠那里委托他喷上白色的清漆。

这期间，杉雄也继续制作订单中更容易的几样。一位出生于西部地区的美国大兵的妻子，前来定做带有恶趣的图案的台灯。其他还有几盏不太难做的活儿。一个日本富人，为孩子的卧室定做的台灯，绘有一对可爱的小鹿班比的形象。

杉雄虽然打心眼里诅咒和憎恶这种工作，但手还是不停在壶里面打眼儿，做伞圈儿，在灯罩上绘制花纹。

虽说年纪轻轻，但经常感到肩疼和关节疼。尽管如此，他却不肯做户外运动。学生时代喜欢打网球，如今既然制作台灯，就算勉强去打网球，这种劳什子职业也很难和体育挂上边儿。

这是一种小型、洁净、固定而持之以恒的工作，没有多少收入，顾客满意的微笑就是永恒的报酬，此外没有什么意外的值得惊奇的报酬。他从事这项工作不到五年，碰到拉塞尔夫人这种难以对付的顾客，一种职业性决不服输的灵魂又从心中抬头了。

每到傍晚，他时时出外散步。郊区电车站检票口，年轻的妻子们迎接着一群丈夫。老实巴交的丈夫回来了，一边通过检票口，一边目光敏锐地搜寻妻子，心情难以平静下来。妻子们大都穿着连衣裙、木屐或运动鞋。这些老实巴交的丈夫的妻子，就像免试跳级的优等生，浮现着灿烂的微笑，极其沉着地走动着。一同越过交叉口的妻子，意识到那些落在后头的不幸的妻子们，她们徒然地等待着也许不会归来的丈夫。妻子们一边回家，一边快活地谈笑：什么丈夫不在家时进来个可怕的传销商啦；什么给邻家的猫儿扎了彩带，获得一块鱼糕的谢礼啦；什么不小心打碎丈夫的茶杯，带着极其严肃的表情表示忏悔啦，等等。

这些上班族回家的时刻，正好碰上郊外寂静的小镇燃起灯火的时候。小小的霓虹灯，小小的花窗，仿佛假日里游乐的女佣倾其所有打扮得花枝招展，这是一个无限辉煌的瞬间！杉雄分开通俗杂志红色的广告旗，顺便走进书店。他身后的道路传来一群职工回家的脚步声。他玩笑般地哗啦哗啦翻动着面向少年层的冒险杂志，每页上泛滥着色彩和行为。所有的人物，都在疾走、骑射、投掷、倾斜，有的已经倒地。

“我在童年时代也热衷于这种书。”杉雄想。男孩子谁都喜欢这种书。他们成长了，一旦长大，行为已不见踪影。……杉雄自己也曾经是个上班族，他虽然从事着距离这种行为不远的日常工作，但从背后的脚步声中，却没有对别一种行为产生向往和羡慕之情。

不久，他折回头来，天色已晚。通向旅馆的道路沿着电车线路向坡上走。这时，一列电车闪耀着一排明净的窗户从身边迅速掠过。杉雄总想对着疾驰的电车车厢尽情地啐一口唾沫，但一直未能实行……

……夜里，他又继续制作台灯。

他有时干脆将煞费苦心设计的插头连接上好多电线，将已经完工和正在制作的台灯一起点亮。房间里就像过节，在这般节日的气氛里，杉雄恍恍惚惚抽着香烟度过一个小时。

“要是打起仗来……”杉雄此时陷入了幻想。即便不是原子弹也必定是空袭吧。那种令人怀念的、亲切而抒情的空袭警报在城镇的上空回荡。有谁还会前来取走台灯呢？东京家家户户内杉雄所制作的台灯将一同点亮。玲珑剔透的玫瑰色的襞褶，包裹在忽闪忽闪的火焰里，变成庄严的具有高尚情趣的黑色的灰烬……

杉雄的幻想漫无边际。他的眼睛终于变得青春焕发、炯炯有神了。他涌现出了创造力。于是，工作起来十分顺手，枯燥无味的活儿也干得有滋有味，不知不觉就迎来黎明。

但是，自打斯大林逝世以来，灵感急剧衰退。心灵的一隅，哪里还装得下什么战争？斜刺里闯进了个茶茶[1]。

幻想立即萎谢。一旦萎谢，就不会有再度的昂奋。

此前，同拉塞尔夫人相见的星期五那天，是三月二十日。二十七日又是个星期五，杉雄送台灯到店里。

原口没有像以前那般夸奖他，默默围着放台灯的桌子转了一圈儿，只说了句“这回挺好”的安慰话。

拉塞尔夫人的帕卡德停在店前。夫人今天好像应邀出席鸡尾酒会，一件珍珠白的长裙拖曳的夜礼服，外面披着貂皮大衣，胸前是一串大小蛋白石连缀成的精巧的项链，放散着撩人的香水气息。

夫人走进客厅，这回仔细盯着桌上的台灯。

台灯的伞罩变成椭圆形，洁白的有光纸上下围着镀金的金属圆圈儿。灯一亮，光线不会透过伞面，看起来上下匀称，光线沉静、庄严地映射在瓷壶的白釉上。

过了一会儿，夫人说道：

“太好啦。不过，我还是不喜欢。”

杉雄的脸色因感到委屈而变得通红，不由回应道：

---

① 即“半道上杀出了个程咬金”之意。茶茶，即淀君，安土·桃山时期武将丰臣秀吉的侧室。

"我天生的志趣和您不一样。"

拉塞尔夫人含着娴静而慈爱的微笑，颇感兴趣地望着青年绯红的面孔。

"没那么回事，你有着很好的志趣。"

"志趣不一样，这是没办法的事。"

"没那么回事。再做一次看看。"

"费用谁出？"

夫人手上戴着珍珠白威尼斯蕾丝手套，她稍稍摊开两手，轻轻耸耸肩膀。

"电气台灯都有一定的行情，我不会多出一分钱。"

原口轻轻扯了下杉雄的上衣下摆，用日语快速地说：

"返工费我来出，你不会吃亏的，再做一次看看吧。"

杉雄答应下来，从口袋里掏出一叠规格表，详详细细记下夫人的要求。夫人没有别的想法，她只提出一条意见，希望伞罩改用淡灰色的纸。她说罢，急匆匆走出客厅，乘上汽车。临行前她照样约定下周今日三时再见面。

杉雄着手进行第二次改制。

数日后，青年干了个通宵，工作一直很不顺手。一个晴天的早晨，他打开窗户，小市民们家家房顶之间，盛开着一团团粉白的细丝状污秽的樱花。清晨依然寒冷。

他下了台阶，及早出行的房客已经发出了响动。老板娘探出头，"哎呀，早醒啦？"她招呼道。杉雄本想说"打夜班呢"，但他嫌麻烦，只是应了一声："嗯，是的。"

“报纸还没来吗？”

“已经来了吧，您瞧瞧门口。”

杉雄坐在门边，摊开报纸，只见整版刊登着中国总理周恩来的声明：

(1) 遣返全体希望回国的战俘。

(2) 将拒绝回国的全体战俘转送中立国。

报纸还附加了详细的解说。依此可知俘虏问题的谈判已经决裂，自去年六月氢弹试验以来中断的朝鲜和平谈判，将再度恢复。

杉雄承受到一场打击，因为报纸的文字预感到世界各国和平时期即将到来。

——当天的晚报报道股市暴跌，这样的结果将致使日本经济走向何方，一向和股票无缘的杉雄根本不予考虑。

杉雄放弃了工作，他感到生活失去了目的，灵感的源泉干涸了。这种感觉，自打四月一日听到莫洛托夫全面支持周恩来提案的消息之后，更加明确下来了。

明天就是四月三日——同拉塞尔夫人相约的日子。他面对这对台灯束手而坐。

三百斤规格的硬纸板上，已经喷上一层淡灰色的清漆，他所设想的工艺材料备齐了。尽管如此，他还是懒得动手，一旦干起活来，这种恐怖立即使他停下手来。

“如果没有战争，也许我一辈子都要继续制作台灯，终生绑在这种稍有良心、略具艺术、潇洒而清净的手工活上。”

当天晚上，他心情不快地彻夜干活儿。没有完工天就亮了，于是进入睡眠状态。醒来已是十一点了，离约定时间只有四个小时。

好容易完工了，时间已经过了两点钟。对于那些死守时间的外国人，他仍然按照常规提前半个小时结束手中的活儿，然后再乘电车，肯定超过三点钟了。

杉雄把两只伞罩叠在一起，很快用纸包好。一对灯台装进纸箱，捆上绳子，匆匆离开宿舍。

天空阴霾，街上的景色已是夕暮。选举大战已经开始。杉雄双手保护着硕大的包裹，脊背紧贴路边的石墙，好容易躲过架着高音喇叭喧嚣而过的卡车。系着背带的候选人站在卡车上，含着微笑跟杉雄打招呼。那亲切的笑容丝毫没有顾及杉雄焦急而冷淡的目光。

此后，正巧开来一辆没有乘客的中型出租车，杉雄连忙截住，告诉司机要去银座。

车子从日比谷交叉点拐过帝国剧院一角，穿过银座二丁目，插向M报社后街。右边集中着报社内的卡车。出租车沿左边而行。

这时候，随着一阵刺耳的刹车声以及连带着的各种混浊杂音，出租车紧急停下了。漫然望着窗外的杉雄，胸脯倒向前方，撞在司机座席的后背上，右手吃力地支撑着身子。但是，放在膝上的台灯伞罩，被挤压得不成样子。慌乱之间，护着伞罩的左手，反而戳进了纸质的伞罩。

杉雄从伞罩里抽出手来，重新坐到座席上，终于从撞击中清醒过来。

一看，车子周围已经围了一团人，一个男子从窗外向车内张望。报社的卡车司机穿着油迹斑斑的工作服，弓着腰瞅着车头前方。

出租车司机已经打开车门下了车，杉雄依然习惯性地用心保护着挤坏了的伞罩，打开车门走下来。

人群谁也没有注意杉雄，大家在车前围成了半圆形。杉雄作为群众的一员，站在后面观望。报社的卡车司机的工作服中揣着一个四五岁的男孩儿。穿着黑色粗布运动服的男孩儿，在工作服里一边扭动着身子，一边叫喊。

“家在那里，妈妈在那里……没关系的……不要紧的呀。”

喊叫的牙齿鲜红，嘴边滴下血来。

“被车子撞着了，看样子没有受大伤。”

一位公司职员打扮的男子目送着他们，轻松地说。男孩儿不住指示着住宅区的横街方向，身穿工作服的司机抱着男孩向那里走去。远远望去，可以看到工作服边缘频频摆动的小脚丫儿。

杉雄看不到自己那位出租车司机了，他捧着歪歪扭扭的又大又轻的包裹，在人群中挤来挤去，身后不断传来其他车辆混杂的喇叭声。他想看看事故现场。但是，受伤的男孩儿已经被抱走，停下的车子前头已经没什么异样了。

有人分开人墙乘上驾驶席，一看，正是那位出租车司机。那司机也朝杉雄瞥了一眼，同看别的人一样。

警察指示出租车靠边，杉雄想，装着灯台的箱子放在那辆车里也无碍，他的想法很奇妙。

淡薄的阳光照射下来，半个柏油路面发出模糊的光亮。两三处地方落下了血滴，漆一般闪耀着沉滞的红色。

"这就是急刹车的地点吧。"

有人说道。

道路中央偏左，柏油路面有一处凹陷，留下一道浅浅的坑痕儿，明显地刻印着两三寸长的胎痕。

杉雄看到这个，心头骤然从沉重的压力下解脱出来。他变得心平气和，见到谁都想拍拍人家的肩膀儿。他即便抱着歪斜而破碎的伞罩，心里也感觉一派明朗。不光是他，从事故现场散去的人群，或多或少仿佛都浮现着十分满意的幸福的表情。杉雄夹杂在这些人群中，琢磨着自己该走向何方。他满怀激动的心情，想到应该将挤坏的包袱丢到垃圾场去。

明　星

一

我从侍从伸过来的手镜中，倏忽瞟了一眼场外看热闹的人们。

他们没有一刻的安稳，维持秩序的绳子深深嵌入肚皮，一个劲儿只想挨近我，哪怕一寸也好。一些人伸着手臂，又笑又跳，以便引起我的注意。

不光女人，也挤满了年轻小伙子。在这五月的正午，他们懒得去上学上班，个个穿着我所创造的制服。那些人喜欢让我看到他们那一身打扮：时髦的镶着丝带的草帽，细腰紧身的条纹短袖衫（钉着肩章），在敞开三只纽扣的胸口闪光的挂坠，以及给人留下包屁股印象的细腿裤子，还有纯黑的袜子……这些都是我所创造、因我而流行的制服。他们一概和我同年，朝气蓬勃。他们无法对付贫穷和闲暇，向人夸示着难于处置的过剩的精力。

他们力求想做的人物、他们的“原型”就是我。我一直这么想，所以打算从侍从伸过来的手镜中窥探一下。镜子里映出一位健壮的青年的脸，然而那种健壮实在是借助油彩的缘故。因为脸上油腻腻的，所以稍许扑上些粉。可是，我很清楚，油彩下面的面孔根本不用扑粉，扑上白粉就没有光泽了。我骨骼粗壮，筋肉结实，不过早已失去往日的活力，所谓原型，经过无数次复制之后，必定很快变得冷却疲惫、干枯无味了。

我二十三岁，不管怎么蛮干，都是无往不利的年龄。但是，由于近半年来无休止的劳累和接连不断地熬夜，我的青春迅疾走向黄昏，对这一点我心知肚明。

这种认识尽皆来自“真正的世界”，因此，这种认识没有存在的必要，因而也就不会存在。就像那些无赖汉洗手不再干坏事一般，我已经同那个世界斩断了关系。我已经完全没有必要做梦了。做梦，是那些在电影院里购买粗纸电影票的观众的特权，我没有那样的特权。

“做明星是怎样一番心情呢？”

后援会的一群毛丫头经常向我发问。

（奇怪的是，后援会的会员中，不知为何会有那么多丑女，有时还有残疾人。要到大街上搜集这么多丑姑娘，那一定很费力气。）不过，人们可以谈论自己的梦，但绝不能清楚地说明自己就是梦境本身这样的感觉。

“下次从哪里开始？”

“好像是第六场。”

侍从把用红铅笔标记的分场台本递给我看。

高浜导演对分场做得很细，除了昨夜做好的分镜头之外，就像一位拾荒者，看到路上有什么破烂，就尽早摄入画面。如今，我之所以闲着没事儿干，是因为我这个飘落在路上的纸屑儿，使他感到很棘手，实在无法很巧妙地将我加以艺术处理。

“妈的，一张废纸也比我有用！”

我在嘴里反复念叨着第六场这句台词，一边检验镜子中的表情，一边这样做。由于睡眠不足，眼睛模糊，我点了美国制造的眼药水，于是眼睛变得清凉而锐敏了。很符合一个黑社会青年无赖的形象。

“路上是禁止签名的。”

助理导演被群众推拥着，他喊道。

“不要那么死板嘛！”

不知哪个女孩子大声说，众人都笑了。我的手镜一角映着他们挥动的签名簿雪白的页面，在五月的太阳下闪闪发光。

阴影来了，手镜中我脸上的余白，被侍从太田加代显得有些悲戚的面颜占据了。这位每天拿着化妆盒和椅子在我身边转来转去的三十岁光景的女子，在别人眼里从未被看作小于四十。加代一头短发，穿戴随便，两颗镶银的门齿并排在一起，巧妙装出一副粗鲁愚钝的样子。加代总以头脑不灵活作为挡箭牌，她是我的共谋，我的虚伪的搭档。老实说，我以为加代是个比我更优秀的演员。

加代的银齿，那是月亮。黑暗中加代一笑，那银齿就像新月一般明丽。我有时伸手摸摸看，我满足于那个廉价的假月亮。

我没有摸过真月亮，所以，有时我觉得月亮表面的感触，是和加代的银齿一样的。果真如此，加代的银齿兴许就是真月亮的碎片，不过，我倒是一心想要假的新月亮。

“你别小看这银齿，全仗着这玩意儿呢。谁见了都不会想到接吻的事儿。”

加代将自己夸示鄙俗的表现又进一步加以发挥，但这绝不等于说加代因为丑陋就以为自己安然无恙。

加代对我怀着极大的信任，她拯救了我对性的饥渴。一天晚上，我夜间拍摄回来，想起当天导演对我带有侮辱性的叱骂，坐在床上哭泣起来。这时，加代前来安慰我，同我一道流泪，她为我按摩整个肩膀，最后睡在了一起。

那个时候，我们不需要那种感伤的动机。我们一起欢笑，嘲弄时世，陶醉于背叛世间的欢愉之中。加代依然不忘为我按摩，她揉着我的小腿，带着粗俗的语调说道：

“这就是水野丰的小腿啊！”

有时候，她用自己命名的“白百合的小花蕾”取笑我。我一旦受到别人的嘲弄，恨不得当场把那人宰了，可是加代嘲弄我，我一点儿都不在乎。加代认定我对于男女性事缺乏自信，全怪那“白百合的小花蕾”，嘿，你还甭说，她倒是猜得八九不离十呢。

事情过后，我们习惯于透过窗帘空隙，俯瞰房屋前边深夜的小路。

逢在那个时辰，偶尔会有半是疯子的粉丝，躲在电线杆后头，窥探我的卧室窗户的灯光。他们对我家的布局，比如哪是父母的房间，哪是加代的房间，甚至连厨房都知道得一清二楚。我们决不在窗前显露姿影，也必须避免将身影映在帷幕之上。因此，我们在紧靠窗口的地方放置一盏台灯。

由此，我们只能从窗帘的缝隙之间，嗅一嗅弥漫着绿叶馨香的夜气。这是我一整天中所能品味的少量的自然，犹如烈酒一般，即使少量也能醉人。

“那条路就是世间，只要那里看不到我们，整个人世也绝对看不到我们。不是挺愉快吗？说什么我们很安全，真是胡说八道！”

实际上，我们的关系可以说是极为抽象的性事。这确实是受到世间的逼迫，但出于我内里的素质，这也是事实。而且，加代在微暗的卧室里也陶醉于虚伪和自己的丑陋中。有时，她竟会说出这样的话：

“这是水野丰的胸脯，上面这样搁着我的脸。这事儿你不觉得很滑稽吗？”

我们两人的结合显得一点儿也不自然，缺乏合理性，违背人们的思维逻辑……只要经常意识到这些，对我，对加代，都会明显地成为陶醉的因素。为此，两人必须保持秘密的关系。我的父母好歹采取默认的态度，加代却在如何隐蔽上花费了全部精力。她不是害怕丑闻，而是为了享受欺瞒世间而获得的纯粹的欢乐。

世上所有的女人都对我有所向往，加代以此为前提，在独占我这件事情上，尝到了无与伦比的可恶的喜悦。为此，加代的丑陋必不可少，她越发像圣女一样，态度昂然地向世间和我展露自己的年龄和丑陋。就这样，我们热衷于虚伪。

加代根本不懂得嫉妒。

她满怀热情，每天从堆放在我房间里的一些娱乐杂志和周刊杂志上，将所有用黑体字刊登的有关我的报道以及采访或座谈会等，全部剪裁下来，仔细地贴在记事本上。我在座谈会上和美女明星的合影，同漂亮的粉丝——时装模特儿的重要报道，我一次一次地结婚，还有“我所喜欢的女性典型”……加代对这些大有兴趣。

“水野丰和正木绿订婚？呵呵，傻瓜一个，那女人慢性子宫炎，这个谁不知道？”

接着，加代大声阅读我的口述笔录：

《当红明星谈理想的女性》

我是个爱大惊小怪的人，偶尔遇见一个妖精型的女子，立即就被吸引住了。特别留心的是女性的足踝……

“说得挺巧妙，这副调子。表现的也不是低级的浪漫情趣，这很好。今后的明星，必须将女性明显当作性的对象，在这方面必须多玩弄些辞藻。”

“嗯，说得像宣传部一样。”

“我的足踝如何？”

加代脱掉拖鞋，做了个印度舞蹈的姿势，光着一只脚举到我眼前给我看。隆起在大脚脖子外侧的踝骨，显得强劲有力，改变了颜色……倘若把少女绯红的足踝比作具有薄弱敏感肌肤的巴旦杏，那么加代的足踝就是一颗硕大的茶褐色去皮栗子。女足之美，或许是因为这种不慎的突起出现于优美的腿与脚的连接线上，突然给人一种动物性的感觉吧，然而加代的足踝却像老树的赘瘤，给人的感觉就像死守自然沉重的法则而出现于此的。

但是，我并不感到厌恶，这只不过是真正的世界——本不属于我的世界的一种感觉。

我一只手托起加代的脚，将嘴唇缓缓凑近足踝。那足踝渐渐模糊了，失去了僵硬、干枯的质地。那东西变成一朵黄色的大玫瑰花，随之又像是黄杨雕成的冥想中的佛像面颜，放散着香熏的光亮，带着浑圆的起伏。我清晰地感到皮肤下严冷的骨骼的存在，很想吻一吻眼下那块裸露的骨头。

这时，我感到我是在和自己的虚伪紧紧接吻，这是我生活的真髓。这种感觉，是完全由我选择、我所归属的世界的终极感觉，而且是谁也没有尝受过的感觉。

加代一阵狂笑，缩回了脚。奇怪的是，她竟然老老实实接受了我的这种难解的感觉。

“这是王子的娱乐，”加代说，“哪怕你到了六十岁，我还会称呼你是我可爱的、漂亮的王子。”

……“尤塔，请你办件事。”

第二助理导演向我这里走来。我在摄影棚和粉丝之间的时候，他们都用这个奇妙的名字称呼我。

我从手镜上抬起头，将手镜交给加代，同时站起身来。

外景地是郊外一个杂乱无章的繁华居民街，位于私营铁路高架桥沿线一侧。高架桥土堤覆盖着绿草，下边堆积着垃圾，东倒西歪的草根上缠绕着纸屑，日光照耀着罐头盒内积攒的雨水，闪闪发光。

居民街一侧挤满了价格低廉的小饭馆和酒吧。午间，店铺全部关门，所有的窗户都挤满了朝外观望的居民。镜头不对着现场的当儿，可以自由参观。其他大部分布景，都被路边的绳索隔开来，居民们只好挤在绳子外头观看。

我敞开条纹衬衫的领子，将上衣搭在肩膀上，用手指头挑着。

电影宽镜头摄影机安装在木架上，镜头对着道路。

高滨导演一直守在摄影机一旁，弓着瘦长的身躯，蹲伏在那里。他长着极敏锐的长鼻子，小巧的嘴巴，面孔黝黑，充满不绝的酷薄的梦想。他习惯于嘈杂的环境下思考问题，一看到他那孤立、激烈和渴望的眼神（常人是不愿在别人面前表露的），我感到看见一种我不该看到的东西。他的双目使我想起被关进密室里的裸体儿童的眼睛。

“你先站在那里。”

他一只手拿着台本，懒懒地站起身来，声音低沉地说。

“用脚踢这个罐头盒。里面积水飞溅。镜头上摇。下边是什么台词来着？”

“嘁，连一片废纸都比我滚动得灵巧！”

“对，‘滚动得灵巧’，合着台词的语尾，电车轰然驶过，剧中人听到噪音，眯细着眼睛。就到这儿。”

排练开始，罐头盒里的水拍得不理想，助理导演蹲在地上，小心翼翼将倾斜的罐头盒扶正。这只白桃罐头盒翻转着锯齿状的圆形盖子，呈现出一种非常威严的物象。

仔细想想，也没有什么好奇怪的，不仅这座市街，即使到山野里，我在拍摄现场也从未感受过“自然”。不论到哪里，摄影机所拍摄的场面，不外乎是满登登的物象的堆积。优美的森林，壮丽的佛寺，这一切都被解体为一个个各别的物体，不管走到哪里，都和垃圾场一样冰冷，或者阴暗，或者光亮，或者沉滞、杂沓，或者成为一种无秩序之物的堆积和难以收拾的混乱的立体。而且，其中总有一种蹩脚的、不合理的东西，犹如垃圾场啤酒瓶的碎片，突然放出光彩。

“排练期间，请不要用脚触及这个东西。”

助理导演说。

“向哪个方向踢呢？”

“这个……”

助理导演一时回答不出。

“向上！不是说好了要向上吗？否则水就洒不出来。好吧，排练开始！”

高浜导演已经焦躁不安了。刚才的废纸又在作祟吧。

排演期间，私营电车有好几次打头上隆隆驶过，听到声音我就眯起双眼，但表情不合导演的意。

“你那不是厌烦的神色，只是一副目眩的表情……不能这样。这样，就会闭上眼睛，不是叫你立即做瞎子，那样不行。眯细眼睛是因为有电车通过。这表情必须同前面的台词发生关联，你把电车给忘啦，电车！”

每逢这种场合，我总是处于一个演员的孤独的中心。但是，我的“角色”如透明的薄膜包裹着我，紧紧保护着我，如同身在坚固的城堡之中。“角色”构成我的精神和肉体的精密的外壳，飘渺如乙醚，遮断了我和现实的联系。即使导演发怒将我狠揍一顿，他的老拳也只能在虚空中游泳，绝不会落到“我”的头上来。这些我都很清楚。这种认识，绝对不是“真正的世界”的认识。

——正式排练之后进入正式拍摄，一切都与电车有关，而且，因为我背向电车，这是最难掌握住时机的演技。从排练期间开始，我屡屡注意电车从对面铁桥到头顶上声音的变化，捕捉最佳时机。

“下一班电车是几点？”

“三点十八分。到达J车站是十八分，通过铁桥的时刻是十六分三十秒。”

“好，电车一通过铁桥，同时开始正式拍摄。”

导演说道，助理导演用广播喇叭请群众保持安静。

“马上就要正式拍摄，请大家安静。”

加代捧着手镜走过来，那粗劣的黑裤子勉强包裹着肥硕的大腿和腰部，布满了横向的疙皱。我要过来手镜，倏忽瞅了一眼，又还给了她。加代又用检点衣服的眼神，朝我的脸上瞟了一下。

电车映着五月和暖的阳光，从远方小小地奔驰而来，头顶上的铁轨发出微微震动的声响。

“开拍准备！”

导演一声呼喊，助理导演打开用粉笔标示了第十八段第六场的场记板，守在摄影机前，做好了准备。

附近铁桥上响起电车的轰鸣。

“开始！”

胶卷盘开始发出喷发蒸汽一般转动的响声。场记板“咔嚓”一声合上了。

一次又一次，预先设想的时间流逝过去了。自己被摄入镜头，胶片旋转的时间，如今对于我，一天中有十几回，但其中只有一部分时间像清冽的小溪在流淌，我可以在这种柔滑的时间溪流中游泳。在那里，我的身子获得了浮力，即使步行于同一地面也和普通的步行完全不一样。我已经溶化于具有一定节奏的时间，按照一一预定的行动而行动。此种行动犹如水中的藻类，由对面流来，缠绕着我的身体，似乎又要继续流去。同这种时间相比，人生的时间不过是一条破烂不堪的古老丝带。

如今，我完全被人观看，我的王权处于“被观看”之中。我由此而获得统治，比起此种形式的统治，观众的统治全然是次要的。

神社鹅卵石般的无数只眼睛聚集在我的周围。这些眼睛收敛于同一处所，结合成为“我”这一影像。由此开始，我以一副流氓无赖的姿态，成为辉映于蓝天之上的权杖般光彩绚烂的幻影。

并且，这种幻影本身忙于演技事业。台词、行动、接触小道具、身体的方向因台词处于哪个地方而改变……所有这些细节工作压缩在几十秒之内，我必须由此及彼，像穿花蝴蝶一般，轻盈而自然地逐一转移下去。

每当这种时候，我就想起小学一年级学生的智力测验。

“这样吧，拿着这本书，走到那张桌子旁边，打开抽屉，把书放进去，再拿起桌上的文镇和帽子，将帽子挂在钉子上，只拿着文镇回来。能做到吗？”

——我的鞋子的尖端，自然地踢起那只罐头盒，带着一声哀鸣。碰巧，积水如焰火一般四处飞溅。摄影机随着上旋，由俯视角度转为仰视角度。我眼瞅着这一动作，浑身像充电一般，要为这一个镜头制作表情。就是说，要制造“嘁”这种舌爆音发出前的表情。

台词不可说得太快。由于拍外景时会一时头脑发热，不免滔滔不绝起来，到了后期录音阶段，就要大吃苦头了。

“嘁，连一片废纸都比我滚动得灵巧！”

我带着“空虚的眼神”到这里说完了台词，自以为很成功，这时刚好电车在头顶上像骤雨一般洒下来一阵钢铁的巨响。在眯细眼睛之前，我打算抬起眼角稍微瞟一下电车，而且我这样做了。接着，眼角稍微用力，眯起眼睛。

“停止！”

高浜导演喊了一声。

“OK！”

过了一会儿，他说。高浜导演几乎是自言自语说出这个极为不景气的OK的，周围的人都很清楚，他所嘀咕出来的OK这个词语的内里，含有多种多样的意义。今天这个OK，至少使人觉得，不是那么极不情愿说出来的。

“刚才这场很成功，剩下还有两场，要喝茶吗？”

加代递过来热水瓶，光洁的热水瓶映满了看热闹的群众的脸。加代顺势拔去塞子，红茶立即冒出热气，瓶口周围金属表面蒙上一层薄薄的水雾。我对刚才一场戏的自信，也忽然变得渺茫起来。

“那一场拍得挺好嘛，”加代故意无神经地接着说，“电车驶来眯细眼睛的时候，表演得太棒啦！那才真叫OK哩！”

“还剩两场吧？”

下边还有夜间拍摄，每天一到这个时辰，我就困得厉害，感到身子就要散架了。

“水野君，请签个名。”

人群中有两三位姑娘喊叫着。我朝那里一看，她们一起笑着对我挥手。

“朝这里看！”

“再朝这里看！”

别的姑娘喊道。我疲惫不堪，对女人们的声音很是厌烦，感觉就像兜头浇了一桶菜油。要是能把这些女人像佛珠一样全都穿成串儿，扔到火葬场去，那该有多痛快！但是因为死后还会继续看到我，所以应该预先把她们的眼睛挖掉。

“还剩两场吧？”

我最后打了个大哈欠。

“啊呀，打哈欠啦！”

姑娘说道。

这场摄影中担当配角的深井练子及早回家了，剩下的两场都是我一个人的戏。为了有事急忙赶回去的她，她和我的戏集中在上午拍摄。

因此，紧接刚才的那一场，练子出场时说的“一个人在嘀咕着什么”这出戏，已经在上午拍完了。虽然仅是几个小时前的事，可在我的记忆中已经变得遥远而稀薄了。

二

加代喜欢整理影迷的信件，她很热心，有时发现一封奇特的信，就大声地念给我听，所以工作很不安心。这些都是变态性欲者或未亡人的来信，有一位寡妇详尽记述了同我发生性幻想的情况，一位中年男子热衷于搜求我的内裤。

她要是整理影迷的来信累了，就为我的座谈会考虑初恋的故事。因为每家杂志都刊登同一种初恋故事太没意思，加代认为必须在七岁、十岁、十五岁、十七岁分别编一则初恋故事。当然这也要参照宣传部的意见，这些都必须是可爱而清纯的爱情故事。

我自己还必须编造打架的故事。少年时代的我，人很老实，一直埋头于绘画，从来没跟别人打过架。别人爱赌博，我只爱蓝天，别人爱看印在光洁的扑克牌上的金箔，而我却喜欢观看辉映于树木绿叶上的金色的夕阳。现在想想，我热爱自然是错误的。热爱自然是腐败的人的一种趣味，我对此浑然不觉，于是毁了我的少年时代。

……这个时间，是一天中睡前仅有的休息的时间。我洗完澡，裹着毛巾浴衣，躺在窗边的沙发上，听着深夜放送的爵士音乐，加代坐在摆满影迷信件的地板中央，我不断同她交谈几句。

加代突然直起身子，滑到躺着的我的身边来。

“今夜跟谁睡？不同朱雀夏子啃啃嘴巴子吗？”

“来吧。”

于是，加代和我演了一场曾经同某位大明星合作过的吻戏。这场戏一由加代来演，纯粹成了滑稽剧。加代模仿夏子壮丽的鼻子，用力撑开低扁的鼻孔，做梦般地半张着嘴，露着闪光的银齿，下唇微微颤动，不知从哪方伸过一只手来，抚摸着我的后脑勺，三次凑近嘴唇，三次又都犹豫不决，最后仅仅闭上假睫毛，望着自己的鼻尖儿，磁石般“呱嗒”一声贴上我的嘴唇。

“好厉害呀。”

紧接着，我们不约而同地叫了一声，笑起来了。

“这回再演一次八幡操吧。”

“好的。”

这是一位最近同我合作演出的当红年轻女星。

加代一只手分开不多的长发，走过来，跪在沙发旁边，两手捂住脸，颤动着肩膀，好不容易下决心闭着眼，露出一副脸来，嘟起嘴唇，颤动着眼皮，喘着气，等待着我的接吻。我只得伸长着脖子，来了个草率的吻。这时，“阿操”歪着脖颈，两手挽着我的脖颈，深深吸住我的嘴唇。

“装正经！”

紧接着，我们又齐声笑了起来。

一想，明天正是我二十四岁的生日。

“请帖已经发出去了吧？”

我问。阔别已久的大学同学都想在我的生日这天见见面，所以邀请了十多个人来家里聚会。

“当然发出了。大家也回话了，都说要来。你妈妈今晚就着手准备饭菜。不过，你明天晚上要拍戏，到时能赶回家吗？”

“这你就甭管啦。”

这事儿我全清楚。

第二天下午，知道确实晚上要拍戏，我没有叮嘱加代，要她转告家里很晚才能回去。如果等待我归去是宴会的一部分，那么我的不在场本身也应是宴会的一部分，不是吗？明星这样的人，对这种场合，还是经常缺席为好。不论什么样的人情场面都一概不出席，那才真正像个明星呢。不在，是明星的特质。明星的在与不在，为这样的场合带来不绝的闪光的悬念。真正的明星是决不会到场的。到场的肯定都是二流的没名气的家伙。今天晚上，我也只能等大家散去，瞥一眼餐桌上小盘里吃剩下来的残羹冷炙，知道大家确实酒足饭饱、满意而归之后，登上二楼立即钻进被窝了事。

我必须让更多的人守在门口白白等待着。我是一辆永远等不来的汽车。这是一辆闪闪发光的大新车，从遥远的夜的彼方行驶过来。这辆没有实体的新车，坚固得出奇，外皮包着一层比空气还轻的金属做甲胄，刚由重叠的夜的深处的深处，驶出中心部幽暗的车库。汽车一阵疾驰，几乎浮出地面，银色的颤音震荡着大气，夜间阴湿的树木向后披靡，车身周围追逐而来的夜鸟发出尖叫，白色墓标般的成排的交通标识次第被砍倒，每条道路上的加油站腾起火焰，汽车将这些细小的团团火灾，点点留在夜的平原的背后……但是，决不到达现场。

这天傍晚的拍摄发生一件罕见的事情，想不到这件事差点儿闹成仿佛是故意制造的悲剧。我把这种事儿看成是同我的生日极为符合的事件。

高浜剧组进入第三摄影棚。第三摄影棚场内，被场外繁华街上的外景装置占据了。

当时，我拍的戏是第六十五段第九场。

深井练子担当的角色是这座城镇西服裁缝店的女裁缝，她的哥哥是黑社会，被杀害了。练子憎恶黑社会的成员，她的哥哥是我重要的铁哥儿们，我出狱之后听到他的死，决心为他报仇。练子发现了出狱的我，正要跟我打招呼。这就是前边说的那场戏。

我请练子帮助我一起报仇，练子憎恶黑社会，对这种报仇的想法十分蔑视。这期间，我爱上了练子，而练子却一次次严厉拒绝我的求爱，其缘由来自她对黑社会的厌恶。她虽然有这种想法，但实际上，练子内心也是爱我的，不过，她怀疑我是以复仇为手段，借此表达虚假的爱情，这才是她严厉拒绝的真正原因。

我终于查清楚了仇人的所在，决心独自一人舍命扳倒仇敌。我来到练子的裁缝店向她辞行，练子打烊之后正在收拾店面。我想同她吻别，她严词拒绝，“你想死就去死吧！”将我赶了出去。我怀里揣着匕首，独自赴死。反正练子会立刻追上来阻止我，我一人独自走出裁缝店。这就是六十五段第九场的内容。

这一类故事的电影不计其数，只要介绍一下情节，就仿佛觉得看过两三次了。但是，不论我反复扮演过多少次，这类故事所包含的永恒的凡庸，都使我很喜欢。黑社会对于死所特有的单纯的、孤注一掷的见解，隐含真情、半推半就的可爱的女子，这一切都负荷着深刻的卑小而庸俗的独特的诗。凡庸一旦稍稍逸脱便倏忽失落的诗，蕴含于这类故事之中。天才是祸水。此种诗绝不能被意识到，只是在被忽略的时候才放散着馨香。而且，大多数电影都很优秀，但都忽略了一切，只是描写：

夜雾里绿色的路灯，
离别时关切的眼瞳。

这种凡庸而卑俗的诗，谁都会觉得是用言语无可置换的俨然的存在。人们允许这种诗的存在，因为这些诗千篇一律、纤弱无力，似蜉蝣一般短命。但是，唯有这些诗才注定能获得永生，俗恶不尽诗亦不尽。就像附着在鲨鱼肚子上的印鱼，这种诗都永远附着在公式化诗歌的肚子上巡游。它是创造的影子，独创的排泄物，天才拖曳的肉体。正因为廉价，所以才散放出白铁皮屋顶恩宠的光辉。正因为浅薄才具有悲剧的迅速，以及只供不分青红皂白的人观看的绵密而细致的美丽与哀切，还有愚昧的行动所酿造的晚霞般俗恶的抒情……它被这些东西所护卫，并忠实地服从这些规约。对于此种故事，我非常喜爱。

……我打开裁缝店遮蔽着帷幕的大门，回头微微瞥了一眼抑或即将永别的女子。她也许看到了我的表情。我一边摸着插在上衣里边的匕首，一边走向没有一个行人的横街……

摄影机就在我的背后。排演很简单，只要将手放在门框上调节好位置即可。

“开始！”

高浜导演在背后喊道。场记板响了，铃声也响了。一旦听到正式开拍的命令，众多的人同时行动起来，整个摄影棚内鸦雀无声。

打个比方说，就像猝然猛醒过来，又随即沉入迷梦中的虚构的时间，如河水一般潺然流淌。

我向那位女子投去离别的一瞥之后，倚着敞开的门框，背对着摄影机。此时，摄影机暂时静止地映照着我的背影和夜间的街道，我一走出门外，摄影机就会从木制轨道上滑行过来，追拍我独自离去的身姿。

……我的后背正对着摄影机的镜头。

这时候，奇异的风景在我眼前展开。

一种未曾预料的风景，确确实实映入殊死的男人的眼里。这是久住的繁华街的夜景，闹不清究竟是哪座城镇，也不知这座城镇从哪里突然出现在我的眼前。但不论如何，这是地道的永别的街的夜景，不可能是任何别的东西。

街上静寂无声，不见一个行人，三条弯曲的小路出口朝向这里，各处种植着瘦弱的杨柳，房舍拥塞，家家高低不平的屋顶，闪耀着五颜六色的霓虹灯。意想不到的屋脊后面的小窗，漏泄着灯光，电线杆上破碎的电影广告也忽明忽灭地映着红色的光亮。

霓虹灯辉煌耀眼，饭铺的大红灯笼纹丝不动，酒吧黝黑的大门也郑重其事地紧闭着，咖啡馆透明的门扉内，橡胶树的影子枝叶低垂。一家歇业的店铺窗帘上边，可以窥见梳妆台上友禅染[①] 的红色台罩。

① 日本特有的染色技巧。

这座城镇为何如此一派寂静？居民们为何如此悄无声息？邻近楼上“丽都”两个绿色的文字，不断浸染着我家灰黑的庇檐，一味地灭了又绿，绿了又灭。租赁房屋的中介公司的玻璃内侧贴满了交易的广告，为何那般微妙地污秽？粗制滥造、木板松动的大门，为何那般微妙地歪斜着，不堪收拾？

我只能认为，这是瞬间里，此类过于纯粹的风景映入即将赴死的男人眼睛里的缘故。这种风景如回想一般完美，如回想一般寂寥而落寞，同时又静寂无声，绚烂辉煌。这明显是我临死前所见的图景，苏醒的记忆同未来切实的幻影即将结合在一起。我怀着不可再度见到的感情深深凝视着种种霓虹灯光，所以，它已经不是道具，而是真正的现实的风景，是我记忆积累中的风景。

仅仅一两年的电影生活中，我未曾有过这样的经历。这座城镇是完全没有内侧，只有表面的仿造品，这一点我从来都没有如此完全忘却过。

我用手摸了摸上衣里边的匕首，出了裁缝店，向大街上跨出了一步，摄影机在我背后沿着木轨无声地滑来。我对自己能够跨入记忆中已经变成现实的街道，甚感惊奇。用相反的比喻，就好像整个身子轻易进入眼前一幅风景画之中。

走着走着，我已穿过这条小小繁华街的一片空地，来到对面的电车线路上。电车正从这里驶过，远方是更加广大的城镇、港口、海洋。毫无疑问，大海的对面又有无数外国的港口和都市，存在于这条自然的延长线上。

然而，对这片土地的感觉，突然遇到弄不清是有是无的明证时，我已经几乎不再相信自己的眼睛了。前方酒吧的黑色大门打开了，走出一位穿着浅绿色夜礼服的美丽的少女。

在那种虚构的时间里，只该发生预定的事件。我的未来虽然有限，但我详细知道未来将要发生的一切事情的细目，我忠实按照这样的细目控制着这段时间，就像驾驶汽车沿着崎岖的小道行驶一般……可是预定的计划中，全然没有这位女子出现。

女子在门口樱唇微启，嫣然一笑，脸色显得十分苍白，不知是因为化妆，还是因为沐浴在房檐下霓虹灯光里的缘故。鼻子、眉毛一片模糊，只能看到悲戚的眼睛和小巧的朱唇。透过衣服可以看到苗条的小型体格上轮廓清晰的胸脯。乌黑的头发消融在檐下的黑暗之中。这一瞬间，我全然忘却了自己的搭档，一心恋上了对我秋波一闪的年轻美女。

随同女子的出现，这座城镇的现实性完全显现出来了。我不再怀疑，自己已经走向别一个次元，来到现实的风景中央。霓虹灯、灯笼、招牌、柳树、电线杆以及中介公司，这些也都是真实的。过去，这一切都伪装成赝品，如今都迅速从梦中醒来。再过十多个小时，朝日就会照耀这些风景，低矮的屋檐之间，确实已升起鲜丽的太阳。

——女人急速走近，摊开两手。

接着，她用哀切的腔调大声呼唤我的名字。

“水野君！”

这是我的姓名，不是我角色的名字。我感到，那女子摊开的手臂，碰到我的身体，将我紧紧抱住了……

这时，背后突然传来可怕的怒吼和叱骂。

“停止！”

高浜导演尖起嗓子喊道。人们一边叫骂，一边向我和女子周围聚集。不久，街上各个外景地的众多群众演员都惊恐地伸出头来。有的人用力打开中介公司的玻璃门，有的人从低矮的窗户里跳出来。

摄影棚顶端脚手架上负责照明的人员，也有几个向这边窥视。

加代立即靠近我的身边。

“你是谁？你是什么人？你一来把我们全打乱啦！”

助理导演一把抓住年轻女子礼服的前胸，那女子冷笑着，没有回答。

一位年老的群众演员说出了真相。女子是一年前进团的新人，为了发泄轮不上角色的不满，很快糟蹋了身子，染上一种未知的病毒，患上了神经衰弱症。她突发奇想，打算以特立独行而出名，一心要做水野丰的搭档，所以才表现出这般反常的行为来。

可是，这件事最后并没有给她处罚，也没有开除她。这种在电影界颇为滑稽的事件，我实在不愿意再提起，谁知一时感到十分恼火的导演，在看到女子出现的当儿，突然产生了灵感。

他构思了一个新的情节，给那个疯女子派了个角色：那女子突然莫名其妙地跑到即将赴死的我的面前，抱住我不放，结果被从裁缝店出来的练子一眼看到，她醋意大发，立即奔到我面前加以制止。

“这不成了一出喜剧了吗？”

首席助理导演说，看到高浜导演默默斜睨了他一下，于是不再说话了。

“你叫什么名字？”

导演问她姓名。

“浅野百合。”

百合获得了一个出乎意料的角色，使得那些整日疲惫不堪、只能跟着跑龙套的群众演员，对她冷眼相加，又不敢明显表示不满，只得嘀咕着离开百合的身边。

很快开始彩排了。

百合很紧张，浑身缩成一团，手脚像是被黏胶粘住了。我对于在这种场合跑出来的角色，已经收回了冷淡的目光。百合的肉体不再像刚才那样流水般地自由运动，她那昙花一现的充满青春活力的现实感，从此泯灭了。感情干涸，全身出冷汗，胴体颤栗，双腿发抖，就连两三步也不能走。

彩排反复了多次，简直不成体统，这情景人人看在眼里。高浜导演露骨地咂了一下舌头，告诉大家，不用百合了，还是恢复原来的计划。演员部部长听到这个突发事件，跟着摄影所所长来了。部长前来观看百合的表演，我很明白他的意思，他一定在想：

“那女子叫人头疼，要是演得好，不就麻烦了吗？”

结果百合演得一塌糊涂，部长这才放心。于是，百合仿佛被两个警察逮捕似的，夹在所长和部长之间走出了摄影棚。她临走时是一副真正的苍白的面孔，对我投过来告别的一瞥，我没有理睬。

所长立即拍板，决定解雇百合，但是她在群众演员组一味消磨时间，不肯回家。那天晚上，夜间拍戏十点钟结束，我回到演员部时，那里的人们议论纷纷。原来，百合躲进一位女星化妆室，服毒自杀了。

我没有脱戏装，也没有清面，迅速跑进那间个人化妆室。专门喜欢看热闹的加代，在走廊里比我跑得更快。

百合吞了苯海拉明，群众演员中的几个大汉，将百合的身子横放在长椅上，等着医生的到来。

百合的妆化得很浓，紧闭双眼的面孔，看起来不像濒于死亡的人的表情。男人们只能围在她那一副神态安然的身子周围打转转。平日里互相仇视的男人们，在这具濒死的女子的躯体旁，却显得融洽友好。或许可以说，这其中飘荡着一种色情的和悦的空气。

医生带着一位护士来了。此时，所长立即提出一个合乎所长身份的问题。

“还有救吗？”

青年医生立即翻开眼睑，验一验脉搏。

“有救。”

他随便应了一句。

我想，要开始洗胃了，于是避开身子。

“要注射了，站在那里的男士们，请过来两三位，按住她的手和脚。要花大力气啊！”

医生说。几个男演员互相交换了一下卑琐的目光，他们微笑着摁住了百合的手脚。

医生向静脉注射生理盐水，不久，百合的身体像蛇蜕皮一般开始蠕动，眼见着越来越剧烈了。她那泛白的喉咙里第一次发出痛苦的喘息。

“疼……疼死啦！”

加代抬眼看看我的脸，嘴边倏忽一笑，接着就像忘掉我的存在似的，一直注视着醒过来的女子的身体。

百合的胸脯翻转了一下，眼看就要露出乳房。她迅即挥动左臂，打飞了医生手中的注射器。

“摁住手腕子，用力！”

身穿运动服的男演员跪在地板上，按住了百合的腕子。他高耸双肩，由此可见，百合的力气有多大。

试了好几次，注射器都被她打掉了，于是只得使注射器逐渐增加高度。“疼呀，疼呀！”孩子般懒散的喊叫……这一切都很自然，百合从先前被捆绑式的僵硬的动作中再次苏醒过来，仿佛恢复了从摄影棚跑出来的自由自在的现实感。细想想，眼前的服毒不是死，彩排时那僵直的演技才是她的死。终于，医生罢手了，他将注射针尖儿移到手背，刺了一下。百合涂着指甲油的纤纤素手，皮肤下细薄的肌肉露出一丝震颤。那里流出一缕细细的鲜血，她的呻吟越来越高，自然的喊叫，紧咬着的致密而洁白的牙齿……百合让人看到了这一切！完全无遮拦的显示，对世上展露了不知羞耻的表情……而且，她再次在这种华丽的耻辱中苏醒过来了。

加代目光炯炯，微微闪露着那银亮的门齿，目不转睛地望着百合醉酒般辗转反侧的身子。

……当天夜里，加代在我床上所干的事，要是别人，谁也不会原谅她的。不过，我倒是心平气和地原谅了她。

“那个叫浅野百合的，长得真漂亮。正因为漂亮，所以当不了明星。”

加代仰面躺在微暗的床上，她说话的语尾就像唱歌一般。

“你看看这个，怎么样？看看嘛。”

加代说道。

我从那躺着的沙发椅上微微折起身子，朝加代那里望去。

加代闭着眼睛，显出一副奇怪的样子，僵直地躺在那里。随后，她像小鸽子一样发出呻吟。接着，呻吟声逐渐加大，听到她喊叫“好疼”。同时，她的身子由细波荡漾变作巨浪翻滚，又是一声“好疼”，左臂在空中用力挥舞。她呻吟时口角内闪现着那两颗银齿，从那银光一闪之中，可以看见她仿佛正在微笑。她的笑终于变成了真正的笑。

“好疼呀，好疼呀！”

她头发蓬乱，手在胸脯乱抓乱揪，宛如履行某种仪式一般热心地表演着。开始时她间或地笑上一阵子，到后来，她笑得简直止不住了。

“啊，真可笑！啊，真可笑！”

加代终于折起身子，震颤着肩膀笑个不停，接着又仰面躺下，开始“好疼呀”的喊叫。

加代付出全部精力的狂笑，总有某种东西打动我的心。加代一边笑，一边逐渐升上自身的至高点。她不会被任何悲剧欺骗，就像买西瓜先用指头弹一弹一样，不管看到多么悲惨的场面，她都首先用指尖儿叩叩这种苦恼，掂量一番……加代全身心投入地执行这一信条。她的狂笑可以使得方圆十里之内的草木枯萎，其效能可以使得鲜红的野草莓全部腐烂变质。

看着看着，我被加代吸引了，也跟着一起狂笑起来。我笑得淌出了眼泪。我说道：

“算了吧，算了吧。”

但加代决不肯停止，我的身子横卧在她起伏的身子上。加代的笑声，就像平底锅淋上了油，在我的胸脯下面噼噼啪啪地飞溅……

第二天早晨，宣传部忽然将这起自杀未遂事件定性为浪漫的恋爱事件。这位群众演员中的女子，因思恋我而发狂，一头闯进了拍摄现场，绝望之余选择了自杀，在我的援救下，保住了性命。她把这当成一生美好的回忆，永远离开了电影界。报社记者问起这桩事，我做了下面的回答。

“这女子当然是初次见面，我什么也不知道。只是出于同在一个单位供职的友情，我救了她一条命。当海里有人就要淹死的时候，难道你先看清楚她是不是美人才肯跳海救助吗？”

三

“被展示”到底是怎么回事？对世上的人不管如何说明都白费力气。其实，“被展示”就是我们这种人的特质，因为我们被社会挤压出来，变成了世外的人。

打从出了浅野百合自杀未遂事件之后，我把其他事情很快忘掉了。百合注射盐水苏醒过来的种种表情，种种姿态，一次次清晰地浮现在我脑子里。闯到摄影机前的百合，距离“被展示”还很遥远；然而，一边叫喊“疼呀，疼呀”，一边扭曲着身子的百合，却在灿然地“被展示”上完全获得了成功。

这种成功是百分之百的成功，谁也挑不出毛病的成功。男人们流着大汗，使劲摁住她的强健的四肢，一边用力，一边死死盯望着她那微微颤动的白嫩的大腿，渐渐失去反弹的力量。周围的男人们从她翕动的鼻翼到半张着的嘴唇之间闪光的舌尖儿，不分巨细，看个一清二楚。他们仿佛背负一种义务，被迫查看了她身子的各个角落。

她的肉体处于被展示的最佳状态。这是因为那双装饰着假睫毛的眼睛顽强地紧闭着，意识依然沉迷于昏睡之中。是的，她的意识尚处于晦暗的海底，只有肉体最先浮现出来，强烈的光线照亮她身体的各个部分。百合疼痛的喊叫是发自心底的声音，不是对外界的呼唤，更不是同谁对话。她那抽掉意识的纯粹的存在，纯粹的肉体，将赤裸的生命的跃动，鲜明地展现出来了……

我很想实地见习一下她当时的表现，作为演员，那才是朝思暮想的最幸福的状态。而这种理想，竟然被为人所不齿的群众演员中的女人出色地实现了！而我对这些却茫然不知。

昨天的读者来信中，一位少女向我袒露，她看到我的照片之后，每天夜里都进行自慰。加代又把这封信仔细地给我读了一遍。

我躺在沙发椅上，一边听，一边梦想着少女身上未熟的部分。

我感到那位少女独自在谁也看不见的房子里织布，她那纤细的手指像梭子一般动作机敏，那可是女人们徒劳、无害而可爱的手工活儿啊！那是一门细致而精巧的手艺，一边发出惆怅而熟练的声音，一边织造出小手帕大小的方块儿。那是专心致志的少女的姿态。

尽管如此，少女决不梦想着什么，她意识清醒，小心翼翼地织造着。这一点可以肯定。

她不会被任何人看到，照片上的我也绝不会“看见”。

然而，我却被热烈地展示！

男女二人如此匹配，实际上成就了一种纯粹而永恒的交合，然而，两人都不在现场。也许是在一个阒无人迹的广场上，在正午的阳光下，我和少女都不知不觉地在干着那件事情，成就着那件事情吧……

——不管怎么说，比起躺在身边的女子，我确实更加喜欢那位自慰的女子。我认为这才是一出真正的爱情剧。

公司方面打算将这部作品拍成彩色宽银幕大片，但工作日却只给了二十五天。每天延长到夜间的拍戏依然强行继续下去。我每日过着这样的生活：早晨七点前起床，进入场景，夜里十一点多回家。即使这样，时间还是不够，曾经连续三天深夜拍戏，彻夜不眠。其间，杂志社的座谈会、摄影照相和采访排得满满的。宣传部将新闻记者采访安排在吃午饭的时间，所以我几乎不能安安稳稳吃上一顿午饭。昨天，我小便发红，谁也没有告诉。

拍戏的空隙，我在摄影棚外沐浴着明朗的阳光随便溜达，突然，所长拍了我的肩膀。

“你的人气陡然上升，今后每月必须拍一部戏。”

“知道啦，我一定努力。”

“听说社长每次去花街柳巷的时候，必定带着你的照片到处散发，他想看看艺伎们的反应。据社长说，各行各业的女性中，当数艺伎最自以为是，也最为诚实。‘艺伎绝不撒谎。’这是社长的信念。奇怪，他竟然有这样的信念。这个先不说了，听说拿着你的照片一到那里，她们你争我夺，吵吵闹闹。社长看了大笑，他说那简直就像古代的豪客撒银子，心里乐滋滋的。”

“是吗？”

“艺伎也是一种精神支柱。”

社长这个人，实在是一位乐天派的公子哥儿，他的这番坦率的言谈就是最近的事情。

这样的晴天很少见，尽管有幸碰上一部外景很少的电影，但从五月里每日都是接连不断的梅雨天气。摄影棚内郁闷难熬，似乎要长霉了。

……拍完那场赴死报仇的戏之后，依然继续着这样的情节。当然，后面有几场戏，为了照顾演员的计划，早已提前拍完了。

我告别练子，出了裁缝店，走在估计不会再见到的繁华街的灯火之中。练子这才发现自己深深爱着我，追我而来。她缠着我倾诉衷肠，劝我停止报仇，我终于认输了，将原来的计划延长到明日，当晚同练子开始表演一场“激烈的爱的拥抱”，两人好似干柴遇烈火。

谁知，第二天早晨，我听说那个头号仇敌在一次偶然的车祸中死了。没等我下手，这个仇人就死了，看起来本该庆幸，练子也是这个意思。但是，我却把练子看作夺取我人生目标的女子，对练子憎恶起来。我同她一夜交欢之后，舍弃了练子，在上野车站看上一位出奔的姑娘，诱惑了她，此后极力将她培养成一个街头拉客的野鸡。这时，练子又找我来了……

——今天午前的一组镜头，是我和出奔的姑娘在上野附近一间脏污的小旅馆里睡觉。大家都认为，这十五个场景大概要延迟到下午才能拍完。

照明组的权君是预想事情发展的能人。

“今天是拍这组戏的第一天，不论怎么赶早，午前要拍完看来很勉强。”

高浜最善于选场拍戏，比如一出戏中，五场、八场和十场，摄影机都在同一个位置方向，那么，可以从中抽出这三场戏连着拍摄。更有甚者，他还若无其事地进行“戏中选戏”，比如六十段和数日之后的七十五段同一场景时，或者六十段中的八场和七十五段中的五场，摄影机的位置方向相同，因而可以连续拍摄。这样一来，出场人物相同，不熟悉的人就会产生错觉。我们虽然在同一场所，但必须乘着时光机器立即飞向未来，又立即飞回过去，接着再回到未来。自己在心中不断调整先后场次的时间。

为了提高效率和节约时间，这种被强制执行的手段，习惯之后就会尝到一种不负责任的趣味性。例如，眼下我刚刚受伤，正在疼痛中煎熬，到了下一场，完全恢复了健康。接着再下一场，又必须在新的伤疼中受到痛苦的折磨。

一旦熟悉了这样的习惯，对于现实中绝不回返的、以相同的速度流逝的时光，反而觉得平淡无奇了。例如，现在我看到一位女子，忽然我又不在同这位女子同床共寝的时间带里，那多没意思。假若我玩厌了她之后，又能回到和女子相会前的自由的时间里，自由自在，飞来飞去，那该多好。否则就是不合理的。

一个难得的空闲的午后，我去银座买东西。人们为了看我，挤作一团。我被他们围在中间，看到一个人想偷窃袖扣而遭到警察逮捕。这真像做梦一般，明星和窃贼，都是稀奇的人物，在大家所信赖的现实中划开了一道口子，引起世人广泛的注意。那位窃贼是个龌龊的中年男子，而我是个二十三岁的光辉的青年。人们呼喊着抓住了窃贼，这时，我不由朝他望望，对方一边挣扎，一边回看了我一眼。

这时，我猛然感到，我同那中年男子一道儿，从现实中，从摆满五颜六色商品的店内，从嘈杂的人声里，被挤压出来了。导演凭借一副看不见的灵活的手，进行着选戏的工作，就像一手撕开的玫瑰花一样，向我展示着被撕开的世界的内部。

那位窃贼男子，正是二十年后的我！当那人将手伸向镶宝石金袖扣的瞬间，现实的某个地方崩塌了，我和他交换了位置。于是，一对镜头同时进行拍摄，那男子开始扮演我了。

“给您添麻烦啦。”

那男子被带走之后，店员向我郑重表达歉意。

“在店里头买东西，人群太拥挤，会给您带来诸多不便。还是到里面楼上休息一下，那里虽说不太洁净，但可以在那里慢慢观看。”

于是，我穿过堆积如山的纸箱子，登上又窄又陡的楼梯，被领到杂乱无章的办公室，坐在椅子上。我想选购一条领带，老板亲自拿来美国和德国以及意大利制造的细长的社交领带给我观看。女店员端茶进来，请我签名。签完名，她退去了。老板说了声“请慢用”，就不知到哪里去了。我一个人待在众多的领带之间。

来到这里，远离银座杂沓的市声，隔着窗户传来酒吧的音乐，在那里跳舞的人们仿佛是遥远的另一世界的人物。我一个人孤零零地坐在这里，房内墙壁上的镜子，斜斜地映照着我的脸。我很在乎镜子，只要房间内某个地方有镜子，我就感到那镜子正热心地凝视着我。这座小小的杂乱的房间，仿佛是将银座这只麻袋翻个个儿一般。

其间，我又恢复了刚才奇妙的“互换”的感觉。我的手指慢慢触摸交织着银丝的德国产朴素的灰色社交领带，让它在手指之间不住卷绕着……镜子中我的歪斜的脸孔，全神贯注环视着屋里的各个角落。

然而，老板再次进来的时候，我又把一度塞进口袋的领带，干净利索地放回到原来的盒子里。因为我知道，即使自己干了这种事儿，也不会有人管我叫罪犯，老板会恭恭敬敬给我呈上一份账单，并向周围的人们宣传我这出商场行窃的恶作剧吧？

我身边新来了三位女演员，都和那个出奔的姑娘一样，一身乡间妇女的盛装。她们逐一遭到我的“陷害”。她们没有闲空儿听我开玩笑，一心一意阅读台本，一边颤抖着身子。

最初，我和A子被呼唤的时候，A子登上二楼道具简陋的楼梯，差点儿一脚踏空摔了下来。

“哎呀，小姐，当心脚下，东京是个可怕的地方啊。”

权君抚摸着A子的腰部说。开始表演床上戏了，照明组人员集中在布景四周，兴奋地开着玩笑，睁大眼睛瞧着。

“把A子横着抱起来，A子反抗，脊背紧贴着墙壁，台词。阿丰不管她，就那么站着，照着A子的肩膀，猛地将她推倒在被子上。A子躺在被子上哭泣，阿丰冷然地向下看着，解掉领带，脱去衬衫，接着是台词。就到这里。”

高浜导演吩咐道。

“好吧，A子假装反抗，实际上已经束手就擒了。”

他又加了一句。

A子表演不太成功，她性急地反复排练，场记板性急地响彻四周。这当儿，我以A子为对象，从容不迫地设计自己的演技。我想，当猛然扯掉领带的时候，再用食指夹住领带的一端，把解下的领带一手甩出去。第三次试镜时我这么一演，导演没说什么，我知道他很满意。

“喂，加代，给我几粒仁丹。”

排演的间歇，我向布景下边的加代招呼道。加代坐在门口的椅子上，将台本摊在膝头，也不加入剪辑人员和宣传部门的人的闲聊，默默编织着一件浅蓝色毛衣。

“那件毛衣准备送给谁？”

一旦同她开起玩笑，她就摆出认真的面孔，翻了翻一直隐藏着的白眼儿回答。

“自己穿的毛衣，是趁着大减价买的，毛线很便宜。”

从楼上望去，浅蓝的毛线在黝黑而潮湿的地面映射下，看起来十分鲜明。人们带来的雨伞，在门口的泥地上湿漉漉地闪着光亮。

加代特地把毛衣织得很粗。她也许故意编织一件极不合身材，也不合时宜，落后于时代的毛衣吧。而且，到了大家都忘记加代夏季里热心织毛衣这件事情的时候，她就会在某一天，一边期待着别人的窃笑，一边穿着这件毛衣暗暗躲进布景后面吧？

我洞察了她的这种行为，所以从楼上俯瞰着那件毛衣的浅蓝色时，我就觉得那是加代隐匿着的恶意的色彩。

那确实是夏季的编织活儿。日子一天天接近夏季，其间，她的手指精妙地运动着，她似乎要把自然、季节，连同这个社会上的世俗习惯，暗暗作弄一番。

虽然这么说，但黑暗布景后面的毛衣闪现的一星浅蓝，毕竟是美丽的，看起来像清澄的水洼，像她虚伪的静静的水洼。

我在正式拍摄接吻的戏之前，都有嘴里含着仁丹的习惯。加代知道这一点，所以当我看到加代手拿仁丹飞奔而来的样子，总是暗暗感到高兴。

加代的神情是她的拿手好戏，不管从哪里接触，都感觉不到一丝嫉妒。加代始终是一张定型化的完美的职业面孔，我爱看她的这种面孔。

加代穿着粗劣的裤子，双脚顺着危险的楼梯跑上来，将银色的仁丹盒子伸到我面前。这种小盒子最好装在自己的口袋里，但照我的信条，不管多么微小的东西，一概不装在戏装之内。不论如何扁平的东西，都有可能对动作和服饰的线条带来微妙的影响，更何况动作激烈时仁丹会发出声响来。

我装束严整，精心地打着领带，卷起衬衫袖口，从纸盒里摇出的几粒仁丹，放在掌心里。这些散文式的银色的颗粒，是我职业上的接吻的象征。

但是，下面一场不是接吻戏。我说了一句无可无不可的话。

"我的喉咙管儿有些干。"

"哎呀，那就喝点儿茶吧？"

加代抬眼看了看我，似乎对我的话有些怨气，但转瞬间，她又在自戒决不能在摄影棚里显露出来。看样子，她心中暗暗对我又气又恼。可是，这在我却感到颇有意思。

"下回拍接吻戏前喝茶吧。"

我不怀好意地说。这时，权君正巧从身边穿过。

"嗬，那可真成老夫老妻[①]啦！"

他发话了，所以一切都照原样不变。

导演发出"准备开拍"的声音时，A子已经开始哭了。

听到正式开拍的声音，一直半开玩笑望着床戏排练的照明部的成员，一下子紧张起来，互相高声喊叫开了。为了不使吊在竹竿尖头麦克风的影子留在画面上，为了防止一组光源的设定，造成两重影像

① 原文"茶呑み友達"，既有"茶友"的意思，也有"老夫老妻"的意思。此处为一语双关。

映在墙壁上，给人一种虚假的印象，他们忙忙碌碌地调整着灯光。

在即将正式开拍前的吵嚷中，传来人们使劲用双足跺地板的剧烈的声响，宛如马戏团一群急切等待出场的野兽。

“可以开始了吗？照明组。‘还没好呢’，是吧？”

高浜导演严厉的声调夹杂着玩笑，不过，这种蹩脚的玩笑没有引来任何人的笑声。

拍摄现场各个角落腾起的尘埃，经灯光一照犹如散乱的金箔随处飞舞。加代默默走来，将手镜递到我面前。我稍微瞥了一眼，对于化妆感到很满意。转眼之间，利用场间的间歇，又检验了一下表情。

我和A子被关在一家廉价旅社污秽的房子里，墙上贴着醒目的广告，写着：休息二百元，住宿（加早餐）七百元。门口的地板上装饰着汲取海水的博多小偶人，此外，还挂着写有鄙琐幽默短诗的长条诗笺。面积仅有三铺席大的狭小房间被一张床铺填满了，并排放着闪着红蓝光亮的缎子枕头。

A子对年长的我诉说着，请我关照。她穿着一件宽大的、胡乱打着许多褶褶的印花布连衣裙，给人的印象仿佛是乡下姑娘拼命模仿服装杂志而缝制成的，很符合A子她那高大的身材。看起来带有一种田园风情。A子一双纤腕素指，不住抚弄着榻榻米，眼睛斜睨着空中，嘴里一个劲儿叨咕着仅有一行字的台词。即便对女人，我也不愿去窥探他人的野心，立即转过了头。

“开始！”

导演大声吼道。助理导演敲了用粉笔写着“七十一段第三场”的场记板，铃声响了，于是，那种虚构的时间又流动起来了。

我斜着抱起了A子，她的身体在我的臂腕里像布丁一般颤栗。

她的挣扎没有什么力量，我用腕力使劲抵住她的反抗，随后腾出了双手。A子的背部紧贴着墙，此处的台词是：

“不，不，不要碰我。”

我的回答是：

“不会，不会，你不要动。”

“停止！”导演带着地面上最大的痛苦喊道，拍摄中断了。“意思完全弄反啦！这样怎么行。正式开拍前是我的责任，一旦开始拍戏，就是演员们的责任了。胶卷可不是不花钱白送啊！”

他发了一通牢骚。A子颤声地道歉：

“对不起。”

我对她并不抱有特别的同情，当我从容有余的时候，我总是放心地站在导演一边。此时，高浜导演的苦恼，远比新人女演员颤栗的声音更加壮大，像交响乐一样轰鸣。小小的挫折打乱了拍戏，对于他来说，就像自己制作的易碎的玻璃城悲惨地瓦解了，这也是可以理解的。他像个阴郁的罪犯一个镜头一个镜头地拼接成了一桩完美犯罪，他在制造这桩命案的过程中，突然天棚上老鼠踢翻了一只铁盒子，发出巨大的声响。这虽然已成为现实，但他坚决否定这种现实，他是一位苛酷的敌手。

哪怕台词出现一点儿差错，演员表情不够充分，他就不得不放弃这一场戏。每当这种时候，我总是饶有兴趣地望着高浜导演那种过分苦恼的表情。这是他将一碗苦汁连同那不生不熟的现实一口气吞下去的表情。这种现实，也就是不理想的片子。

“准备，开拍！”

他又一次吼叫着。

场记板啪嗒一声，铃声响了。摄影棚内静得听不见一点声音。

我再一次斜着抱起A子，A子挣脱我的双手，使出浑身力气将脊背紧紧贴在墙壁上。就像撞在偶人上，一瞬间，这种撞击使她白净的下巴颏儿急剧地上扬，又机械地点一下头，就像一件陶器，我听见牙齿“咔嚓”一声合上了。

“不，不，不要碰我。”

她在说出这句台词之前，我用脚尖憋足力气，悄然站立起来，挡住她的去路。摄影机从我和A子的侧面，拍下A子那张充满“期待和恐怖”、一边颤抖一边抬眼望着我的面孔。

我转向镜头，向A子的肩膀用力一按，A子的身子僵硬地斜着倒下，我没有看到这些，觉得仿佛不是按在女人的身子上，而是像作业员按在凝重的、干燥无油的水泵的把柄上。而且，我的腕子的动作必须显得干净、利落，果断有力。

A子倒在床铺上哭作一团（实际上这是不能接受的哭法），舞台变成我一个人的了。我只管按照自己的打算行动好了。

我低头望着哭倒在地的女人的身子，扭动一下嘴角。上半身的演技是允许这样夸张的。我涂着自己唇膏的上下嘴唇湿漉漉的，感到稍有些歪斜地停在恰到好处的地方。然后稍微向上掠一掠头发，运用试拍时早已熟练掌握的一手漂亮的解开领带的方法，那动作不可操之过急，要分作三个阶段，必须通过慢动作，使得松解领带的过程中，充满着饱尝女体快乐的预感。

但是，我的表情不能太像一个恶人。不管哪种时候，都必须保持一个鲜明的美男子的形象，脸上不可剥掉本来的纯洁无垢的面影。我脱去衬衫，动作必须尽可能粗暴而又迅速。接着，我已经感到一副精心打扮的琥珀色强健的胸脯，在摄影机前闪现着光辉。

我在脱掉衬衫右边的袖子的时候开始说台词。

“不要哭啦，我不是很喜欢你吗？”

“停止！”

我的台词一结束，就响起导演的声音，像平时一样，心中极不情愿地闹起了别扭。

“OK！”

导演口中吐出了这个词儿。

四

我在家门口的墙壁上张贴新制作的等身大的招贴画，不知何时养成了这样的习惯。我每天一回家，第一个见到的就是我自己。

这部电影的制作即将完成，关于作品的各种招贴画也逐渐准备齐了。例如，等身大的彩色宣传画送来了。这上面的白底上必定印着我一人独自站立的彩照，各地的电影院要把这张宣传画贴在白铁板上，按照我的体形用钢丝锯切割下来，竖立在电影院的入口旁边。刮大风的日子，在远郊的小屋前，我看到栽倒在地的自己的身影，心中很不是滋味。

这回的单人独立像穿着一身普通的西装，里面是大红的短袖衫，敞开的前胸闪耀着纯金的骷髅项链。这照例是静像摄影师的杰作，可厌的是，为了突现下肢的修长，还要扬起衣襟从下面仰拍，然后反复进行微妙的修正，特别是面孔，必须获得宣传部的认可才行。我就是如此带着一副绯红的面颊，笑嘻嘻地站在那里的。

疲惫不堪地回到家中，一眼看到自己这般明朗的容颜，多多少少获得些力量。因为我很清楚，我在拍广告画的时候确实很累，这副愉快的笑容，完全是故意装出来的。

翌日早晨，大雾弥天。我在家门口没有等到一直准时前来的签约出租车，正在为迟到感到焦急的时候，雾中走来一群女学生，我被她们团团围住，突然大腿被谁挠了一下。我不由发怒了，于是海军蓝的白线四散着消失在大雾之中。

那天拍最后一场戏，外景预先选在上野的不忍池，因为天气恶劣，改在摄影棚里进行，两天之后再回到外景地。这场戏的内容是，练子死死拉住对她毫无情面的我，为了让我断绝黑社会的工作，她只好对我挑明久久藏在心中的秘密。我们坐在池畔的椅子上，练子谈到一件意想不到的事情。原来，我坐牢是因为练子那位她最敬爱的哥哥的密告。这样，那帮因为别的原因杀死她哥哥的家伙，结果却为我报了仇。于是，我从一时糊涂的黑社会工作中愕然醒悟过来，明白了练子对我的一片痴情，我让她乘上小船，划起桨来。她一再给我吃口香糖，有两三次我都执拗地回绝了，最后还是接受下来。当我带着目眩的表情正要咬住口香糖的当儿，池面上出现了小小的结束记号。接着，池畔出现一位便衣警察的背影，他手中藏着一张因为强迫卖淫的罪状而被通缉的我的照片，一直凝视着小船上的两个人。据说他那黑色的脊背如黑云般充满整个画面时，结束记号扩展到最大而终结。我认为这样的结局并不坏。一种主张幸福瞬间即逝的哲学，不论是不幸的人或幸福的人，它都具有使他们获得美好心情的力量。

午休时走进外景地附近的寿司店，正在大口大口吃着寿司的时候，一名高级妇女杂志电影栏目的记者，分开门口看热闹的群众，前来采访我。这位神气十足的戴眼镜的知识妇女，最后叹了口气，冒出一句：

“我以为你很可怜。”

中这种圈套的明星有的是。因为对于憧憬和羡慕早已厌弃，一旦有人同情，就感到获得了理解。不过，我不是这样。我在她面前，乐于扮演一个无知的满足于自己名声的青年。她一离开，在一旁大嚼寿司的加代，用一种非常巧妙的咳嗽方法，向她刚离去的方向喷出两三颗饭粒。

公司已经忙着准备下一部片子了。完成这部电影的第二天起，又要开始下一部电影的拍摄了。

下部电影是反映上流社会悲恋的故事。所长打算叫我了解一下上流社会，结束外景地的拍摄之后，带我参加旧式公卿家所举办的宴会。眼下已经变成酒店的旧御殿，由那里原来的老房东主持，每月举行一次宴会，请那些旧华族和有头面的人物，带着家眷前来出席。

所长对每一位见到的人毕恭毕敬，他把我介绍给他们，可是我从未出席过这种遭人冷遇的集会。谁都摆出一副不知道我的名字的架势，年轻的小姐们都装着没有看过我演的电影。而且，我一被介绍给他们，他们就又立即回到同朋友们的谈话中去。

回来的车子上，所长立即变成一位民主英雄。

“这些破落的华族！这帮家伙在家里一定是把沙丁鱼干当饭吃。电影都是虚构出来的，你用不着以这帮人作参考，只要凭一副清静的好心情演好贵公子就行。”

我一边倾听这番意气风发的演说，一边回忆起刚才所长没有介绍我的职业，只说出我的名字来的时候，有一位美丽的小姐，微微歪着头注视我的情景。那是一种不合乎任何礼仪的表情，假如她真的不知道我的名字，从道理上应该立即抑制住那种歪着脑袋的动作。

她那般不很明显而颇为优雅地歪着头的姿势，说明我一定被她精妙地意识到了。她生就一副古代偶人般冷俏而纤巧的鼻官，樱桃小口，仿佛用吸管点注的一滴艳红的胭脂水。

“她那种歪着脑袋的样子，可能是故作姿态吧？”我又换一个角度想。

但是，我决不上她的当。看来，她一定觉得，对于我最具杀伤力的语言就是：“我不知道你的名字。”中这类圈套的明星也有一大批。不过，我是不会的。不认识我，不知道我的名字，就意味着我不存在。爱上一个不存在的男人，没有比这种女人更傲慢的了。自己既然不存在，又以为被人家爱上了，我可不是那样的幻想家。对于我来说，到头来我只有加代。

拍完终场戏之后，每天忙着补拍平时落下的细节以及录音制作，费了不少时辰。值得夸示于人的富有波澜起伏的戏一场也没有。某日，留下的第七段打电话那场戏，集中在一天中拍完。打电话打得我疲惫不堪，摄影机变换各种角度，拍摄一个青年毫无变化地一个人独自打电话的姿势，我被这样的程序折腾得苦不堪言。何况，高浜导演对于这种将铃声和电话机加以特写的陈旧表现手法，也感到厌烦。

一次，我出了摄影棚，走进初夏时节明丽的阳光里。这时候我发现，这座犹如工厂一般无趣的建筑物的对面，所长室所在的那栋楼房的尖塔上，飘扬着公司深蓝色的旗帜。这旗帜无疑是一直飘扬在那里的，只是我第一次才看到。

旗帜在轻柔的风里漫卷自如，忽儿垂挂下来，忽而又急剧地扬起，光影离合，闪烁飘忽，极不安定，眼看就要挣脱旗杆的羁绊，向远方飞翔而去。不知为何，当我看到那面旗帜时，从外表到内心，被无边的寂寥所袭击，真想自杀。这是一种怎样的死法啊！

在正门传达室前，又被一些观众紧紧围住，要求签名留念。我实在累了，连写惯的自己的名字也写不好了。那些脸皮厚的人，又在别人最先伸过来的签名本上叠放自己的签名本。我胸前的签名本渐次增多，一直高及下巴颏儿。这时，我看到一只将签名本拼命伸到最上边的女人的手，有一半布满了黑色的痦子。顺着那只手臂寻去，原来是一个小头小脸、人高马大的女人。她颇为自豪地将那只长满黑色痦子的手臂，几乎触到我的脸上来了。

我又陷入深深的疲劳，想到了死。要是能死，这一瞬间会感到很舒服。我以为，比起快乐来，尖锐的感觉上的厌恶更能有效地助我死去。我将用自己的双颊抵在道旁死猫的尸体上而死去。

当晚，我面对加代，说出了我的这种莫名其妙的对于死的冲动。

"是呀，要是那样，倒不如跳进这台电扇里死的好啊！"

加代用手指指电扇说。天气闷热，晚上第一次使用了电扇。

"别开玩笑啦。"

我望着那台才买的漂亮的淡绿色电扇说。

不过，我对电扇打着青色漩涡的冷静的旋转抱有好感，它支配着这座小屋的空气，好似那种真正的虚构的时间，可以说，为我创造了最亲切的时光的河流。我身在其中，可以自由呼吸，无所恐惧地谈论死，毫无痛苦地死去。

我躺在沙发椅上，加代总是侧着身子坐在一旁的地板上，闪耀着银齿，痴痴地望着我。

"那么，你的死是很自然的，我一点儿也不感到奇怪。没有任何理由……也许根本不需要什么理由，对吗？”

“是的，不需要任何理由。”

我像死尸一般躺在沙发椅上，十指交叉在胸前，略显几分深沉地回答。

“你二十四岁了，美男子，又是人气陡升的电影明星，不会有贫穷的亲戚，也不会有什么大不了的老毛病……死的条件都很齐备。要是死去，也许世界很快就会将你忘却，或者，你虽说不是詹姆斯·迪恩[①]，但你的名声会越来越引起轰动，到你坟墓上献花的人们将会络绎不绝……不论哪种情况，不都是很好吗？”

“是的，两种情况都很好。”

夜间播送的爵士乐，夹杂在房间一部分被电扇缓慢而有规律地搅动的空气中随处飞旋，犹如喧闹的金头苍蝇。我很困倦，弄不清是想睡还是想死。

“我懂了，你想死是非常人性的。你要是死了，我不写悼词，而要发表长篇大论，说服世界能理解你。到那时候，我也可以摘掉‘侍从加代’的假面具了。”

“那真叫人高兴啊，我可以从墓穴里窥看世人惊讶的面孔。”

“不过，”——加代只穿一件衬裙，盘腿坐在地板上，露出雪白的双腿，这是从白天的加代身上，谁也难以想象的肥硕的大腿。她一边揉搓着，一边自言自语，“我只有大腿才是年轻的。”

“可是，”加代改换盘腿而坐的姿势，顺着地板爬过来，靠在沙发椅上，静静抚摸着我只穿一件内裤的大腿。

---

① James Dean（1931—1955），著名美国电影演员。

“只有大腿同你的相称。”

“算啦，我都想死了。”

我撒娇地说。

“当然啦，过着这样的日子，不想死，还会怎么样呢？所以还是死的好。但这只限于事故，偶发的事故，完全不带有你的意志……要是想死这种心情稍微被人发觉了，那还是不死的好。你是否被自己常说的‘认识真正的世界’这种想法所毒害？你不是想把自己当成个人儿吗？这种陈词滥调还是不谈为好。所谓‘真正的世界’，其实很明显，就是希望你死呀。我多半也会这么死的……这才是真正的世界的使命。从这个世界上，清除掉不同于自己认识的东西，使世界变得清洁起来，这也是一种使命啊。

“你为什么活着？这个问题很简单。你的‘外观’百分之百忠实于真正世界的认识，很符合对方的要求。以此为条件，对方才勉强答应为我们保守秘密，决不对任何人说，允许我们热心的虚伪以及对虚伪的信仰。之所以会这样，那是因为对方看得很清楚，那最纯粹的、似乎十分真实的外观，只不过是这种恶劣信仰的产物。

“明星永远是个外观的问题。不过，这种外观是世间‘真正认识’的唯一有形的标本，表现于唯一一种形状的标本。这一点，对方也很明白。即使整个社会也都清楚，认识的泉水最终必须从我们所信仰的虚伪的源泉中汲取。只是这种泉水，必须罩上一层绝对使大家放心的假面具，否则就糟了。这种面具就叫明星啊！

“不过，另一方面，真正的世界不断期望明星的死亡。因为始终罩着同一种面具，泉水总有一天会被人识破。因此，新的假面具是永远需要的。

“对啦，为了永远保持一副新的假面具，可以照我说的去办，按照我的秘密指示，始终认真地诅咒和嘲笑真正的世界，信仰虚伪。对于人的语言，可以一概不去接触。

“从我开始看到你的时候起，就觉得你这个人很有耐心，你这个人……”

加代确实说了这些话，我都听见了。不过，我只模模糊糊听到这里，不知不觉睡着了。

五

今天是入夏以来阳光最酷烈的日子。影片最终完工的一天，正碰上我的小小的节日。按照我向来怪僻的习惯，那天我提早赶到摄影棚，又去了理发店。

加代到宣传部联络工作，我一个人径直向古老小屋似的理发店走去。强烈的朝阳照耀在摄影棚庭院宽广的草地上，留下斑斑驳驳的阴影。一边停驻着几辆外景地巴士，集合着众多的群众演员。

“竹中班现在出发去都内外景地，请有关人员到巴士旁边集合。”

扩音器反复播送着难以听清楚的呼叫。群众演员们穿着盲流的衣衫，一齐朝我这里张望。

我一步一步走在朝阳下面，对站在车边的竹中导演打招呼：

“早上好！”

我对周围的工作人员，也同样高声问候道：

“早上好！”

我一边呼喊，一边望着摄影棚外的森林上面，拖曳着的尚未彻底醒来的迷离的朝霞。

我是一位谦虚、开朗，受到大伙喜爱的明星。照明部的权君走了过来。

“早上好！”

“哎呀，好早啊，外宿的？”

“真过分，请看我的眼睛，这是处男的眼睛啊。”

我故意睁大眼睛给他看。走到理发店前边，我同权君告别了。

我深深坐在理发店破旧的椅子上，白布围裙明亮的反光映满镜面，一旦裹上我的前胸，那位对我的发型心中有数的不爱言语的老爷子，即刻抄起发剪，转到我的背后去了。

我听着“咔嚓，咔嚓”的剪刀的声音，又感到困乏起来。转眼一看，朝阳洒满休息室的椅子，上面胡乱摆放的报纸，显现出新鲜的边角儿。

因为没有别的需要考虑的事情，于是我便想到了加代。

加代眼下应该在宣传部里。加代虽然应该待在那儿，谁又能证明她确实是在那里呢？

为了战胜困倦，思考随之变得朦胧起来。

加代待在宣传部这件事实要是无法确定，果真就能说明加代是确实存在的吗？其实，哪里也不存在加代，不是吗？宣传部没有她，摄影棚没有她，整个人类世界都没有她，不是吗？如果加代的存在只有我才能看到，那么，大家为何都装作能够看见加代呢？不，人们装作能看到加代，说不定是我的错觉吧？因为谁也不把加代当回事儿，所以也都看不见加代，事情难道不是如此吗？

我半睁半合的眼前，剪下的一绺头发，如黑色鸟影一般，“飒——”地飘落下来，模模糊糊，十分暧昧，加代存在的问题，使我大伤脑筋。

……加代如果不存在……假如这是真的，我又怎么能安然存在呢？那么，我也就不会存在了，不是吗？这样一来，如今在这里，在早晨的摄影棚，在理发店的椅子上昏昏欲睡的男人又是谁呢？

想着想着，我似乎沉入昏睡之中。

……

"小仓先生来啦！"

耳畔响起的话音立即将我惊醒，说话的是加代。只见对面隔着的一张椅子坐着一位永恒的美男子、公司的顶梁柱、明星中的明星——小仓爱次郎，两位随员恭恭敬敬伺候着他。

我连忙从椅子上腾地跳起来打招呼。

"先生，早上好！"

"早上好，年纪轻轻，挺能睡的啊。"

他眨巴一下颇带性感的一只眼睛，好意地应合着。

我透过镜子装出不在意地朝那里望去。我不知道他真实的年龄，不过，从无声电影时代就名声远播这一点看，小仓爱次郎确实超过五十岁了。他依然显得貌美无双。男性的刚毅和优柔、自恃和甘美、严峻和抒情……这一切，都集中在他的一张面孔上了。他是跨越好几个时代的女人们梦寐以求的俊男的典型，他是令十五岁到七十岁的全部女性，夜夜在寝床上辗转反侧、饱受梦魇所苦的人物。

然而，如今从朝阳映射的理发店的镜中眺望，小仓爱次郎的罪过历历在目。他是神，他是美的化身，不论干些什么，都不会成为罪犯，只是他犯了一桩大罪——他毕竟上了岁数了！

尚未化妆的肌肤只留下明显的轮廓，失去力量的衰退显而易见。他通过超拔的化妆技术，以及精湛的摄影角度和照明方面的知识，虽然能一时瞒过观众的眼睛，但眼睑下面密布的皱纹，看上去很难掩盖。美丽的大眼睛里自远方漂来暗淡涟漪般的细浊的波纹。嘴角松弛，必须时刻用力绷紧，否则，下唇就显现不出青春的线条。

他的那张脸已经变成安置美丽容颜的黝黑的台座。他只是在那上面，小心翼翼地镶嵌着早已失去的另一个美丽的面孔。

……我不知何故为恐怖所袭击，眼睛转向自己面前的镜子。

理发师傅被小仓那里所吸引，离开我的身边。于是，镜面上闪光的白布里凸显着我的充满青春朝气的脸膛。

加代的身影靠近了。这正是现实中的加代，存在着的加代。低垂的发髻，未饰白粉的面孔挨近我的耳畔，在镜子里微笑，嘴角里清晰地闪耀着银齿的光辉。

加代显得十分诡秘，她凑近我的耳边，用几乎听不到的声音，但却饱含热情地小声说：

"哪怕你到六十岁，我还会称呼你是漂亮的王子。"

参拜三熊野

一

常子听到藤宫先生要她陪伴到熊野旅行，心中暗暗感到惊讶。

她为料理先生的起居，在他身边待了十年了，这是先生对她的一次感谢。常子四十五岁了，是个无依无靠的寡妇，她一边作为入门弟子跟先生学习写作和歌，一边照顾当时因失掉年老的帮佣、日常生活感到困顿的先生。这十年间，她从未展现过女人的风采。

常子本来就不是美女，也没有什么姿色。其实，她性格朴实，一切都很节制，不是那种动辄就要求别人为自己干这干那的女子。结婚第二年，丈夫得急病死了，这门婚姻也是亲友们逼迫她勉强同意的，并非出自两厢情愿。这样的女子喜欢和歌虽然令人不解，但先生看准了常子的人格和无才，这才决心放她进入家门。

不过，根本的动机依然出自常子本人对先生的尊敬。她认为，再没有比藤宫先生更值得尊敬的人了。

藤宫先生是清明大学国文科主任教授，文学博士，并以歌人而知名。先生对于“古今传授”[①]的研究很有名气，其研究特色在于阐明贵族文化和民众文化微妙融合的进程，即随着王朝文化的遗风次第空疏而愈益形式化，遂增加了同民间信仰相混合的神秘色彩，以致到了德川时代诞生了神儒佛说杂糅一处的奇妙的“传授书”。最近十年，这种研究被语言传授的研究所继承，先生关于王朝文学的讲课，动辄脱离讲题，染上了中世纪此类神秘传授的色调。

先生的学问有别于科学的实证性和完善的体系，先生首先是一位诗人，使先生着迷的是神秘。

例如，御所传授的著名的“三鸟大事”，即稻负鸟、桃千鸟和唤子鸟三种鸟。这些是无形的鸟，即使到动物园也看不到。但它们各自表现天地之原理，肩负着象征性的神秘意义。先生对照世阿弥的《花传书》，将上述意义纳入自己的著作《花与鸟》，这是一部广为流传的散文诗般优美的作品。另外，也成了先生的歌集《花鸟集》题名的依据。

先生身边集合着一群崇拜者。对于他们来说，先生是绝对的神明，个个互相都睁大眼睛，唯恐有竞争者夺走先生对自己的宠爱。先生为了一视同仁而耗费的苦心，实在非同小可。

这么说来，先生无论对社会还是对人生，都应该是一位光辉灿烂的人物。然而，在那些同先生交往十分密切的人们眼里，先生其实是包裹于暗影中的一位寂寞的奇人。

首先，先生极度缺乏风采，儿时因受伤眇其一目，自惭形秽，遂养成一副忧惨而阴郁的性格。有时对亲人说句笑话，像病残的孩子突然兴奋起来似的，骤然兴高采烈起来，但这绝不能掩盖住外观的阴郁，他总是力求不超出自我意识的暗影，这种暗影就像一个明白自己身份、紧守界限的人，始终背负着同身体不相称的巨大的羽翼。

---

① 将《古今和歌集》中诗句的秘说向特定的人传授。

先生具有一副奇异的男高音歌喉，激动时嗓门就像金属的鸣响。不管在身边多么亲近照料他的人，都摸不透他何时会突然发怒。上课时他有时会莫名其妙地命令学生退场。仔细想想，那天不是因为穿红毛衣，就是因为用铅笔搔头皮屑。

如今六十岁的先生，内心里仍然保留甜美、亲切、纤弱和童趣的一面。他担心因为这些而失掉人们的尊敬，所以不厌其烦地向学生讲解礼法。实际上，对先生的业绩毫无兴趣的其他系的学生，经常在暗地里嘲笑先生，管他叫“鬼老头儿”。

现代化的清明大学明丽的校园，先生率领几位弟子穿行其间，这在大学里是一道独放异彩的著名风景。先生戴着一副淡紫色的墨镜，穿着不大合体的古旧西装，风吹柳枝一般迈着无力的步子。他是个溜肩膀，裤腿宽大似裙子，头发染得黝黑，时时不自然地用手抚平。后面捧着皮包走路的学生，因为是反时代的学生，穿着大学里人人厌恶的黑色高领制服，活像一群不吉利的鸭子跟在后头。先生周围犹如重病号病房，不能发出快活的欢笑，即便互相交谈也都是窃窃私语，人们一看到他们，就像好奇地盯着远方“再次通过的葬仪”。

他们走过美式足球训练场旁边时，先生心情愉快地说道：

“美式‘肮脏蹴鞠’春昼永。这是富坂君拙劣的俳句啊！”

“这样不行，要谈论句子好坏，必须先付给我劳务费，然后才能为你评论俳句。”

这是师弟幸福的一刻，但是所谓“肮脏蹴鞠”，是先生先前为讽刺足球所作和歌中的新造词语。这个新造的词儿被弟子盗用，成了谈笑的素材。这类笑话中夹杂着微妙的阿谀奉承，就像小狗对着母狗撒娇。第一，因为是先生的学生，此种玩笑必须使人从内心里感到可笑才行。

此时，鸭群里腾起春埃般轻微的笑声，但是先生很少笑出声来。笑声不久就平静了。远远看去，就像满怀敬意的灰暗而秘密的一团，一时被打乱规矩，又借助紊乱使得人们所不知道的自我纽带更加坚固，看起来就像演出一场可怕的滑稽剧……

先生心底里暗暗沉淀着悲哀和孤独，写作和歌虽然时有迸发，但平常就像水族馆躲藏在岩石底下的奇怪的鱼，隔着玻璃隐隐可见。人们不知道先生为何要把自己封闭在自己独有的悲哀的丧仪中，而且他们也不想强行知道。所以，他们能够和先生保持长期交往。

先生曾经给最亲信的弟子，就这种“心情抑郁”进行过讲解。

“根据罗伯特·伯顿[①]的古典学说，人的体液有血液、痰、胆汁和忧郁液四种组成。其中忧郁液是又冷又浓而带有酸味的黑色汁液，由脾脏分泌出来，其作用除了控制血液和胆汁外，还给骨骼提供滋养成分。至于忧郁症的病因可举出几种影响：精灵、恶灵和天体等因素。另外，食物中牛肉会促进忧郁液的生成。正如你们所看到的，我喜欢吃牛肉。还有，按照伯顿的说法，学者的职业最不安定，优秀的学者要获得所有的知识，以致失去健康、财富和生命，因此，最易受到忧郁症的侵袭。这些条件我都具备，所以我被忧郁症缠住了。这真是一件奇怪的事。”

听的人感到困惑，对于他这番话不知道要不要认真记取。他们知道，先生对他们讲这番话时，心情特别高兴。

此外，嫉妒也是先生的主要特质。先生始终是青年人的朋友，但

---

① Robert Burton（1577—1640），英国学者、牧师，以著作《忧郁的解剖》闻名。

在自家开设的特别讲习班上，一个获准列席旁听的先生所喜爱的学生，有一次将他在酒吧得到女招待欢心的事大肆宣扬，被先生听见，以不检点为由将他开除。先生尤其在自家讲习会上，总想像神道教的迎神仪式那样，希望那些清净的青年人在这里汇聚。先生不允许这里有发油和脏污的内衣的气味，只希望自家十二铺席大小的阴惨的客厅，犹如新削成的桧木板那样，充满明朗、纯净的青春气息，闪耀着光辉的眼眸，洋溢着朝气蓬勃、清新而热情的话语。

先生进而不善其攻，但退而能够坚守，于保守学问操行方面，战争中未留下任何污点。这就是战后先生受到狂热支持的一个缘由。

悲哀不仅表现于先生的歌，学问、表情、衣服，无处不受沾染。先生一个人走路时，垂首迈步，在校园里迷路的小狗向他跑来，他蹲下身子久久抚摩小狗的头。先生爱洁净，家中绝不饲养宠物，但对于别处满身长满污秽湿疹的小狗竟然如此。逢到这种时候，先生才清楚地感知自己的孤独，为了使孤独在自己面前认真地重演一遍，他便将自身进一步封锁在如此一幅孤独的构图之中。先生描绘着自己如此滑稽而悲悯的形骸，那一头染得极不自然的黑发，映射着艳丽的春阳，先生的溜肩膀上飘流过校园合欢树的叶荫……小狗忽然注意到什么，嗅着鼻子，夹起尾巴，狂吠一声跑走了。先生抚摩狗头的一只手里握着从不离身的酒精棉。这是早晨常子必然准备好的浸满酒精的棉花。那是一堆雪白的薄薄的棉片儿，满满地塞在一只银光闪亮的容器里，指头轻轻一触，立即像化霜似的，显现出酒精的泥泞……

常子就是为这样一位先生服务了十年。

孑然一身的先生独居的藤宫家，有着清净而严格的生活规律，容许女子进入和不容许进入的领域分得很清楚。

先生喜欢的食物有牛肉，鱼有石鲈鱼，水果有柿子，蔬菜有豌豆荚、小卷心菜、花椰菜等。

爱喝少量的威士忌酒。

唯一的兴趣是看歌舞伎，要么偕同弟子而去，要么赴往届弟子之约。但常子一次也没有得到陪伴先生的机会。

先生偶尔会放她半日假，“看看电影去吧。”但绝不会叫她去看戏。

没有电视，只有一台破旧的、声音混杂的收音机。

藤宫家是本乡真砂町一座幸免于战火的纯日本风格的古老宅邸，先生厌恶西式房屋，家中不置一张椅子，但是喜欢吃西餐。先生不仅自己绝不进厨房，他也绝不允许学生们进厨房。于是，那里成了常子一人的城郭。不过，不可想象会有什么现代化设备，只有两台古旧的煤气灶，有时要做十几个人的饭菜。为了不使每月的生活费超支，全凭常子的巧妙运筹，此时采取的各种手法一概不让先生知道。

先生早晚必入浴，经年累月，从不答应亲近的人为他搓背。接近入浴中的先生应遵守法度：将换穿的衣物放在浴室里，准备好之后告诉他一声，尽量逃得远远的，这便平安无事。刚动手做事，忽然听到更衣室里拍手，随即看到毛玻璃上晃动着先生的身影，这时忙不迭喊道：

“有事叫我吗？”

弄不好会招来一顿斥骂。因为听到浴室内一声呼喊，女人立即就过去，这是颇不正经的举动。

要想逃，藤宫家里有好多空间可逃。但大凡多少堆了些书籍的房间，都不允许女人进出。既不可进入打扫，更不准两手胡乱接触图书。

书籍像霉菌一般不断增加，共有十多间屋子，从一个房间向下一个房间蔓延。从书斋里泛滥出来的书侵犯下一间屋子，遂变成没有一丝阳光的囚牢般的房子。接着，书籍又向廊下伸延，不管哪里的走廊，都得斜着身子通过。负责整理和扫除的只限于弟子们，这些弟子互相争夺这一特权。而且，每次整理完毕，先生都得考问一番，要他们指出明治三十年代出版的各种书籍的题名，这些书分别摆在哪个书架上，要是马上答不出来，就会丢掉作为先生弟子的资格。

那些经常在家里泡着不走的弟子和学生，禁止同常子亲切交谈。他们看到常子很忙，想帮她一把，结果受到先生的惩罚。自从有了这件事，常子特别当心，丝毫不露声色，默默不语，谨小慎微。

要说常子指望什么而活着，那就是每月一次的例行歌会。唯有这一天，常子得以坐于末席，作为先生一门人受到礼遇，于席间听取先生恳切的批评言辞。平时白天，她在家里很清闲，喜好孤独的常子不甘寂寞，利用余暇写作和歌，不以起步甚晚为恨。

这也出自常子将先生奉为神明和太阳的心理。歌会以外的时间，先生从不跟常子谈论和歌之类的事，她对先生越是尽心尽力，就越发觉得歌会上的先生更加光彩照人。

在藤宫家中，“尊敬”这种感情已成为理所当然的事，然而在社会上，这种感情不大受到重视，这已成为难以置信的事实。先生不是一般的国文学家，是诗人，是歌人，是屹立于人和神之间的人。身处以先生为中心的一种秘仪的社会中，常子只把自己当作一名清净的巫女。

先生和常子两个人的生活广为世间所知晓，围绕此事谣言四起，出席歌会的女性歌人中，也有人对常子投去很不礼貌的眼神。因此，常子越发小心翼翼，她不化妆，穿着尽量朴素又朴素，打扮比实际年龄老十岁，她也毫不介意。

揽镜自照，心中自然明白，如此面颜哪里还会得到男人的疼爱呢？

这张脸已经谈不上可爱，眉眼鼻官也挑动不起男人的淫邪之念了。她的鼻子形状过于寻常，眼睛细小，略有龅齿，两颊清瘦，耳轮单薄，体形也不丰满。自己既然如此，要是作为先生的伴侣而传言开去，自己不用说了，对于先生的名誉是极大的毁损。她想，为了使自己的举止动作尽量和伟大的先生显得极不相称，必须保持婢女以下的地位。

不过，因为先生厌恶不洁，必须警惕行为不检的作风。应该使人们明确看到自己简素、质朴，丑得令人不敢接近。如此苦劳尽皆出于想待在先生身边的一片赤心，然而先生只管尽情享受她的服务，而从来不顾及她的赤心。但常子对此一点也不衔恨在心。

所幸，经年累月，过了四十岁的常子，对于先生依然保持谦恭的态度，社会上的谣传渐渐淡薄了。她的“老大妈”形态次第明显起来，同十年前那位纯然的前任“老大妈”越来越相似了。

先生天天如此。

即使无人叫醒，先生每日六点准时起床。

在这之前，必须悄无声息地打扫完各个房间，烧好洗澡水。

先生起来之后也不露面，沿着书库径直进入浴室，漱口、洗脸之后，慢慢泡在热水里，用剃刀刮那似有若无的薄薄的胡须，仔细地染发，然后穿戴齐整。看到斋藤实盛[①]自我解嘲的和歌，先生也和他一样，似乎很在意世间的批评。

其间，常子准备早餐，整理好早报。

先生走到神龛前边，施行神道正式的礼拜，然后坐到餐桌旁。这时，常子才同先生见面，向先生问安。

早上，先生大多无言，有时也会漠然地说上一句，但看不见他的笑容：

"昨夜做了个好梦，今天说不定是个好日子。"

除了旅行之外，一年四季，这样的早晨仿佛盖了戳子一般，天天如此地重复着。听说先生年轻时时常生病，最近十年，先生从未生过什么大病。

常子就是这样极力隐身于先生的阴影中，虚化自我，生活在尊崇和献身的心灵中。当初，亲戚里有人劝她再婚，如今看到常子如此顽固，也就死了心。那件事常子从来不愿再提。先生接纳常子进家，应该说是很有眼光的。

然而，常子一年有好几次感到心里像蘑菇一般萌生过一些疑问，但连忙又亲手碾碎了。

这是常子单独一人留在寂静、广阔的宅第里时候的事。

常子心里产生了写作和歌的灵感，她不知这灵感来自何处。既然没有什么特别的喜悦或悲哀，怎么会想起作和歌呢？这不是很奇怪吗？常子有个缺点，任凭先生反复指出，她就是不肯改正，这正是受到先生和歌的影响所致。更确切地说，是受了先生歌作中充溢的

① 斋藤实盛（?—118），平安末期武士，初仕源为义、源义朝，后转向平宗盛。

悲哀太大影响的缘故。

“这不是你自身的悲哀，只不过是借他人悲哀之器，容纳自己的身子罢了。就像借汤入浴一般。”

当着众人的面，先生作出如此辛辣而严厉的批评。虽然自己确实也是这么想，但如今要举出是谁给她悲哀，那么这世界上只有先生一人，何况先生是决不会将悲哀传给她的。

先生自己忍耐着恍惚不定的动摇的感情，只能认为是，他在极力避免将悲哀和喜悦传给常子。

而且，常子经常被作歌的灵感所驱动，以此作为生命价值之所在。果真如此，那么此种感性必须从常子的心灵深处发出来。不过，意识上不管如何摸索，她的心灵深处都看不到任何波动，她想，作一些前卫短歌什么的，也许可以描绘自己无意识的世界，刚写两三首，就受到先生的严厉呵斥。

例如，她独自面对梅雨前的庭院，注视着骤雨来临时一派墨绿的木贼，电车的轰鸣和汽车的响声越过阴郁的天空传进耳朵。这时，常子虽然产生一种感性，但心中总有一种东西掣肘，如果吟咏“故人的事”，那么，总是奇怪地拘泥于如今从未想到过的丈夫之死的圈子，语言不得自然流出，仿佛总要经过筛子过滤一番。

触景生情倏忽产生的萦绕于心灵的悲哀，不知不觉就会仿照先生那种雾霭般的悲哀，即使不愿仿照，大凡名为悲哀的东西，到头来总是来源于先生那种悲哀的泉水。

逢到这时候，常子心中就萌生一种疑问。十年来，她和先生住在同一屋檐下，不论先生如何躲避常子而活着，但常子总有常子的看法，她不能不产生一种自信，自己比任何人都更熟知先生。而且，常子很清楚，这十年之间，先生身边几乎没有发生什么风波。如此平和的、单调的，同时又是经济上不很清苦的生活，在别人眼里也许是值得羡慕的。此外，令人感到无比滋润的是，人们对于先生的尊敬之心。

先生于沉静的生活中汲取的悲哀，果真是因为缺乏风采的自信或眇其一目吗？世界上比先生更加丑陋的男人有的是，既没有才能又没有学问，但这些人照样享受着一般常人的家庭生活，为何唯独先生一味固执于孤独，孕育着悲哀，凭着可怕的神经质般的借口拒绝人生呢？

想到这里，常子不得不认识到，先生有个善于从平板的人生中提炼高度悲哀的秘诀，只要抓住这一秘诀，在作歌上就能同先生并驾齐驱。这个秘诀究竟是什么呢？于是，此种疑惑迅速增长，常子胸中急速悸动起来，极力避免自己的头脑朝着自己最不愿意想到的事情上转移。

二

从以上情况来看，常子听到先生要她陪他去熊野旅行，就会明白她为何那样感到惊讶。

先生本来是熊野人，他没有回过故乡的村庄。尽管如此，可能有种种缘由，常子也一概不想过问，所以她什么也不知道。只是有一次，一位亲戚来东京探望先生，先生冷淡得可怕，没有见面，那人吃了个闭门羹回去了。

先生去过好多次熊野，但就是不肯路过故乡。这次大学放暑假，隔了很久又提出要去参拜熊野三山。这回全是私人之旅，看样子没有举办讲演和集会的计划。

旅行期间不缺少看家的人，这是学者的好处。三位弟子住进家里，常子委托附近的一家饮食店负责他们的伙食。

常子最感头疼的是旅行中穿什么衣服和带什么衣服。不过先生只是一个劲儿嚷嚷“随便，随便”，常子没人可以商量，想来想去，取了钱新做了一件夏天穿的衣服。

只是旅行要带的书，其中有先生特别指定的。

“你已经没有可能再写抒情的歌了，借这次旅行的机会考虑一下叙景的歌吧。现代写实派这方面的歌没有什么用处，还是多学习一下永福门院的家集为好。”

先生对她说道。

永福门院不用说是镰仓时代著名女性歌人，第九十二代伏见天皇的中宫。作为京极派的歌人，《玉叶集》中留有好多她的名歌，尤其是京极为兼[1]所说的凝练着“语言香馨”的技巧叙景歌很有特色。例如：

落日檐端影渐消，时时留连在花梢。

这类和歌在门院歌作中是常子特别喜欢的御歌。本来不是她所爱读的歌人，只因受到先生的启发，常子才明白，这种叙景歌的下半句，依然闪耀着那种半生不熟的抒情歌所不及的微妙的心情。

基于这种情况，她带上了一册永福门院的歌集。估计穿和服很快就会出汗，便洗了一件夏装带上。浴衣要是穿旅馆的，会遭先生的叱骂，所以自带了两件。诸样东西撑得常子的皮包胀鼓鼓的。

到那里一看，先生依然是平时那只常见的旧旅行包，重新装满了酒精棉，为防备先生偶尔的胃疼，准备了铂金怀炉。其他再没有什么要带的了。常子看到自己的皮包太大，感到有些难为情，试着想减少一些东西，但最后未能如愿。

看家的三个弟子从前一天晚上住进来，夜间遵照先生的命令，摆酒畅叙，谈到学问、旅行和看戏等。要是碰上个十分豁达的先生，看

① 京极为兼（1254—1332），镰仓时代后期的公卿、歌人。前文中的《玉叶集》便是他于1312年撰集的。

到只有常子一人陪伴，说点儿笑话也不为奇怪，比如：

“先生，这是旧婚旅行吧？”

不过，在藤宫家里这类揶揄和玩笑是绝不会有的。第二天早晨的东京车站的送行，也没有人开这种玩笑。这反而使得常子有些不大自然。

参加送行的是两个看家的弟子和四个学生，他们听到先生要出发了才赶来的。过去守在大门口目送着先生去旅行的常子，这回也浑身上下穿戴鲜丽。她感到无比光荣和喜悦，但多少又有些不安。先生不是直到最后才说出要她陪伴自己旅行的吗？因而，她甚至感到有些恐怖。

学生要帮常子拿皮包，常子怕挨先生的骂，顽固地加以拒绝。

“好啦，就让他们拿吧，年轻人有力气。”

经先生这么一说，她终于把包交给他们，放上了行李架。

朝阳照射着半个月台，送行的人们站在强烈的阳光下，大汗淋漓。最得意的弟子野添副教授年龄刚过三十岁。

“先生就托付给您了，旅行中他可是个很难伺候的主儿。”

他低声对常子打了个招呼。看来是很周到的，但仔细一想，完全弄颠倒了。常子在先生身边照顾他十年了，先生的夫人自不必说，但弟子没理由说这种话。

即便是两三天，将先生托付给常子，大家心里也是忐忑不安的。没有人会把常子的光荣当回事儿，似乎都在默默责怪先生一时的心血来潮。不管怎么说．这是惊天动地的事件。

常子只巴望火车早一点儿开动。

弟子们和学生们的风貌以及举止态度，总使人觉得有些脱离时代，在月台上也颇为显眼。他们一律是朴素的装扮，纯白的夏衫，黑色的裤子。就连最年轻的学生，也学着先生手里拿着扇子，而且将系子套在腕子上，那副摇着扇子的风情也酷似先生。当今的年轻人是不拿扇子的，即使不谙世故的常子都知道这一点。

火车终于开动了。车厢里有冷气，不过先生哪怕夏天里也是决不脱掉上衣的。

他闭着眼睛过了一两分钟，突然受到什么威胁似的睁开眼来，从口袋掏出银制的盒子。

先生生着一双白净如和纸一般、没有什么油脂气的美手，但在这个时候显露出许多斑点，加上长期使用酒精棉，指尖儿泡胀了，看起来像溺死鬼的手。他用这只手捏着饱蘸酒精的棉花，仔细地擦拭着座席的扶手、窗框，大凡手指可能碰到的地方都擦到了。一眨眼棉花就黑了，他便扔掉，很快小盒子就全空了。

“我再做一些吧。”

常子提出再增加一些，可是当她伸手想从行李架上先生的皮包里拿出棉花和酒精的时候，她的手被扒拉开了。先生时常用这种乍看起来颇无意义的严厉的手法加以拒绝。

在飘溢的一股强烈的酒精气味中，先生用毫无情意的目光睃了常子一眼。那目光同这股酒精味儿十分相合。

先生失明的是左眼，即使看不见，眼球依然在动，不知底细的人还误认为是被那只眼睛盯着呢。但是常子立即明白，那是健全的右眼透过淡紫色眼镜的视线。在先生跟前一待十年，到头来却被这种无情的眼光所注视。这清楚地表明，先生于将要开始旅行的瞬间后悔起来，觉得还是不带常子为好。常子的脸色有些悒郁，但如今她对此不再感到惊讶。常子以为，先生这种态度像个孩子一般自然，反而感到很难得。

先生掏出棉花和酒精，常子一个劲儿做着酒精棉球，在这个久已盼望的旅行的早晨，常子错过了车窗外面的风景，直到离开东京。在这之后，她安下心来，觉得车厢内的冷气很舒适，便把银制的盒子送给先生，等待他发话。

“《永福门院集》带来了吧？”

先生开始用高亢的男高音嗓门发问。

“是的。”

常子立即从手提包里拿出书，对他亮了亮。

“你很善于向风景学习哩。通过这次旅行你会知道你缺少的是什么。我一直闷在家中，这无疑是很不好的，但看了最近的歌，想让你开开眼界，这也是我的一项工作。本着这种想法，老老实实投身于风景和自然的对话之中，再怀着朴实的心情酝酿一番，写作和歌……不，我的意思不是叫你这次旅行期间多多作歌，不一定作歌，重要的是填饱诗囊。”

“我明白了，谢谢先生。”

即使在这番响亮的训诫中，先生也是用不很放心的目光探寻般地望着常子。哪怕从常子和服的衣领上发现一丁点儿污迹，也是带着决不肯原谅的极其严峻的态度。常子初次听到先生作为恩师对自己的关怀，心里深受感动。想到先生竟连这些也都为自己考虑到了，胸口一阵难受，于是再次说道：

“谢谢先生。我想得不周全的地方，先生都为我考虑到了。”

说着说着，她眼睛里溢满了泪水，赶紧掏出手帕擦了擦。

哭泣会损伤先生的心情，她知道，但止不住涌流的泪水。常子一边哭，一边又抱着热烈的期望，她决心通过这次旅行，务必把先生的诗歌和才能的秘诀学到手。如果能掌握这个秘诀，虽说对于先生未必是愉快的事，但不正可以以此报答先生的热情厚意吗？

先生掏出书本，埋头阅读起来，一直到达热海附近，仿佛忘记了常子的存在。

——到熊野旅行，有舒适的夜班车。但先生讨厌乘夜车，选择了白天的火车。这是一次相当艰难的旅行，从名古屋开始没有冷气了。

正午抵达名古屋，在站前的旅馆吃了午饭，稍稍休息一下，接着乘关西本线上的快速内燃机车“海潮1号”。一上车，常子就想起站前那座逼仄的旅馆里的午饭，由此担心起今后旅途上的伙食来。

窗外是一片阴霾的天空，旅馆最顶层的餐厅里，人影稀稀落落，雪白的桌布和竖起的折叠整齐的餐巾，似乎印在窗外晦暗的天空上。常子顾不得座席上应注意些什么，她和先生面对面坐在正式的餐桌旁边。但不知应该摆出怎样的姿态，这使她很感困惑。

自己一心想着朴素再朴素，但越是装扮得老气危险越大，越容易被误认为是先生的夫人。常子吃午饭时，切实感到自己失算了。早知如此，倒不如干脆打扮得更显眼、更时髦些为好。如果允许着西服，穿一身像样的套装来，多数场合肯定会被认为是先生的秘书。

但是，失算永远只是常子的事，出门时先生没有指责过常子的穿戴，眼下依旧泰然自若，所以根本谈不上什么失算。一旦猜测先生的心事，常子又一时犯起糊涂，仿佛裹在五里雾中。虽说很难想象，但先生是否故意让人看成是一对夫妇呢？

午饭时，先生吃了一盘冷肉，常子要的是法式黄油烤鱼。饭后喝咖啡，她先把银质的砂糖壶递给先生，先生接过去时两人的指尖儿碰了一下，常子连忙道歉，但她总是神经质地怀疑，先生是否会认为她是有意这样挑起事端的呢？她在“海潮1号”疯狂酷热的车厢内，心情一直狂躁不安，每当先生不住扇动的扇子戛然而止的时候，她差点儿停止了呼吸。以往，常子从未如此容易激动过。打从火车驶出东京站，出于一种责任感，她或许有些神经过敏了吧。因为有些事情不便于明说，常子一直耿耿于怀，再加上天气暑热，她再也没有心思观望风景了。

她想到先生的手指瞬间接触自己手指时的感觉。这种事儿，平时吃早饭时也曾有过，本没有什么奇怪。但是刚才是在宽阔的餐厅、众多侍者众目睽睽之下发生的，其感觉特别敏锐地刻印在心中。那是一种什么感觉呢？常子仿佛感到自己的手触到了辛夷的硕大花朵。那是一朵雪白的湿漉漉的花朵，稍稍枯萎、散放着醉人的芳香。

三

……旅行的第一夜，常子做了种种可怕的梦。平素，她总是为无梦的酣睡而感到自豪，看来，无疑是长时间的火车旅行身子太疲倦的缘故。藤宫先生以世上可怕的姿影出现于梦中，紧紧追她而来。常子的睡眠被这种恐怖的梦境整个占据了。

这里是纪伊胜浦温泉旅馆的一个房间，不用说她和先生不在同一间屋子。常子的住房是小型的单间，地板下边紧连着大海，可以听到水波悄悄舔着海岸的声响。暗夜中听起来，仿佛一群舔动舌头的小野兽，正争争抢抢顺着地板下的廊柱爬上来。可怕，可怕，她在颤栗之中又睡着了。还好，早晨的时间大多在睡眠中度过了。

她被枕边的电话吵醒，先生告诉她自己已经起床了。看看表，六点半，房内已经洒满朝阳。常子连忙折身而起，洗完脸，迅速穿戴整齐，跑到先生的房里请安。

“啊，早安。”

先生轻快地打了声招呼。此时，桌子下面很不得体地隐藏着一件东西，紫色包裹的一端映入眼帘。先生仿佛正在翻检什么秘密的东西，常子的来访似乎太早了些，于不经意之中被她看到了。尽管这事不怪自己，但常子不愿站在和窥伺癖者同样的立场上，打算立即离去，但那样做也显得很不自然。

“看样子睡得很好吧？”

先生已经开始染发和剃须了，他用温和的男高音的嗓门问道。早晨，先生的声音十分玲珑，犹如黄莺一般。

“是的，不好意思，睡过头啦。”

“这很好嘛，偶尔睡过头没关系的。但是对于你来说，体谅别人还显得不够。如此慌慌张张跑到我屋里来，这是不合适的。我不会晕倒的，用不着那样着急。逢到这种时候，先打个电话来，说过几分钟后前来拜望。然后可以从容仔细地装扮一番，到时候再来为好。这是女人应有的心怀。”

“知道了，实在对不起。”

“知道了就好，今后当心就是了。《役者论语》[①]中说：‘不顾对方，我自当之，谓之孤自当。’即使不是演员，普通人也应该以此为训，切实用心才好。因为，所谓侍奉，最后总以对象为本。”

“是的，今后注意，实在太难为情啦。”

听到先生一番训诫，奇怪的是，常子不但不生气，自己反而像个腼腆的小姑娘，极力缩小着身子，沉浸在可爱的幻想之中。一方面，她又联想到世间一般人都不会像她这样，这就更增加了自己的满足感。就是说，百货店年轻的售货员们，稍微吃了批评就立即请假休息，但自己却很自负，因为她确信自己是无法替代的存在，即便挨骂也感到高兴。

① 有关戏剧知识方面的书，八文字屋自笑三世编，4卷4册，1776年初版。

这样一想，常子对于先生绝不可窥视的心底，不由得倒很想窥视一番。他对她那样严峻，是出于爱情，还是单纯的批评？打乱先生平静心情的祸首如果是常子，那么，他为何不让常子离开，反而邀她陪伴自己旅行呢？

“刚才我租了船，吃罢早饭想围绕海岛转一圈儿。”

过了一会儿，先生说道。

借此机会，常子也可以出外观望景色，当然，那博大的风景远非常子的小屋子可比。盛夏的大海，光耀夺目，令人目眩，但这一带是深入陆地的港湾，看不到一片水波。正对面海岛的前边，漂浮着海女采珍珠的筏子，左侧北面的尽头是海港，从那里不断传来小汽轮的颤音。海湾对岸的山峦，包裹在浓丽的绿色中，海拔八十米高的山顶架设着电缆车。山巅的展望台一带，绿色剥脱，露出了红土。

湾口在南边。那里的海面飘荡着云层。海岛竞相耸峙，远方的洋面云影浮动，看上去像惨白的面颜。

常子因为身处歌人的末席，因而她不便轻易吐出“啊，真是好景色”之类轻佻的赞词。想到长年累月待在本乡区晦暗的住宅里，回忆犹如一缕煤烟，面对今朝的大海，为了尽量储备眼前的美景，她深深吸了口气。

这时，两位女佣端来两份早餐。

“唔，我来伺候先生。”

常子特意强调了“先生”二字，打发走了女佣。她动作娴熟，举止得体，这次先生没有再说什么。

吃完早饭，出海之前，出了点儿小岔子。旅馆里拿来几枚硬纸板要先生题词，惹得先生心情不悦，常子必须去会见经理，向他表明先生不愿做这类事情。

租来的这只小小的游艇，穿过映着汤羹一般浓绿的岛影的水面。先生和常子离开海湾，转向西边。旅馆的伙计做向导，他不时喊叫着，声音混合着机器的轰响，常子对于那些奇形怪状的岩石，也不知道这个叫什么名字，那个叫什么名字。

有长着几棵松树状如鬣毛的狮子岩，有生着双峰的骆驼岩。那些岩石耸立于外海各处，比起海湾内部，那里波高浪险，无人居住，一半露出海面，一半沉于水底。那些岩石，你想什么它就像什么，不想什么就不像什么。那些随意起的名称所蕴含的风情，使人感到多么怠惰和扫兴啊！所谓名胜，大体上都是如此。常子想起自己的过往，夫妇这一名称，也和狮子岩、骆驼岩一样，只不过是没有缘由的假托。与此相比，先生和常子的关系，是一种不合乎任何称呼的真实，既不是半浮半沉的岩石，更不是供人眺望的景物。

远方可以看到经常捕猎鲸鱼的岬角，船又回转向着东方，来到湾口附近，钻进了一座名叫“鹤岛”的挺秀巨岩阴森森的洞门。

先生用手使劲儿支撑着船舷，看样子就像小孩子一般，在船上显得很快乐。他喜欢小型而温馨的带有一定危险的游戏。钻进洞门时，上涌的波涛撞在船底上，那柔和的冲击，或许是先生本人对一直阴沉的学究生活的一次小小的报复。先生在陆地上不分昼夜地思索，潴留于心中的一汪黑水，被这小小的复仇的冲击搅乱了，眺望着那种惊慌失措的样子，想必很快活吧。

这样一想，常子再也不便跟先生搭话了，她双眼直视着海景，东方的巉岩怪石越来越多，那些聚集于遥远的海岬周围的岩石，包裹在海上的烟霞之中，令人联想到神仙居住的岛屿。

"要到哪儿去呢？"

常子第一次开口了。眼下，船上坐着先生和常子，仿佛感到进入了无何有之乡[①]，经历过长久的艰难和辛苦之后，正在接近没有任何丑恶的世界。丑恶？如今，常子清晰地从先生和她自身的丑恶中苏醒了。不管在谁眼里，他们都不是美好的一对儿，假若想象着用"情色"二字将他们结合在一起，那么谁听了都会背过脸去的。当然，先生让常子陪伴自己旅行，心里明明知道这一点。在情事方面，同他们的真实心境一样，是需要别人投以赞叹的目光的。六十年的生涯中，这一愿望多少次深深啃咬着他的心。先生爱美超出常人一倍，毫无疑问，只有他和常子二人单独在一起时，才能品味到身处世界另一面的优游自得。在这种轻松的心境里，自己同美没有任何干系，因而丝毫不必担心会伤害美。

就这样，两个人由世界的另一面走近那种无何有之乡。

不知先生是否猜透了常子的心思，但他对"要到哪儿去呢"这句简短的发问，并没有等闲地听过就算了。要是碰到一个反应迟钝的男人，也许会反问："什么到哪儿？不是转一圈儿就回去吗？"可是先生淡紫色眼镜的后边，瞬间里却闪过一丝轻柔的焦躁，那是一种警惕之色，提醒自己切莫卷入女性的烦恼心理之中。常子对先生的此种警惕十分熟悉，她怀着充分尊重的心情，不等先生回答，就连忙对自己问题的依据加以说明。

"先生，我觉得那一带就像仙境一般，小船就是直奔那里驶去的。"

---

① 庄子《逍遥游》所倡导的自然的、没有任何人工痕迹的乐土。

“啊，可不是嘛，仙境？说得好。那一带雾气迷蒙，正是如此。熊野是同神仙有着深刻渊源的地方。不过，海上仙山就只有蓬莱一处。《荣华物语》[1] 里写金峰山，有着这样的句子：‘此山谓之峰中……役小角[2] 则始于熊野矣。’”

先生淡然地回答，这本来是常子引起的。

旅馆的伙计突然指着陆地一方喊道：

“啊，请看呀，妙法山右侧不是有一条白色的纵线吗？那是那智瀑布。海上观瀑，除了这里，全日本再也找不到别的地方了。请仔细观赏一番吧。”

的确，妙法山右侧墨绿色的山腰上，出现一带土黄色的山肌，竖立一根白色的柱子。凝神一看，那条白线微微摇晃着，向上飞跃而起。那也许是海上的烟雾将景色映照得迷离惝恍，歪歪斜斜，由此所产生的幻象吧。

常子心中激动不已。

那里如果是那智瀑布，他们就仿佛是从这里窥探远方神仙的秘密，而这种秘密是禁止窥探的。瀑布必须站在瀑潭一边抬头仰望，神仙已经熟悉这种姿势，始终以崇高的形态高高君临于人们的头上。抑或因为一时的疏忽，遂将如此遥远的可爱的全貌映入海上人们的眼眸之中了。

那是不容窥视的神仙沐浴的身姿，勾起了人们远远一瞥的兴致。常子想，那位瀑布之神肯定是个处女。

不知道先生是否同意她的这种看法，又不便开口发问，她想还是

① 平安时代的历史小说，作者为女性。
② 役行者小角（634—701），日本修验道始祖，世称“役小角”、“役行者”。

以后写在和歌里为好。

“好吧，我们先回旅馆，然后再去瞻仰瀑布。不管看多少次，那智瀑布总也看不够。拜见瀑布，心中就会感到明净如洗。”

藤宫先生相信潮风的消毒效果，这回他没有使用酒精棉，坐在船首不时摇晃的座席上，虚浮着腰急急忙忙地说道。

知道先生此次旅行很愉快，常子也感到很高兴。大凡像先生这样的大学者，其工作只需从旁看上一眼就觉得受不了，如果已经遗忘的久远的资料一旦出现，过去的学说大厦就会立即崩塌，干脆仅凭直感而另起炉灶，这样重新建立的学说，才会包容基于尖锐的直感而做出的正确的预言，具有永恒性。然而，一旦越过一定的界限，就不是学问，而变成了诗或艺术。先生的一生就是在这种诗的直感和绵密的实证之间细细的钢丝上走来走去。不用说，其间先生诗的直感有时中选了，有时落选了，可以说中选率要比实证的方法多得多。先生在永远黑暗的书斋里所进行的人所不知的战斗，是常子等人所无法窥探到的。可以推测，在那里经受锻炼的理智和经受磨砺的直感，虽然使先生的内面变成一块透明的水晶，然而超越本人的疲劳又是如何腐蚀着先生的身心啊！当一个人超越一定限度而穷究物事的时候，最终将发生以人为对象的相互转换，人也许会被异化而变形。不明事理的学生们，送给先生一个诨号叫做“鬼老头儿”，抑或可以说他们凭着直感察知了其间的某些消息。

这样的一位先生有着这样的闲暇，实在是可喜的事。考虑到疲劳留下过于新鲜而强烈的印象，选择旧游之地是可以理解的。常子一味想使先生保有一副好心情，她觉得，与其让先生在内心里唤回贫乏的书斋生活，不如干脆装傻，听任先生放松自己的心情为宜。

像常子这样的女人，心中一旦抱有某种企图，不论这个企图多么善良，她都显得很不自然，难免有些别别扭扭。

车子由旅馆驶往那智瀑布的路上，常子对有冷气的车子很满意。

“怎么样？先生，挺凉爽的吧？东京还没有冷气出租车呢。从前人们都到瀑布那里乘凉去。如今前往瀑布的路上就很凉快，真够奢侈的呀。我在东京时老是担心，先生每次旅行是多么辛苦啊！没料到，现在旅行实在是件很惬意的事。”

常子说了这么许多，她本来想暗示先生，希望先生怜悯她一番好心的推测和无知，会跟她讲起研究调查的艰苦等事情，但先生不是一个在旅途中做出那种世俗性反应的主儿。

先生一直在闭目养神。常子担心他心绪不好，看来并非如此。淡紫色镜片中紧闭的眼睑，周围布满皱纹，分不清哪是闭着的眼睛，哪是皱纹。

在常子眼里，先生是用这种办法将外界一概排除出去，就像某种昆虫一样。不过这样一来，给了常子一个难得的机会，她可以就近仔细观望先生的容颜。算起来，这十年间，如此审察先生的尊容，这还是头一遭呢。从前，她总是低着眉诚惶诚恐地仰视着先生。

定睛一看，落日从车窗外忽闪着羽翅映射进来，散乱的染发的黑粉在额头上描画出一道分界线。假若交给常子处理，绝不会如此拙劣。由于盲目的人出于固执，不肯请人帮忙，所以才弄成这副模样儿。先生风貌丑陋是出了名的，因为这来自全身的不均衡以及声音的不协调，看上去给人的印象并不是一副多么令人生畏的风貌。相反，那小巧的、秀美而如弯弓般的红唇，虽然年已六十，但却像少年一般美艳无双。假若不是那样冥顽不化，穿戴打扮一任交由女人家办理，那么，他该是一位多么光彩照人、风度翩翩的先生啊！……

常子想到这里，从多年的直感刹那之间及早移开视线，回到平常的表情。先生睁开眼，看样子丝毫没有觉察常子的眼睛一直在盯着他仔细瞧看。

那智瀑布，自从古代神武天皇将这瀑布奉为神仙祭祀、仰为大穴牟迟神（大国主神）的神体以来，经两千年后成为灵所，自宇多上皇之后八十三度承蒙御幸，亦为花山天皇“千日笼瀑”之所。

还有，自打役行者瀑行以来，作为修验道之行场也很有名。曾被称作“飞瀑权现”的今日的瀑布神社，正式的名称是：熊野那智大社别宫飞瀑神社。

“什么都不知道，只管参观那也好，”先生将头靠在椅背上，语调变得单调而倦怠，就像讲课一般，“不过知道了再来看看，就能激起更大的兴趣来。

“你也应该知道些熊野三山信仰的由来。

“熊野本来奉祀大国主神，似乎同出云民族有着深厚的关系。尽管地处偏僻，但自打《日本书纪》时代就广为人知了。因为森林繁茂、山谷晦暗，使人联想到‘黄泉之国’来。这种幽明相隔的认识自古就有，到后来观音之净土观凸显，遂诞生了熊野信仰。

“三山本来是不同的神社，各自的信仰经过统一，由来、祭神也一致，遂之三社化为一体，成为三熊野之信仰。

“奈良朝时，国家祭祀已经在此举行，在神前举办佛教仪式。正如《华严经》上所说：‘于此南方有山。’观音净土的补陀落迦似乎就是南方海岸，因而，包括那智瀑布在内的南海岸就在这里，遂兴起利生追福之信仰。”

常子思忖，这么说来，刚才从船上看到的那智瀑布的海岸，原来于无意之中得睹了净土的姿影。这次和先生一起的奇特之旅第一个早晨，竟然拜见观音的净土，这是怎样的因缘啊！

"于是，由本地垂迹之思想产生熊野权现之思维。后来到了平安朝末期，以本宫证诚殿的本体作为阿弥陀佛的信仰，压倒那智的观音净土补陀落迦，在末法思想增强的同时，由对阿弥陀佛的憧憬，变成在此山上难行苦行的流行，进而成为花山院三年的御修行之地。

"其中，三山的自治权转移到僧徒之手，自熊野山伏[①]产生，继续奉为神明。佛道所谓笼山修行的修验道也发达起来了……"

先生的讲课似乎还要继续下去，常子从中只选择可以作为自己和歌素材的内容请教先生。

细思之，先生的故乡是熊野，这是确定无疑的，但先生顽固躲避故乡的心情也是确定无疑的。不知道这是出于何种缘故。由此，可以认为先生的故乡本是常世之国、黄泉之国、浓绿树荫下的阴湿的地狱。故而，先生对这里既眷恋又害怕，以至于到这里旅行来了，不是吗？要是来自黄泉之国，先生本该具有那里所有的特征，同时，如此严峻拒绝人间世界的先生，将会给这片土地浓绿的净土留下一些美好的东西，同时重新索求一些东西，这些东西虽然可怖。不是吗？

……常子涵泳于如此的幻想里，不知不觉，车子来到那智神社牌坊前边。两人下了冷气车，迎面吹来一股暑热之气，身子一时有些站不稳，树叶间漏泄下来的阳光，似热雪一般霏霏降落在参道的石阶

① 为修行佛道而起卧山野的僧人。

上，他们开始沿着石阶走下去。

如今，那智瀑布就在眼前，岩石上竖立一根金色的御币[①]，沐浴着遥远的飞沫，灿烂辉煌，凛凛然面对瀑布而立，那黄金的姿态，于众多焚烧的药仙香的烟雾中隐约可见。

宫司[②]一眼看到先生，立即朝这边走来，恭恭敬敬地问安，并陪同二人走到瀑布潭附近，这里因为有落石的危险，一般人是禁止靠近的。朱红的大门，硕大的黑锁生锈了，很难打开来。进入这道门，道路险峻，通往岩石上头，路面紧紧挨着瀑布潭。

常子好容易在岩石上面占了个座，一边快活地感受着雾一般的飞沫，一边回首望着犹如向自己胸中沉落下来的浩大瀑布。

她已经不再像处女，而是威猛的大神。

瀑布冒着白烟，顺着打磨得似镜面一般的岩壁，不断滑落下来。瀑布上面的天空高远，夏云闪露着白亮的前额，一棵干枯的杉树似钢针一般直刺蓝天的眼睛。那一道银白的水烟，从一边直落向岩石，千丝万缕，凝神注视之中，感觉岩壁崩塌，朝着这里冲击而来，飞流直下。接着，稍稍转头从一旁望去，水流和岩石各部分相互撞击，宛若流泉，一同奔泻下来。

岩壁和瀑布下半部分几乎不相接触，瀑布的影子从岩石的镜面上飞洒而过，一目了然。

瀑布为周围唤来凉风。附近山腹的草木和细竹不住随风摇动，溅上水花的叶子敏锐地闪着危险的光亮。喧嚷的杂木林叶丛外面镶着一圈儿阳光，那疯狂飘舞的姿势尤为美丽。“那是疯女。”

① 日本神道祭祀用的币帛。
② 日本神社的神职人员。

常子想。

常子的耳朵不由地习惯了，她已经忘记了震撼四周的流水的轰鸣。当她凝神注视着静谧的深绿的瀑布潭水时，那轰鸣反而又在耳畔震响。那深邃沉淀的水面，宛若骤雨后的水池，荡漾着粼粼的细波，向四方扩展。

“这样壮美的瀑布平生第一次看到呢。”

常子微微低下头说，语音里含着感谢，是先生让自己增长了见识。

“对于你来说，什么都是第一次。”

先生伫立不动，直接面对瀑布，用摇铃般的声音说道。

先生的声音听起来并非那么神秘，也不含有那种排拒的恶意。

抑或先生明明知道常子是结过婚的女性，但在精神上完全当成个黄花闺女，有意和她开玩笑吧？四十五岁的黄花闺女，这种说法真够严酷的。权当是藤宫神社的巫女，先生一面维护常子的清净，一面又嘲笑她的清净。

“该回去了吧。”

常子不由催促着，自己首先站起身来。这时，脚底在岩石上一滑，差点儿摔倒了，先生不由以年轻人的快捷速度，立即伸过手来想扶她一把，这短暂的瞬间，对于先生伸到自己眼前的白净的手，是抓住还是不抓住，常子一时犯了踌躇。

这只手于瀑布的轰鸣之中，如梦幻一般高贵地浮现出来，如果抓住它，就能把你引向未闻之国。一朵硕大的辛夷花的影像出现在目前，点点装扮着优雅的衰老的花瓣，犹如香熏一般。但是，常子的身体失去了平衡，差点儿摔倒在滑溜溜的岩石上了。她终于屈服了，屈服于那只手的诱惑，虽然明知道那是富有诱惑性的幻影，但还是沉醉在快活的恍惚之中，处于一种昏迷的状态。

但是，先生的力气承受不住常子的负荷，常子一旦抓住，先生就处于危险之中了。两人一旦摇晃起来，相互重叠着倒在岩石上，真不知会跌伤成什么样子呢。忽然，常子想到要以先生为重，于是自己跨开两足，好容易扶住了先生。

当他们站稳脚跟的时候，两人都气喘吁吁，脸上泛起了红潮。先生的眼镜就要掉下来了，常子立即给他重新戴好。平时，先生对这些行为是严厉拒绝的，如今，他羞怯地说了声“谢谢”，常子感到无上幸福。

四

在这个奇异的夏日的午前，去除了众多的障碍，消解了无数的禁忌。即便从先生来说，也没有进一步加以说明，而是难得地默认了这一事实。

为了参拜奉祀那智瀑布之灵光的那智大社，须冒着夏天的烈日攀登四百余级石阶。即便在春秋两季，要登上这段石阶，也会累得全身热汗淋漓，何况是盛夏酷暑。逢到这时候，攀登石阶的人寥寥无几。近来的年轻人腿脚纤弱，那些青年男女刚登上数十级，就叫苦连天了。常子好奇地望着他们的当儿还算好，等过了最初一座茶棚，常子自己也变得奇怪了。

先生既没有在茶棚停留，也没有让常子挽手，只是默默攀登。不知道哪儿来的这股子强韧的力量，实在令人惊讶。他的西服上衣由常子拿着，也不拄杖，没有一丝风，阳光映射在宽大如裙的裤子上，严重的溜肩膀向前倾斜，执拗地迈着如摇曳的柳枝般的步子，一级一级地向上攀登。后背的衬衣已经渗出汗水，他也无暇扇一下扇子，只是用握在手里的手帕揩揩额头的汗水就算完事了。先生垂着头，始终盯着白色石阶的表面，继续苦行。先生尊贵的侧影，诉说着孤独的学究生活的一生；同时，先生平素的癖好，又依稀向人们展现了孤立无援的苦寂。虽说是一道不很耐看的风景，但其中也含蕴着海水经过蒸馏获取盐分般的些许的崇高。

常子窥知这一点后，深知自己应该站在怎样的立场，她自己再也不好对先生诉苦了。她的心脏快要跳到喉咙管儿来了，不惯于步行的膝头隐隐作痛，小腿痉挛，双脚绵软，犹如踏在云雾之中。这真是地狱一般的酷暑啊！眼睛迷蒙，累得几乎晕倒过去了。不久，犹如沙地里涌出一股泉水清流四溢，先生刚才在车里讲述的熊野净土的幻影，于苦难的极点，开始以实感由疲劳的底层浮泛上来。这是守候在清凉绿荫中的幽暗之国。身处这里，已经不再流汗，也不感觉胸闷。

在那里或许是……当常子心里一旦产生一种思考的时候，便以此用作拐杖，遂产生继续攀登的勇气。在那里或许是，先生和自己的羁绊全都获得解除，命运已经决定两个人清清净净结合在一起了，这可是十年里心灵深处未曾泛起过的渴望。她感到已经梦见渗透尊敬的非寻常的神圣之爱，正寄寓于某处山谷中古杉的清荫之下。它不属于那种世上常见的男女之爱，也不应是仅仅夸示表面美丽的凡庸之爱。先生和自己将是光明之中的两根柱子，相会于可以将地上的人们尽皆加以蔑视的场所。这种场所，说不定就在眼下奋力攀登的石阶的上头。

周围蝉声没有入耳，石阶左右杉树林的绿色也没有入目，常子只是从脖子上感受着劈头盖脑直接照射下来的太阳自身发出的眩目的光亮，仿佛觉得跌跌撞撞走在灿烂辉煌的云层之上。

——抵达熊野那智大社境内时，舀一勺净手池的冷水浇在头发上，润润喉咙，好好静下心来眺望一下周围的景色，不是净土，而是明朗的现实。

广阔的风景，北方有乌帽子山、光之峰，南方被妙法山诸多峰峦所包围。妙法山有一座收纳死者头发的寺院，通往那座山峰的公路，迂回蜿蜒于下方的针叶林之间。只有东面闪出一块海面，从那里升起的朝阳，是如何彻底照亮了幽暗的山峦，引发着人们赞叹和敬畏之心啊！那是投向死亡之国的红光闪耀的生之箭镞。这支箭镞一定能轻易穿透《平家物语》中所谓“大悲护佑之雾”——经常飘溢于熊野群山的所谓尊贵的薄霭。

这里，以夫须美大神（伊邪那美大神）为主神，和其他二山的主神合并奉祀，此乃三熊野的共同特色。因而，直达内庭观看，瀑宫、证诚殿、中御前、西御前（那智大社之御本社）、若宫以及八社殿六座宫殿，男神女神雄伟优雅的身姿分别得到充分显现，直达屋甍，毗邻一处。正如“满山护法”所云，熊野的天地，的确是神佛们的荟萃之所。

这些神殿在夏天的阳光里，以后山浓绿的杉树林为背景，极尽丹色青色之华艳。

“请慢慢观赏。”

宫司撇下两人而去，他们感到有着著名古老的垂枝樱和鸦岩的内庭就像自家后院。因为溽热，苔藓全都放散开绿毛，内庭寂静无声，可以聆听众神午睡的鼻息。

先生指着由红色的玉墙隔开的六座神殿说道：

“看，那只蛙腿上的雕刻每座宫殿都不一样。”

常子无暇转过眼去，她被先生有些心不在焉的态度吸引住了。先生揩揩汗水，穿好上衣，忘记了刚才的一番辛苦，似乎显得很凉爽的样子。不过，他总带有一种不安的表情，环顾着庭院里树木的根干。常子本想问问他是否丢失了什么东西，但还是控制住了。

先生从口袋里小心翼翼掏出来的东西，正是早晨她所看到的那个紫荷包，常子的心里不由一动。先生一向不介意被常子看到什么，他解开荷包，露出两重香喷喷的白羽里子，装着三只黄杨木梳子，清晰地雕刻着纤细的桔梗花，映着明丽的阳光，并排而立。

常子看到世上竟然有姿态如此优雅的女梳，十分激动。而且，每一只梳子上都用朱笔写着字，颇为显眼。

一只上写着“香”字。

一只上看不甚清楚，大概是个“代”字。

一只上可能是“子”字。

眼睛一瞥，虽不敢说很有把握，但三个字连起来，就能察知是个女人的名字。而且是先生亲笔所题，三个红字，字字笔画稳健，“香”字、“代”字、“子”字，乍一看宛若高贵女人的裸体，在常子心里刻下了鲜明的印象。虽说以楷书写就，但一笔一划精细柔和，可以想象，先生是如何倾注全部的精力和灵魂，在这些女梳上挥动朱笔的啊！看来，这位用红字标明的秘密女子，无疑从旅行一开始，就藏在白羽里子的紫荷包内，躲进了深闺。

十年之间，在先生身边从未出现过的这位女子的芳名，首次在这里露面，从出旅到现在，先生一直不给常子知道，当然常子也不会怪罪先生。在那汗流浃背的登攀之际，心里一味念叨着的净土消失了，等待常子的只能说是心灵的地狱。常子生来第一次感到嫉妒。

说了老半天，当时先生将三只梳子倏忽在常子眼前一晃，立即抽出写有“香”字的那只，其余又仔细包在荷包内，装进口袋。

“想找个地方赶快埋掉，你给我找一棵好的树木，可以埋在树根旁边。”

“是。”

按照常子的习惯，尽管如此急促，因为是先生的命令，自己立即服从。常子倒怜悯起到自己来了，心里虽然有所抵触，眼睛已经在搜索内庭的各个角落了。

“那棵垂枝樱花树不是很好吗？”

“对，很好。那樱花树到了春天……”

先生说着，立即以惊人的速度向那棵垂枝樱花树走去。他在树根边蹲下身子，悄悄扒开一丛细毛直立的苔藓，用手指头迅速挖出底下的泥土。平素那般有着消毒癖的先生，或许以为神域的泥土是清净的吧。

眼看着梳子埋进土里，那个稳健的红字也看不见了。常子帮忙在上面重新覆盖好苔藓，挖出泥土的地方也没有留下任何痕迹。先生俯伏着身子合掌祈祷，立即不安地环顾四方。他担心是否有人来，那种样子不像日常的先生，简直就是一个罪犯的做派。

过了一会儿，先生若无其事地站立起来，从另一个口袋掏出酒精棉球仔细地揩拭手指，同时也给常子一撮棉球。常子使用先生的酒精棉这还是头一回。她认真擦拭着嵌入泥土的指甲，一嗅到冷彻的酒精的气味儿，常子不知不觉也感到自己成了小小的犯罪同谋者。

五

当晚，两个人住在新宫。第二天整个上午参拜熊野速玉神社，接着，下午驱车去拜谒本宫町的熊野坐神社，于是，参拜三熊野按预定计划结束。

然而，自从出现了女梳事件之后，常子一直陷入沉思，虽然照着先生的话一一实行，但心情开朗的崭新的常子消失了，虽然出外旅行，但她的态度同居于本乡黑暗的宅邸毫无二致。

那天，在新宫市内游览完毕，因为参拜放在第二天进行，回到旅馆后没有什么事可做了。常子打开带来的《永福门院集》，晚饭前的时间全都用在读书上了。先生也在自己的房子里读书，或者在午睡。

常子对先生满怀怨恨，此种心情浩无边际。先生即使看到她心事重重的样子，也一概不提梳子的事情。当然，常子也不会主动催促他，只要先生不开口，她只能永远保留一个难解的谜。

常子在本乡的宅邸留守的时候，一个人很少照镜子，如今却独对菱花凝神静思。这虽然只是一座廉价的女子镜台，但瞧看一下自己那副随常的容颜已经足够了。

至于永福门院的面庞，这本书上既没有绣像，也没有推测的依据，但不会像常子这样眼睛细小、双颊凹陷、耳朵单薄、嘴唇反包，这种境遇、身份和容貌等同自己有天渊之别的女人，先生为何要叫我去读她的和歌呢？

门院生为太政大臣西园寺实兼之长女，芳龄十八岁入内为妃，进而册立中宫，因伏见天皇之禅让而赐院号，称为永福门院。伏见天皇驾崩之前，御龄四十六岁时剃发，获真如源法名。后来，一方面作为以花园天皇为中心的京极派女性歌人之代表；一方面精心修炼佛道，避开建武中兴之乱世，度过安静的晚年。享年七十二岁薨。

她所生活的时代是两统迭立[①]的政治困窘的时代，尤其到晚年，自足利尊氏之叛乱，进入建武中兴和吉野时代，堪称不折不扣的乱世。门院的歌作，丝毫不为时代和社会的动荡所侵扰，始终一贯运用优美而富于阴翳的语言描摹对自然的纤细的观察，勤奋写作，不忘定家[②]"平易抒写哀惋之情"的传统教诲。

有一点引起常子的注意，就是门院比自己大一岁时剃发，先生是否借此暗示常子来年应削发为尼呢？

不仅如此，门院的歌作为玉叶集歌人立于玉叶风之绝顶，白昼美丽辉煌之时期，当于门院四十余岁之年华。天皇御览《玉叶集》的正和二年，当时门院正值四十三岁。

狂风裹雪频频舞，夕暮犹寒春雨天。
山下鸟啼天欲曙，樱花簇簇色渐明。

① 镰仓后期大觉寺统（龟山天皇的血统）和持明院统（后深草天皇的血统）两统子孙轮流即天皇位。

② 藤原定家（1162—1241），镰仓时代初期的歌人，《新古今和歌集》的编纂者之一。

集子中有如此绚烂的玉叶风的写景歌，全都作于常子无所事事的那个年龄段里。

而且，门院直到伏见帝驾崩，未曾经历过人间悲悯的情感折磨。艺术只能产生于苦恼，这种看法完全是现代的偏见，看来先生一定是鼓励常子于无风状态创作名歌。假若是这样，先生探求自身悲悯的秘诀，于无必要之处掀起感情的波澜，他自身的作为不能不说是南辕北辙。

不论时代如何，不论社会如何，观察美丽的景色，写作美丽的和歌，为了坚持这种思维，女人就得有门院那样的财富和权势，男人必须有磐石般毫不动摇的思想。门院的御歌有的写得非常美，随着这种认识的加深，常子觉得自己没有作歌的资格，不想将这本先生特别借给她的书继续读下去。

一旦抛开，又感到对先生实在不忠，于是又重新拾起，一旦将书捧在手里，又觉得很厌烦。

那里尽是华丽女子的华丽生涯，没有悲与喜，徒有绚烂而冷艳的歌作充斥着全书。逢到这种时候，先生那些致力于学问的男弟子们会怎样呢？也许像巨浪一般去撞击先生（当然要在遵守礼法的前提下），而先生也会亲切待之，尽最大可能将他们激动的情绪包容下来的。

常子立即怀里揣着《永福门院集》走出屋子，顺着廊下一路小跑，到达先生的房间，跪在隔扇前边，叫道：

“可以进来吗？”

“进来吧。”

隔扇那边，分不清是男是女的高亢而亲切的声音答应着。常子走进房内，只见先生坐在桌前，对着电扇，手指一边按着书本，一边阅读一部很厚的书。

“借您的书现在奉还。”

“全都读完了吗？”

“哦……没有。”

“等读完以后再还吧，整个旅程都可以带在身边。”

“是。”

她明白，先生听了她不得要领的回答立即有些不悦，于是趁着先生还没有发火，常子抢先自动地伏在榻榻米上。

“先生，我，我不想作歌了。”

“为什么？”

先生一下子愣住了，反而冷静地问了一声。

“我不行，不管怎么用功，我都……”

说着说着，十年来从未在先生跟前哭过的她，这回却流下了眼泪。

这种事儿，要是在平时一刻也无法忍耐，但先生也许早有预料，权且当作旅行中的一个愉快的插曲。没想到，先生淡紫色的眼镜上，却反射出孩子似的恶作剧的光亮。他用一副严肃的启发式的语调说道：

“你听着，不可半途而废呀。不论做什么事情，都不能半途而废。你是个感情很少外露的人，永福门院的歌训，就是讲述隐蔽感情对艺术来说如何重要的训示。即使认为是主观艺术的和歌也毫不例外。现代的和歌则大相径庭。我等受现代和歌的毒害，只会作些感情性的歌，为了不使你重蹈覆辙，我才劝你读读门院的歌作的。你这样很不好。

“门院歌作的本身，虽然看起来似乎什么也没有表现……”

先生将桌子上常子还回来的书翻了几页，说：

“呶，你看，比如这首乾元二年三十番歌会中的

无月迷蒙天将曙，檐头闪烁流萤飞。

“这一类歌虽说是纯粹的叙景，但却有着难以用言语表达的哀惋，恰好显示了门院内心深处隐含的荣华背后的寂寥之感。门院善于抒写纤细的心情，正因为易感易伤，长期蓄积，遂养成巧妙隐匿感情的习惯。因而，看似不经意的叙景歌中，却蕴含着心灵的馨香，你不觉得吗？”

先生所言一一在理儿。听到这里，常子虽然也觉得不应该再露骨地表达自己的感情，但总是禁不住想自己的心事，原来她胸中有个解不开的硬疙瘩啊！先生到底不肯说明那些梳子的由来。那紫荷包依然宝贝似的装在上衣口袋里，先生却若无其事地将装有紫荷包的上衣交给常子拿着。常子到底是常子，她很爱惜先生的上衣，为了不沾上一点汗水，她把上衣提在手里，冒着盛夏的烈日，拼死拼活登上了四百多级的石阶。那副心情，如今怎么能一下子全部转化为对先生的怨恨呢？

——当晚，什么事也未发生。翌日早晨，趁着凉爽，离开旅馆，参拜熊野速玉神社。

速玉神称为伊奘诺尊，据《书纪》一书载，此神实为伊奘诺尊的唾液凝结而成。唾液是精灵的象征，这尊神灵，同死后之送葬、追福之仪式有深刻的关系。先生如此教导说。

那位女梳的主人，从先生用厚厚的泥土掩埋的方式上看，并不是这个世上的人。从昨天起，常子的头脑里想的全是梳子的事。昨夜梦中，永福门院和梳子的主人化为一体，显现出早已去世的女子一副无比高贵、无比美丽的面影。那是个头上插着三只黄杨梳子的女人，从熊野幽深的杉树林里，露出忧惨的白皙的脸庞。她的裙裾依旧长长拖曳于未明的夜色中，裙子的前端一直连接着夜空。看不清穿的是什么衣裳，但常子的头脑里一直描绘的是同永福门院相似的御衣。深广而雪白的领子，重重叠叠，其间浮现着朦胧的满月般的面容。常子联想到那重叠的衣领均为白羽二重，这时，天色已渐渐明亮，那一色的类似丧服的御衣，次第染上鲜艳的紫色。

“哦，紫荷包！”

这样一想，梦醒了。

那只紫荷包，常子今朝又在速玉神社内庭相遇了。

不用说，这里是不同于那智的喧闹的神域，神社后面沿熊野川溯流而上的船舶的螺旋桨声，令人想起木材厂的电锯，那巨大的轰响震撼着涂有丹漆的大神殿。

因此，先生秘密的作业淹没在噪音里，较之在那智容易进行。他从紫荷包里取出写有“代”字的梳子，很快埋进灌木的根部。

只剩下带有“子”字的梳子了。

先生将剩下的一只梳子小心翼翼包在荷包里，深深放进上衣的口袋里。这回什么话也没说，也不对凡事好提问的常子回头瞧一眼，怅惘地转过那副溜肩膀，最先离开了内庭。

六

藤宫先生之所以对永福门院感兴趣，并非仅仅因为门院的和歌，还因为《玉叶集》时代对于古今传授的历史来说是个关键的时代。

本来，古今传授的神秘权威的确立，起源于政治的争斗，伴随两统迭立所产生的京极派和二条派的争斗中，二条派为了证明自己的古老权威而踢翻新派的京极派，这才开始将当初没有多少内容的传授，逐渐装扮成深远的东西。由此表现了一种明显的憎恶和妒嫉，正像著名的《延庆两卿陈述书》那样，不是艺术之争，而是内部隐藏着政治和财产之争。有一阵子先生在自家举行讲座，常子获得允许列席旁听，曾经学习过这些史实。

继承道长[①]血统的御子左家族中，二条派为世和京极派为兼水火不相容。为兼一人禀命代替花园天皇编选《敕撰集》，愤怒的为世向天皇告发他没有资格，对此，为兼进行陈述，这就是《延庆两卿陈述书》。尽管如此，为兼一人很快完成《玉叶集》的编撰。不用说，永福门院是居于玉叶中心的一位歌人。这次争斗的结果，旧派二条派获胜，由此完成了古今传授。藤宫先生的研究当然是以二条派为中心而进行，但无可否认，先生本人是同情京极派的。

往昔宫廷这种阴湿的争斗，由此而强行创制的神秘的权威，先生当初对这些产生兴趣不知来自何种原因，不过，先生心里确实存在着互相矛盾的两种因素。他一方面同情逐渐灭亡的京极派，一方面越来越使自己变成神秘的权威。他认为学问和艺术之争，终将归结于个人利益和权欲之争，他将一生献给这种研究，创作了大量优美而充满悲情的和歌。

先生自身在变为某种丑怪之物前，继续散放着美这种奇异的放射能，常子对此很感动。她不能不由此想到，自己并未获得这种力量的万分之一。超越人世丑恶欲望之争的美，往往不在胜利者一边，而悄悄在失败者或趋于灭亡者一边显露姿影。然而，先生厌恶灭亡，企望确立自己永恒的权威（尽管是虚拟的姿态），为此，具有一副超乎寻常的寂寞和严冷的内心。

常子稍微静静心，也带着一副旷达的神情重新遥望着先生，一想到下午还会遇见那只紫荷包，又马上气馁起来。

本宫的熊野坐神社是三熊野的中心，自古相传为崇神天皇一朝的镇国之地，祭祀的神灵同于出云国意宇郡的熊野神社，乃家都御子神。据先生的说明，这里保有浓厚的出云民族萨满教的影响。熊野修行中强烈表现了非密教净秽和禊祓的思想，显现出修验道之外其他祭祀活动所见不到的色彩。

去熊野本宫有公共汽车。旅途中不惜花钱的先生，还是说要租用高级冷气车，常子很感动。

---

① 藤原道长（966—1028），平安时代中期的公卿。

但是，沿着熊野川的旅行是一条布满石子的难走的路。好几次遇上运载木材的卡车，每次都笼罩在蒙蒙的尘埃中，虽说是冷气车，紧闭着车窗，但一路上无法仔细观看河水。

往昔，本宫位于音无川正中央，极为壮丽，明治二十二年蒙受水害，明治二十四年迁移至如今的沿河之地。

河对面有好多瀑布，车道旁有一座名为白见瀑的那智后面的瀑布，先生特别叫司机停车下来观看，这对常子来说实在是难忘的喜悦。

眼中所见的瀑布没有什么不同，卡车扬起的尘埃全然染白了草木，只有瀑布周围湿漉漉的，放射着光亮，看上去很鲜润。这股清澈的水流是从那座巨大的那智瀑布后面直奔落下来的。仰望空中，飞溅而下的银白的一股流水，令人感到十分尊贵。细想想，常子觉得，由于先生的关照，昨天早晨从海上遥望，然后再站在瀑布潭边沐浴着飞沫，今天又窥探到了静静的后侧瀑布，获得了尽情亲近那智瀑布的机会。

不久，由河水的分歧点上继续沿熊野川西进，越过山山谷谷，走过汤峰温泉，来到一处地方，这里开始展示着支流音无川广阔的流域，沿河一座闲雅的社殿包裹在树林之中。

常子下了车，惊奇地眺望着周围曝露在夏阳里的明丽的山野。人影稀落，清净的空气飘溢着杉树的幽香。相传这一带是阿弥陀净土，于今日驳杂的时世中却依然故我，倒也是一件奇事。就连古老杉树林里的蝉声，一点儿也不显得喧嚣，犹如四周嵌满赤铜箔一般，细密地鸣叫着。

穿过端然而立的白木大牌坊，缓缓走在枝叶宽阔的杉树林间的石子参道上，虽说烈日当空，但却感受不到暑热。从石阶下边向上一看，天空尽皆包裹在碧绿的杉树丛里，到处点缀着由高高树干上漏泄下来的日影和焦褐色的枯叶。

石阶中间立着一块木牌，常子想起谣曲中的《卷绢》这出戏剧。

“那上面记载的是一位从都城奉纳给熊野千匹卷绢的人的故事吧？”

“对，主上做了个灵梦，那人遵照他的命令来到三熊野，途中看见冬天的梅花，遂作歌而向音无天神拱手膜拜，故而误了参拜时辰而被缚。后为天神附身的巫女所搭救。”

“称颂和歌的功德……”

“是的，借助歌赞扬佛教。”

常子记得读过的应该有这样的文字：

“证诚殿阿弥陀如来”，以及“松散开来，手梳的乱发。松散开来，手梳的乱发的……”

因为不想局限于梳子之上，所以无法说出口来。

石阶一旁有长满苔藓的和泉式部的祈愿塔，登到顶端就出现了社前大院。夏日午后闲静的白色参道左右，遗留着古代音无川大桥巨大的青铜拟宝珠，地面上印着清晰的影子。

拜殿上坠着黑穗子的红白两色的御帘高高卷起，先生只朝那里瞥了一眼，先去社务所，在神官的陪同下，偕常子一起进入内庭。

不顺利的时候总是不顺利，身边跟着的这位神官，人很年轻，看来是喜欢先生歌作的读者，谈起先生的著作《花与鸟》来没完没了。先生殷勤地应酬着，但常子却很清楚先生内心的焦躁。先生真想快些打发走神官，将最后第三只梳子埋掉。

看到先生言语渐渐少了，对于对方的提问也懒得回答，由此可知，这件事对先生来说是多么重要，为了办成这件事，他花费了多少岁月啊！这种类似小孩做游戏的事儿，一个大学者对此如此执著，想必其中有一定的缘由。想到这里，常子的心中一阵郁闷，同时又想到“香代子”这个人是个绝色美人儿。常子心中萌生了如此的幻想与憧憬，于是想到要帮助先生实现这份长年心愿。

于是，常子在这次旅行中觉得到了最后一次插嘴的机会了，她向神官递了个眼色，把他叫到一边去。

“这个，实在对不起，先生说了，他想在神社庭院里一个人单独祭祀一番，我来陪您说话，请您给予谅解，好吗？”

说到这个分儿上，还会有谁不识相呢？神官伴随常子出去时，先生从淡紫色眼镜后头投去一瞥感谢的目光，对这一点常子也没有放过。

常子走到外面，站在拜殿的背阴里，心情激动地等待着先生。她从来没有这样激情满怀地等待过先生。不知不觉，常子也在为先生祈祷，她希望先生从头到尾能安心地将三只梳子分别埋在三熊野每座神社的内庭里。

看来，这是一位绝代佳人，她已经离开这个人世了。常子没有嫉妒，没有悲叹，她之所以能够怀着如此幸福的心情等待着，也许是因为徘徊于这片常绿的死亡之国的过程中，产生了对死者的宽容之心吧。

不一会儿，常子看到先生从旁门走出来，不住用酒精棉球揩拭着手指头，她由此知道事情进行得很顺利。阳光之下，先生指尖儿上白色的棉花，闪现着杨桐花一般纯净的光亮。

——先生坚决拒绝社务所的招待，来到宽阔庭院一隅的一座颇为冷清的茶馆，一边喝着这里出售的名为“熊野神水”的冰冷的水，一边讲述着梳子的由来。

常子恭恭敬敬、心情紧张地倾听着。如同课堂上讲解王朝故事，先生用独特的说话艺术，将平时那些不便为人所知的事情，平淡如水地叙述出来了。

先生从他为何不愿路过故乡的村子谈起，其间交织着一个女人的不幸。

先生来东京学校之前，在乡下有个相思相爱的恋人，但两人被父母拆散，先生不得不走上游学之途，香代子不久也郁病而死。先生特别提到她是因悲恋引起的病症。

为此，先生一直追怀香代子的面影，过着独身的生活，心中时时信守着同少女时代的香代子相约的誓言。

香代子说过，什么时候两个人一起去参拜三熊野，但当时两人连短途旅行都不敢想象，再者，结婚又受到周围人的反对，处于一种绝望的状态。因此，少年时代的先生曾经半开玩笑地说：

“好吧，等我六十岁的时候，一定带你去旅行。”

就这样，先生到了六十岁，携带着象征香代子的三只梳子，前来参拜三熊野。

……常子听罢，觉得实在是一则美丽的故事。先生独身的秘密——这个深含悲哀的秘密，一旦全部解开，另一方面，反而觉得先生心中依然深深藏着一个谜，这件过于凄美的故事似乎还不足以令人信服。这是个绝好的证据，常子听到这里，简直就像大梦初醒，以往的嫉妒和不安一扫而光，完全以一副平静的心情聆听先生的讲解，她对自己的这种态度也毫不觉得奇怪了。

作为女人，常子凭着至今缺乏自信的直感，觉察到这个故事中含有梦幻的成分，应该当作先生梦中所见的虚构事件。假若果真是一场梦，先生笃信至今的这三只梳子，由于得到埋葬而实现了梦中的约定。这种梦的强劲力量倒是值得惊奇的，由此可以发现先生一生工作之中那种甘美、柔和而脆嫩的寓喻。

然而，两天的旅行使得常子的嗅觉迅速变得敏锐起来，似乎还能嗅到更多的东西。这其实并非梦境，不是吗？先生出于一种莫名的缘由，编造了这则梦幻故事，他自己甚至对于埋葬三只梳子的仪式也一概不予相信，但却在孤独人生的终点，竟然创造一个关于自己的传说。

初看起来是个十分平常而过于甘美的传说，但却为先生所喜爱，这也是没法子的。常子猛然觉察到了，她不得不承认，这才是事情的要害。

原来，常子被选做了证人！

否则，先生满含忧伤讲述的这则故事，就不应该和先生如此相差甚远。先生的眇目，先生的男高音嗓子，先生的染发，先生的宽脚大裤……所有这些，不应该如此叛离这则故事。常子由人生所学到的法则就是，不管在谁人身上，都只能发生符合当事人的事情。这一法则既然完全正确地符合常子，那么也就不会不符合先生。

——想到这里，常子下定决心，打从听到这则故事的瞬间直到死为止，她都不会当着先生的面或别人的面，表露自己决不相信的表情。十年来，她对先生忠心耿耿，很显然，这种忠心与勤恳的归结就在于此。同时，常子产生了一种难以表达的安堵之心，昨日看到梳妆台后的绝望之感，毫无保留地得到了完全的治愈。如今，常子的内心活跃着先生和常子本来的面影。就像《卷绢》中的阿涌，常子一门心思埋头写作和歌，她那被紧紧束缚住的身子，如今在熊野神灵的护佑下获得了解放。

“那么……”常子觉得久久沉默下去有些不妥，于是她主动开了腔，“那位香代子小姐想必长得很漂亮吧？”

先生手心的杯子里残留着清冷的神水，看起来犹如结晶体一般透明、澄净。

“嗯，是很漂亮，我这一生从未见到过像她那般俊俏的女子。”

先生那只失明的眼睛，透过淡紫色镜片，转向阳光明媚的天空，这样的话语已经不会再伤害常子了。

“我猜也是个美人儿，从那三只梳子上就可以想象出来呢。”

“确实很美，你也可以凭着幻想写首和歌看看嘛。”

先生吩咐道。

“是，我一定写。”

常子爽快地回答。

孔　雀

一

一天晚上，富冈得知突然来访的那个人是警察，吓了一跳。

十月二日黎明，附近的M游乐园，有二十七只印度孔雀遭到杀害，这则消息刊登在晚报上，富冈正若有所感之时，翌日晚间警察来了。

富冈在横滨南码头一座仓库里工作，虽然每天都上班，但似乎怎么都能对付过去。富冈是这一带土地所有者的儿子，将土地卖给M游乐园，用卖地的钱置了辆新车，每天早晨经过横滨高架桥到公司上班。

九月二十六日，一个天气晌晴的星期六，他牵着独生女儿的手到M游乐园去。十月一日星期四，他一个人又去了一趟。二十六日那天，他为了哄哄哭闹的孩子，到放养的孔雀旁边玩了将近一个小时。而一日那天，他一个人盯着孔雀看了两小时。去游乐园徒步只有十五分钟的距离。

因为出售土地的关系，游乐园里的职员里有几位和他相识。所以应该充分考虑会有人看到了富冈，并报告警察。

富冈是晚婚，四十岁结婚，第二年生个女儿，如今四岁了。妻子大高个儿，本来想做歌剧演员，年过三十断了念，经人介绍同富冈结了婚。

他家是这一带的名门望族，警察跨进富冈家的高门大院，一切都按照礼仪行事。不过，富冈即刻感觉到，这件杀害孔雀的案件，自己成了怀疑的对象。但他无法知道，究竟被怀疑到怎样的程度。

二

警察被请进富冈家宽大而古老的客厅，他总感到房子的装饰有违于一般常识。炉架上摆着一座孔雀装饰，引人注目，金属雕铸，涂着鲜艳的色彩。墙上挂着绣有孔雀图案的壁毯，一群孔雀嘻嘻相欢。另外的百宝架上，有一座精雕细镂的玻璃孔雀。其他还有一些奇异的装饰，但以孔雀为造型的装饰仅限于这三种。然而，单凭这些就能充分证明，主人对孔雀抱有如何特别的情爱。

这是一座发霉而潮湿的显得有些过于宽大的客厅。沙发椅上蒙着白麻布套，含着潮气，犹如碰到雨湿的白桦树干一般触摸着肌体。

因为等得太久了，警察站起来，一一检点着房内的陈设。中国制造的黑檀木雕花屏风，南洋的渔具，悬挂着估计是政治家书写的匾额，等等。这一切杂然无序，墙上几乎没有一点儿空白。一方匾额上是古代的海轮通过赤道的证明书，此外还有飞跃的人鱼和海神；一方陶制匾额装饰着月夜般蓝色的代尔夫特产荷兰风车图。其中一方照相匾额引起警察的注意。

那是十六七岁的少年的照片，穿着宽松的毛衣站在那里，背景是一片森林般的杂木丛。这是一位无与伦比的美少年，细眉弯弯呈流线型，瞳孔深沉，皮肤白皙得怕人，薄薄的嘴唇，看起来有点儿冷酷。除此之外，整个脸庞含蕴着善感少年的忧戚和矜夸，美得好似初冬时期结成的一层薄冰。然而，这副脸孔却有着某些不祥的因素，越是纤细得一触即破，越是飘溢着一种不可名状的玻璃质的残忍。

警察左右端详着这些装饰，于是他断定这家的主人不是常人。

他回到椅子上的时候，门开了，富冈夫妇出现了。

富冈是个瘦高个儿，一心想当歌剧演员的妻子却浑身肥硕，往昔曾经有过一张轮廓鲜明的脸孔，花容月貌，如今，轮廓崩溃了，只有一个细小的鼻子，嘴角上残留着一道强直的线条，给人一种悒郁和威压的感觉。

“我想同你丈夫单独谈一谈……”

警察看到妻子一直不肯离去，困惑地说。

“为什么我就不能在场？”她怒气冲冲，提高了嗓门，用抽象的美声喊道，“是关于孔雀的案子吧？”

“唉呀，倒先挨了你一闷棍。”

警察职业般地笑了，伸手摸摸脑袋。

富冈很沉静，丝毫不见着急的样子。他披着一件黄褐色的羊绒对襟毛衣，深深埋在沙发椅里，显得安详又沉静。他有着学者般的肌肤，这种感觉使得警察违背了自己的臆断，认为这是一个四十五岁光景的人的面孔，展现着极端荒凉的神情。

头发中夹杂着星星白发，皮肤衰弱而失掉弹性。端正的脸型，因端正而使人感到过于完美无瑕，富有一种因长久放置而落满尘埃的庭园式盆景之趣。尘土厚积的池子、倾斜的赤栏桥、小巧的石灯笼、屋子里堆满尘埃厚积的陶器的农家……富冈的鼻官有着严整的造型。一个人生中从未积极进取的人，一个有着一份脱离社会需要的职业而徒具高贵身份的人，这种人当然不会获取警察的好感了。但是，富冈具有警察所无法窥知的特殊而高尚的教养的形迹。这使警察感到害怕。但从另一方面说，也许正是这种教养，使得四十多岁的富冈的脸色变得如此荒凉。

“夫人已经先挑明了，我也只得说了，确实是想问问孔雀的事情。因为，我听说富冈君您特别喜欢孔雀。”

“您这样绕弯子，反而让我心里不舒服。您的意思是我富冈杀害了孔雀，对吗？”

“哪里，哪里。”

警察连忙摆摆手。

“那么，这就奇怪了。因为有人杀死了孔雀，就要调查喜欢孔雀的人，这是哪家的道理？难道您也认为，喜欢猫的人就要杀死猫、喜欢小孩的人就要杀死小孩吗？”

听到这位妻子说得如此直接，警察一言未发，微带怒容。

“好了，不用绕弯子啦，”富冈开口了，“您来的目的很明确，出事前一天，我一个人对着孔雀观望了很久，有人看到后报警了，喏，是这样的吗？”

“您说得对。”

警察对富冈有意表现得很坦率。

“可是我们富冈没那个胆量。首先，他这个人不可能杀害孔雀，因为他太喜欢孔雀了。”

“好了好了。”

富冈制止住妻子，他的手势像是面对火堆烤火，只是缓缓摆动了两下。

桌子上先前为警察沏的茶已经凉了，莺绿色的水面上浮动着纤细的微尘。这间屋子长久没有扫除，总是静静地不断飘下一些尘埃来。

其后的半个小时杂谈，警察极力想找出富冈如此喜欢孔雀的充分理由，然而他的打算落空了。

“至于我为何这般喜欢孔雀……”

富冈平静地说。他的眼睛里没有警察所期待的那种过度的热情，他的手也不颤抖，就像娓娓谈论着自己对食物的好恶一样，不管谁听到了都不觉得难为情。

富冈的一番话没有警察考虑的那种偏执，这并非出于警惕，而是反反复复明确而自然的回答。他自己似乎不知道其他还有些什么词儿。偏执的人不管多么缺乏词语，总是搜肠刮肚搬出所有的词儿，热情地向你述说他的喜好。富冈的态度里缺少所谓“不得已而为之”之类的事。警察最后只好断念了。

妻子呢？尽管一开始给警察一个下马威，但看到问题转移到丈夫身上，便气呼呼地沉默不语了，但还是不肯离开。她衣着素朴，似乎诸事都无关紧要。她的表现根本不像一个立志要做歌剧演员的女子。

她只是一味地闷闷不乐，到头来也不再考虑警察的态度正是由于自己所引起的。她有些焦躁，想尽早结束这场关于孔雀的谈话。她时时含着轻蔑的眼神，居高临下地瞅着这两个拖泥带水的男人一问一答。

临走时，警察从沙发上站起来，环顾着周围，突然说：

“挺爱搜集珍品的嘛！”

“全是父辈搜集的一些破烂。”

富冈没好气地回答。凡是同案件无关的话题，总得千方百计讨好对方，警察对自己的这种职业似乎感到有些可悲。他想让对方明白自己也是个颇具好奇心的性情中人。

警察不再继续刚才的话题，他凝视着墙壁。他能感受到站在背后的富冈夫妇一向缺乏热情的目光。警察背后随处都能感受到那种轻蔑的视线，仿佛一块烙铁逼近肌肤。秋夜里迅速弥漫起来的寂静，在广阔的发霉的客厅里扩散开来，渐渐加浓了。窗外有一片栗树林，通向大门口的石板路上，落下一些腐烂的栗子……警察浏览着眼前墙壁上驳杂的匾额，从幻觉里仿佛听到远方传来被杀害的孔雀的悲鸣。

不用说，警察赶往现场时，孔雀们已经尽是一片灿烂的尸骸。他凭自己的耳朵是听不到这种声音的。然而，这种浓密的夜的远方，仿佛执拗地连续回荡着被害孔雀们狂躁的呼喊，宛若黝黑的质地里交织着金丝和银线。

警察被刚才那句没好气的回答刺伤了，心情很是不快，他立即指着那张美少年的照片，回过头来问道：

“这是谁？”

富冈死人般的眼睛这时才忽然亮了一下，宛如波间飞跃的鱼鳞的闪光。

“是我。”

“啊？”

“就是我，十七岁时的照片。父亲在自家的院子里拍的。”

妻子的脸上浮现着轻蔑的微笑，这和她所期待的警察被惊呆时的心理感触完全相同。

“看现在的富冈很难想象吧？开始时我和警察先生的意见是一致的。我结婚时，富冈仅仅保留着这张照片上一点点儿影子。我们结婚毕竟是五年前的事了。”

警察决心严守礼仪，他不苟言笑，也不显露惊愕，不过，他仔细地审视了一番，觉得这正是富冈少年时代的面颜无疑。因为职业关系而对人物相貌那么精通的自己，开始以来竟然丝毫没有想到这张照片和富冈的相似之处，岂非咄咄怪事。

那么，照此说来，富冈的眉毛形状和那位美少年的眉毛形状是一样的。一双清炯的美丽的眼睛既像又不像，眼角下面鼓胀着重重皱纹，但眼圈儿都一样。鼻官相同，给人冷酷感觉的薄薄的嘴唇也是相同的。

然而，如今令人害怕的是，富冈缺乏曾经拥有的美！仅凭缺乏美就能如此打乱警察职业性的判断，这也是不可思议的。但这种缺乏是彻底的，不寻常的。如今的富冈似乎是往昔的富冈极其拙劣的一幅漫画，不是用强劲而单纯的线条夸张地表现其特征，而是过于拘泥于局部的忠实描摹，运用易于削弱和损害其形象的、缺少自信的线条作成，给人一种失去相似之点的印象。

一旦说出这照片“就是我”，一切思绪猝然纷乱，所有的相似之点犹如被炙烤而鲜明地浮现出来。眼下，警察也不怀疑这是富冈少年时代的面孔了。

——离开富冈家，他骑着自行车回警署，现实中疲惫不堪的富冈的容颜从他脑子里消泯了，而那张绝世美少年的面影次第展开，这使他大吃一惊。这是个没有月亮的晚上，幻想中的面影却像月亮一般在警察眼前闪现。

从这里到警署，必须经过一条尚未铺设柏油的石子路面。道路一侧毗连着竹林，人家的灯火透过竹丛泛着昏黄的光亮。道路另一侧是一片收割过的稻田和旱地。这条路骑自行车很不容易，警察终于下了自行车，身子扫着竹林，推着车子向前行走。

这条路是从M游乐园直接到达高架桥的近道。突然，背后袭来一团光芒，一下子搅乱了警察面前的身影。他明白，驶往M游乐园的一辆汽车碾着碎石子正从这条路上穿过。

警察将身子更加挨近竹丛，推着车子前行。驾驶台上紧贴司机坐着一个女人，她那白色的头巾在警察眼里一闪而过。相当破旧的大卡车，黑夜里拖着沾满尘土的车体，车轮在凹凸的碎石路上颠颠簸簸，大摇大摆地开了过去。

警察又回到静寂之中。他停下自行车，为了思考种种问题，他想休息一下，回头看了看。背后的天空依稀映现着M游乐园森林黝黑的树影，那里散射着火灾现场一般红彤彤的灯光。其中极为缓慢地移动着红、黄、绿的光球，那或许是最高一台空中游览车顶端的灯火。

三

……警察回去之后，富冈要妻子让他一个人待一会儿。妻子听到吩咐，离开时用响亮而动听的嗓音甩下一句寻常话来：

“你要考虑什么呢？那件事不会是你干的吧？”

“瞧你说的！你完全可以证明我不在现场嘛。”

“我睡着了，什么也不知道。”

妻子走后，富冈一个人深深埋在沙发椅里，抽着香烟。妻子离开自己身边，他感到，犹如一台贩卖旋转风车的货郎车忽然走远了。

富冈想，已是夜深渐思灯火亲的季节了。应该将搁置一个夏季的煤气炉搬出来打扫一番了。孩子时代，他在这同一间屋子里，站在同样古旧而潮湿的天津地毯上，感受着这个季节最初的炉火的温暖。想起这个，不免泛起深沉的怀思。

孔雀之死，由于今夜警察来访，变得格外贴近自身了。它们遇害前日，自己那样深情地眺望，究竟出于何种因由呢？孔雀之死给自己带来的冲击，直到刚才为止，昼夜不停地持续而来，犹如一团又一团酩酊，接连不断沉淀在富冈心头。警察来访后，此种感情立即醒来，站起身子，成为同现实紧密相关的东西。梦幻之死，成为残虐而绚烂的死亡。而且，由于警察这种职业所付诸的一种奇怪的暗示力量，以及将那人的眼睛、声音和所有一切事物中所存在的虚构的现实，犹如蚀刻画一般进行一番浸染和渗透的腐蚀效用，使人感觉到富冈本身和孔雀之死具有一种不平凡的关系。这也就像妻子所适时提醒的那样，抑或是他梦中所犯下的罪行。

只有进行这样的考量，才能清晰地获得那种潜隐于罪行中的无意义的——美一般无意义的、拒绝人们理解的要素。富冈认为，如果用“豪奢”这个词儿形容人们饲养孔雀，那么这个词儿更适合用来形容杀害孔雀。他感到，这种不合常理的要因尽皆来自“孔雀”这一存在本身。饲养千头牛，饲养千匹马，或者饲养千只金丝雀，倒也可以称作豪奢，但将它们杀戮，一点也不豪奢。

一切都因孔雀而来！实际上那是一种具备无意义的豪奢的鸟类。生物学上说，那羽毛闪耀的萤绿，是隐身于热带阳光照耀下明丽的森林的保护色。这样的“说明”其实不能说明任何问题。孔雀这种鸟类的创造是出自自然的虚荣心，如此无用的光辉，对于自然本来并非必要。创造倦怠的极端，有目的、有效能的种种生物发明的极端，孔雀无疑是一个最无用观念的有形显现。这样的豪奢，多半是在创造最后的一日，产生于漫天绚烂的晚霞之中，为了忍耐虚无，忍耐必然到来的黑暗，预先将无意义的幽暗翻译成色彩和光辉镶嵌于太空。因此，孔雀羽毛上一个个光辉的斑纹，总是和构成浓重黑夜的诸要素严密对应。

被杀较之生存和被饲养更为豪奢，这一彰显孔雀本质的案件，使得本来喜爱孔雀的富冈，即使沉醉于永远的酩酊之中，也没有什么奇怪。那到底是怎样一种生存状态呢？富冈在仓库公司上班的午休中，遥望停泊众多船舶的港湾的洋面上，闪耀着孔雀脖颈羽毛的萤绿和靛蓝，心中在思索这个问题。

“那到底是怎样一种生存状态呢？孔雀就是贯穿着被杀较之生存更为豪奢这一生与死逻辑的生物吗？它们就是那种白昼的光辉和暗夜的光辉互为一体的鸟类吗？”

富冈进行着种种思索，于是得出结论，孔雀只有被杀戮才能获得自我完成。这种豪奢，在针对杀戮这一点上，就像极力拉满的弓弦，支撑着孔雀的生涯。因此，杀害孔雀，在人们所谋划的犯罪中，最具有自然意图的倾向。这不是撕裂，而是美和灭亡同肉感相结合的一种体现。富冈想到这里，已经承认这或许是自己在梦中所犯下的罪行。

……这种思绪如今在这座夜阑人静、霉气充盈的客厅内，更具现实感地明灭闪烁。

富冈未能看到孔雀被杀的瞬间，他耿耿于怀，将终生引以为恨。十月一日午后，他一人再访M游乐园，尽情眺望的不过是活着的孔雀。他从各个角度仔细端详着那群放养的温驯的印度孔雀。当时的印象至今仍然清晰地映在心中。

孔雀的羽尾上覆盖着上尾筒，像扇子一般闪闪放光。这是雄鸟向雌鸟充分夸示自己的美丽、进而迎来春朝交欢的必不可少之物。以往，富冈为了特意一睹这个时刻，每年春天，他一大早就赶到动物园去。

遗憾的是，适于放养的印度孔雀，比起那种傲慢而凶暴的真孔雀，在绚丽方面格外逊色。它们聚集在M游乐园中庭一片油绿的草坪上，远远看去，只不过是杂然纷乱的绿色的鸟群。

然而就近详细观察，那微妙的色调，要比光怪陆离的真孔雀稍胜一筹。

孔雀似乎对坐在长凳上的他怀着某种期待，突然朝他疾步走来。

硕大而圆浑的胸脯上伸过来一支多么急速、多么没有思虑的颀长的脖颈！这支脖颈连接着鸟的干枯的脸孔。孔雀不断点着头一步步靠近，当它突然仰头的时候，富冈得以仔细审视。

孔雀的脸孔，比起那种丰富的色调的装饰，更具有一般鸟类常有的憔悴。灰色的鸟嘴，周围布满坚韧皱纹的眼睛，以及眼下一部分白色的羽毛，还有两肢，令他联想到全然干涸的木乃伊般不朽的肉体。但是，它仅凭这种外观上的不朽，将生命蕴含于华丽的衣饰之中，衣饰被杀，它也就死了。

头部的冠毛，在太阳下泛着蓝光，随微风摇动的众多的小扇子，不均匀地竞相直立。颈项上一圈深蓝的光泽，随着光线的强弱，有时显现出萤绿，随着向脖根移动，变成浓绿，不久又转成嫩黄。这种移动，是色彩最灼人眼目的诈术。深蓝变薄成为绿色的时候，弄不清是从何处开始变成绿色的。浓密的羽毛深深隐藏着色和光辉的微妙的变化，在某种光照之下，甚至使一切看起来都像海洋一般碧蓝。影子过去了，一部分嫩黄变成鲜黄色。还有，孔雀整翅和开屏时，浓密的重叠的羽毛一根根显露出来，脖颈的碧影里可以窥见焦褐色的内羽。

背部有着素朴的茶褐色的斑纹，这种颜色在腹侧反复鲜明地出现，胸间那种丰蕴的闪亮的绿色，不断在孔雀周围荡起眩晕的绿光的波纹。

孔雀狡猾而巧妙地弯曲着脖子，一次次用它的嘴搔搔胸脯，挠挠脊背。于是，脖子上柔和的绿色放射着散光，一根根羽毛像箭一般直立，布满脖子周围。

上尾筒重叠着灰色和褐色的贝壳般的花纹，看上去宛如拖带着众多贝壳的一束长长的海藻。柔美而丰腴的体躯，浑身的羽毛秩序井然地向尾部流动，不留一分一毫的空隙。……所有这一切，都使孔雀具有一种放射绿光并斩断鼓胀的河流的造型。不用说，这条河流流过翠玉河床的河水呈现着沐浴阳光的姿势，辉煌的河面处于日光激烈的压迫和河床翠玉急剧的矜持之间，那灿烂的绿的表面本身，是无量的财宝的反映。然而，又仅仅是反映。各种孔雀如此在孔雀河流的水底，隐藏着宝石的河床。论其孔雀自身，就是如此稀有、如此闪耀着绝对的绿色、一根根羽毛灿烂夺目的反映，可以说又是幻景。

孔雀被杀的时候是和这种源泉的宝石一致的。河水和河床结为一体……

富冈闭上眼睛，脑子里描摹着那种杀戮的场面，那是多么光明灿烂的战栗啊！

"当时，孔雀们发出的悲鸣，"他在唇边像唱歌一般嘀咕着，"一定像寒光闪闪的利刃，划开拂晓的天空。散乱的绿色的羽毛。啊，多么令人期待的那个时刻，多么令人幻想的那个解放的时刻！那些散放着青绿光芒的羽毛，是如何老老实实黏贴在孔雀身上啊！这回，那一片片小小的羽毛，犹如无数只微小的孔雀，经M游乐园高丘上拂晓最初的晨光的照耀，使得那些辉煌的绿色尽情地飞翔。啊，接着，那高贵的血液，那孔雀所缺少的美艳的朱红，华丽地飞洒开去，在痛苦挣扎的鸟体上，描绘出多么漂亮的斑纹啊！于是，孔雀扮演了又一个角色，亦即狩猎的猎物野雉的角色。作为晨猎猎物的鸟类本质的姿态，展示了它们真正典礼风格的姿态。对于孔雀来说，那种急躁不安、慌慌张张的态度，那种损害威严的匆匆忙忙的动作，都被封闭住了。孔雀变成了优美、堂皇、血染的猎物，那脖子上的蓝色和绿色和嫩黄，如今于不动之中变成被杀骑士铠甲的环毛。那是横躺在荒瀚而浩淼的晨空底下的猎物。虽是孔雀，已达到鸟的命运的绝顶。那苦恼的脖颈静止于最适合的弓形。一时飞去的无数只小孔雀，它们的羽毛为了再度回到巢窝，纷纷降临于绿雪般的亡骸之上。静静地浸透泥土的鲜血……那时，孔雀和孔雀的本质相结合，河水和河床成为一体，孔雀会和宝石相统一吧。啊，没有看到此事，是我一生的遗憾。假若是我杀的，我就能将这个奇迹的前前后后看个够。我嫉妒这位犯人。我想查明犯人。我至少要看一看犯下世界上最豪奢罪行的人的模样儿。”

富冈不由燥热起来，他握紧拳头，睁大眼睛环视着周围。他看到父亲留下的古旧的通过赤道的证明书，就悬在那边的墙壁上。他感到，落在他肩头上的土地、家庭、工作、社会，以及各种各样的东西，就像儿时沉重的书包。一旦奔跑起来，书包里的赛璐珞笔盒就发出响声。但是今天，他即便奔跑，背后再也不会有东西发出响声了。

听到了弹钢琴的声音，从楼上妻子的卧室传向远方。因为担心扰乱女儿睡眠，富冈多次禁止过，妻子不听，每当她心绪不佳时，就这样一边敲着琴键，一边调试着自己衰弱的歌喉。那远吠和着琴音听起来十分悲凉。那高亢的美丽的声音向四方飞散，穿过深夜喧闹的竹丛，露出多么光亮的后背在奔跑啊！

父亲的证明书匾额下面是一幅照片，富冈自己再也没有勇气直视了。那是一幅忧郁的绝世美少年的肖像。

“我的美貌带着多么静谧的速度、多么可怖的弛缓，从我的指缝间滑落的啊！我究竟犯了何种罪行才变成这样的呢？有些犯罪是否连自己也不知道呢？比如，除了一睁开眼就同时忘却的梦中犯罪之外。”

四

十月二十日傍晚，警察从M游乐园回来的路上，骑着自行车再访富冈家，打算对上次的来访表示道歉。

游乐园又重新购齐了孔雀，十五日对外开放。十八日早晨，孔雀们又遭到袭击。

这回现场保护完好，发现了众多狗蹄印子。十五日前后有人打来可疑的电话，声言他就是杀死孔雀的人，并威胁说，如果不拿来五十万元，他还要再干一次。

新买来的二十五只孔雀，只剩下两只，其余二十三只于凌晨一时左右遭到杀害，没有一个目击者。

警察从大门口推着自行车通过黄昏的石板路，听到旁边有人打招呼，他回过头去。只见富冈手里拿着扫帚站在那里。道路一边是栗树林，另一边是枫树和杂木林。富冈从枫林荫里出现了。

警察用事先想好的话打着招呼：

“啊，上次太失礼啦。”

“呀，我刚从公司下班回来，这里掉下好多落叶，晚饭前为了空空肚子多吃点儿，先来扫一扫地……真是，又遭袭击了呀！”

富冈像平常一样皱着眉头说。警察已经没有必要窥探他的表情了。倒是富冈率直地表现出残忍的喜悦显得更加自然。然而，黄昏中看不见他那闪光的牙齿。

“今天特来向你们表示道歉，上回前来府上打扰实在对不起。今天，案件的结论搞清楚了，我想明天就会登报的。”

“犯人抓到了吗？”

富冈手握扫帚向前跨进一步。覆盖地面的枫树殷红的落叶，在晦暗中鼓胀起一堆凝固的紫黑色。警察突然闻到周围衰朽的枯叶的气息，这使他联想到冰冷的药水瓶的气味。

“没有。”

警察好容易鼓足勇气前来访问的心里，一时犯起犹豫，但还是迅疾地说道：

“啊，结论弄明白了，原来是野狗造的孽。昨天从上野动物园请来一位著名的兽医，检验的结果，伤口明显是被狗咬的。表面无伤的死鸟，经判定完全是内出血。兽医先生说，孔雀是很胆小的鸟类，一遭受外敌的袭击立即就会飞走，头撞在铁丝网上，即使被外敌咬住一根羽毛，也会立即引起肺脏破裂而出血。

“再说，野犬不同于家犬，最初是一只来袭，随着次数增多，伙伴渐渐增多，从习性上来说，必然掘土而入。就是说孔雀舍的铁丝网下有打洞侵入的形迹。总之，从各种迹象表明，兽医的说明非常准确，遂判定为野狗所为。打算进一步暗中探访……”

“事情绝非如此。”富冈一语打断对方，警察初次听到他如此热情、锲而不舍的一番述说。黑暗中，警察感到，富冈灼热的呼吸波及自己的脸颊上。

“事情绝非如此。肯定是人干的。如果不是人怎么会想到这些。狗也可能做到，但那肯定是人指使狗干下的，难道不是吗？人巧妙地利用了狗。”

“也有这么一说，虽然找到一些证据……”

“什么样的证据？”富冈的话越发显得热情起来，“野狗一说完全是愚蠢的。是人作的案，我相信……刚才你不是说要继续暗中探访吗？”

“是的，那个……”

“究竟做，还是不做？”

“当然打算继续进行下去……”

“今夜里也去吗？”

“对，今夜也一样。”

富冈约略沉思了一下。不久，警察听到他用一副阴郁的嗓门，暗自含着满腹的热望说道：

“今夜请务必允许我一道同行。”

五

警察的上司答应这位民间志士的协助。夜半一过，富冈等游乐园闭园，收拾停当，便和警察二人进入游乐园内。妻子轻蔑地一笑，将一包三明治交到丈夫手里。警察穿着脏污的夹克和裤子，腰里别着手枪，携带着望远镜。

两个人穿过夜阑人静的游乐园广场。

喷水断了，彩灯全部关闭了，空中游览车的灯光也熄灭了。众多圆屋顶和三角屋顶盘踞在星空下，漆黑一团。警察转到宇宙旅行馆后头，踏上通往孔雀舍尚未铺设完毕的小路。

那里是孔雀的香巢。它们昼间被放养在外，随着太阳下山，平均每四五只为一组，分别关在六座格子档里。如今剩下的两只作为诱饵，住在一间小舍里。

小舍后面通着一条小火车道，那里地势较高，对面围着一道被狗钻破的铁丝网。铁丝网内是一片树林，透过叶梢，远处可以看到M游乐园周围的山林。

这一带丘陵起伏，绵延不绝。正面是采伐完毕后裸露的圆丘，从后面的树林和竹丛中凸现出来。看不到一点人家的灯火。

富冈和警察躲藏在孔雀舍背后。夜间的冷气渐渐强烈，小舍里听不到梳理羽毛的声音。白天的绿光也消失了，那两只孔雀栖息在尽里头的栖木上，黑魆魆的身子紧紧依偎在一起。

黑暗弥漫着这座虚空的小舍，富冈感到死去孔雀们的光彩，依然鲜明地遗留在其中。这里不是一般的黑暗。落在黑暗里的遗物哪怕只有一根羽毛，只要保持着绿、蓝和嫩黄等绚烂的色彩，这黑暗本身的每个角落，都刻印在这些色彩的记忆之中。可以说，每一粒黑暗的微粒子，都蕴蓄着孔雀的光辉。

两人继续等待，警察睡意朦胧，富冈睁大不倦的眼睛。富冈逐渐虚空的内心充满了各种孔雀的幻影。他很受鼓舞，朝着自己身边强打精神的警察团缩的后背，不时轻蔑地望了望。

他等待着，看看夜光表，知道早已过了夜半。广阔的游乐园寂静无声，眼前小火车线路在星空下闪闪放光。

天上的云彩随处模糊地凝聚着，没有风，山端景象迷离，升起殷红的月亮。随着月亮的升高，红色渐隐，光线变强，映得孔雀舍的阴影鲜明地延长着。

听到了狗的远吠，另有远吠给予回应，不久即止。富冈突然摇摇警察的肩膀，将他喊醒。富冈的眼里闪耀着光辉。

“请看，我的话应验啦！”

警察按富冈所言，向光裸的圆丘望去。

圆丘在月光的照耀下，蕴含着无数树墩的阴影，变幻着和刚才完全迥异的景色。月下树墩的影像整然如斑点，看上去犹如印在平板纸上的图形。

有个人影向那里靠近。人影前边纷乱地跳动着四五只斑驳的影子，一看就知道确实是狗。人影倾斜的时候，那个抵挡着狗儿们力量的人，时而强弓着腰肢，时而反仰着身子。

警察举起望远镜放在眼前。那是一位细高个子男人，穿着黑衣，两手拽着狗链子。警察猛然看到月光下那张白皙的面孔，不由惊叫了一声。

那确确实实是他所看到的富冈家墙壁上美少年的面孔……

伙　伴

父亲一直拉着我的手，在伦敦的大街上寻找满意的住房。没想到，这样的房子很难找。父亲喜欢那种十分古旧的房子，可是，要么讨厌当地居民，要么对家具不满意，要么不喜欢饲养的动物，或者是钟声和马车靠得太近，影响睡眠，等等。其实，没有人比父亲睡得更少了。

父亲穿着一件潮湿而陈旧的带坎肩儿的外套，我穿着同样的小型的外套。我简直就是父亲的一个小模特儿。夜间，我们在雾气缭绕的街道上到处转悠。

有一次，我一边抽烟一边走路，受到巡警的盘问，父亲不当回事地对他说，这孩子有严重哮喘病，所以特地把药草做成香烟的形状。这完全是撒谎，我抽的是真正的浓烈的香烟，那股烟味儿渗透了外套，使得外套也多了些分量。

一天夜里，我又碰到了那个巡警，他有点儿醉了，脸色苍白，引起父亲的兴趣。那是一副幽灵般的惨白的面容。说快活又显得极为阴郁，用一种像是从恐怖的地下发出的声音吼道："我一直在寻找那个如此这般抽烟的孩子！"那人突然出现于雾中，始终跟在我们后头。

马车打我们三个人身旁通过，他带着轻蔑的语气说：“坐车是不能随意游逛的，你们倒很聪明。而且，你们是最聪明的父亲和最优秀的儿子。”

父亲和那人一边走一边小声地聊着，好半天我都不知道他们在说些什么。当晚，我们第一次拜访了那人的家。他一人独居，打开锁进去，看不见用人的影子，只感到满屋子霉味儿。我喜欢这样的房子，父亲看样子也很满意。可是，父亲却不动声色，只是用漫不经心的眼神儿环顾着那人书架上满登登的图书和老古董家具，以及在黑暗里幽幽闪光的东方风味儿的壁毯。这座房子里确实有着父亲非常喜欢的东西，有着他长期寻求而未得到的东西。那人招待父亲喝酒，送我一盒香烟。父亲说话时，我一直抽烟，房子里烟雾腾腾。他有些喝醉了，说我长着池子中制造雾气的青蛙般的脸孔。他叫我脱去外套，但父亲和我都没有脱外套。

那人对父亲的谈话甚感满意。父亲要告辞时，他请我们务必再来。他说他自己经常旅行，但这个月一直在家，这期间请至少来上十趟。

父亲和我按照他所说的，半夜里多次前去访问他家。父亲喝酒我抽烟。那人看我一根连着一根，一盒烟抽空了，高兴得不得了。我自始至终既不微笑也不开口，他对这一点很不满。他笑话我是“小烟鬼子”。他说：“你不食人间烟火吧？将来想必前程远大啊！”我这号人根本不够格。

那人青春年少，家私万贯，远离人世，似乎过着自由自在的生活。我们谈话之间，窗外远远传来了钟声。那人说，他讨厌钟声，父亲听了大加赞赏。那人说，他一心想搬到听不到那种声音的地方去住，可是英国到处都是钟声，意大利更厉害。父亲首次讨好地说，在伦敦唯有这地方的钟声不太聒耳。

有天晚上，我干了件蠢事。当晚我懵懵懂懂抽了几十根香烟，火星儿迸在外套前襟上，那地方烧焦了。我没有把火弄灭，而是无动于衷地望着，嗅着那股焦味儿取乐。“哎呀，这烟味儿很怪啊！”那人从烟雾中冲着我这边说。他连忙拍拍我的膝头，我不由冷冷地甩开他的手。父亲从头到尾一直瞧着，很快拿起身边的花瓶，将水泼到我的外套上，灭了火。那人说要把我的外套烘干，我拒绝了，那人又调笑我说像只不会笑的青蛙。不管他说什么，我都不予理睬。

父亲打心眼儿里喜欢这座房子和这个人，这样的父亲我好像初次感觉到。夜里，父亲一边拉着我的手一边走路，谈论着这人的名字，这人的故事，对那座古老而发出霉味儿的潮湿的房屋，还有那些混乱无序、动辄碰腿的家具十分感兴趣。

那人眼看要去旅行了，两个月后回来。他又请我们到时候去玩。当时，父亲的表情很凄凉，似乎这两个月很难忍受下去。想到这两个月抽不到那么多香烟，我也感到很悲哀。

这两个月里，父亲似乎终于下定了决心。等到那人旅行回来的晚上，父亲拉着我的手，冒着满街的雾气到他家里去。这次和平时不一样，我们一路快步如飞。

然而，令人失望的是，那个人家里没有点灯，门上挂着锁，院内寂悄无声。他还没有回来，父亲也不觉得惊讶。父亲与其说确信“他今夜肯定会回来”，毋宁说他早已心里明白这一点。“怎么办？”我一直瞧着父亲的脸。父亲拉着我的手走进大门。

房子里只有霉味儿。两个月的外出，已经没有任何人的气息了。

房内被各种堆积的东西的气味儿占满了。父亲让我进去，我高兴得活蹦乱跳。父亲没有点灯，在黑暗的房子里上下自由来往。他坐在高高的衣柜上，垂着外套的下摆，一直环视着整个房间。“到这儿来！”父亲吩咐我。我拒绝了，朝黑魆魆的壁毯走去。我把几乎烂掉的壁毯一块块扯下来，卷成卷儿，用火柴点上火，含在嘴里。这种“香烟”比起这家待客的香烟更香，我欲罢不得，一根根接连抽起来。接着，打开那人的衣柜，只见里头挂满了外套和衣服，我也当作香烟吃了。房间里充满了令人快活的烟味儿。父亲将那些烟雾全部驱赶到暖炉里了，所以没有从窗户泄漏出去。

父亲满心高兴，在房间里轻快地踱着步子。潮湿的外套下摆蹭到镜面，镜子微微沾上了水滴。父亲终于向我走来，他变得半明半暗，呆呆地握着我的手，抱紧了我的肩膀。远处传来钟声的时候，似乎稍稍伤了父亲的心，但随即又好了。

父亲走进那人的卧室，揭开他的床罩，将花瓶里的水洒满在床上。“那人已经无法睡觉了。”他说。我满心高兴，穿着湿漉漉的外套躺在上面抽烟。父亲一边望着我，一边在外套中暗暗打起响指，就像响起一阵阵鞭子声。这是他心情愉快时的癖好。

突然，父亲转向窗外，他侧耳倾听深夜的大街上回荡的脚步声，看到那人提着包裹回来的姿影。父亲一阵狂喜，凑近我的耳畔说道：

“今夜里我们就是三个人啦，孩子。”

图书在版编目(CIP)数据
殉教/(日)三岛由纪夫著;陈德文译.
—上海:上海译文出版社,2015.7(2024.2重印)
(三岛由纪夫作品系列)
ISBN 978-7-5327-6926-1

Ⅰ.①殉… Ⅱ.①三… ②陈… Ⅲ.①短篇小说-小说集-日本-现代 Ⅳ.①I313.45

中国版本图书馆CIP数据核字(2015)第038191号

图字:09-2011-639号

殉教 [日]三岛由纪夫 著
殉教 陈德文 译
出版统筹 赵武平
责任编辑 梅愚童 刘玮
装帧设计 柴昊洲

上海译文出版社有限公司出版、发行
网址:www.yiwen.com.cn
201101 上海市闵行区号景路159弄B座
上海市崇明县裕安印刷厂印刷

开本 890×1240 1/32 印张 9.25 插页 2 字数 140,000
2015年7月第1版 2024年2月第4次印刷

ISBN 978-7-5327-6926-1/I·4195
定价:45.00元